52헤르츠 고래들

52 HERTZ NO KUJIRATACHI

52헤르츠 고래들

52ヘルツのクジラたち

마치다 소노코 지음
전화영 옮김

직선과곡선

일러두기

| 차 례 |

1. 거리 끝에 내리는 비

내일 날씨라도 묻듯 가벼운 어조로 유흥업소에 나갔었느냐고 했다. 나는 유흥업소라는 말이 순간 낯설어 두 눈을 끔벅이다가 이내 말뜻을 알아차리고 반사적으로 남자의 콧대를 겨냥해 따귀를 때렸다. 찰싹, 하고 경쾌한 소리가 울렸다.

"이 남자가 미쳤나!"

사람 면전에 대고 그런 무례한 질문을 던진 남자는 내가 집수리를 부탁한 업자로, 이름은 무라나카다. 삭아서 흔들거리는 방 마룻바닥을 그대로 내버려 두었다가는 집 안에서 발이 빠지는 불상사가 생길 것 같아 급히 고쳐 달라고 의뢰했었다. 무라나카가 이 집을 찾은 건 견적을 뽑으러 온 날을 포함해 오늘로 사흘째다. 더운 날에 작업하느라 고생한다 싶어 시원한 음료를 내고 간식까지 살뜰히 챙기며 마음을 쓴 의뢰인에게 이 무슨 돼먹지 못한 소리인가.

"형, 그런 무례한 말이 어디 있어요!"

무라나카의 부하 직원이자 무라나카가 켄타라고 부르는 사람이 더 당황했다. 그러고는 내게 연신 머리를 숙였다. 핑크색 머리에 코에는 피어싱까지 해 건들댈 것 같은 겉모습과 달리 행실은 바른 듯하다.

"죄송합니다, 죄송합니다. 형이 악의는 없어요. 머릿속에 든 생각을 그냥 내뱉고 보는 사람이라."

"그 말은 머릿속으로 계속 생각했다는 거잖아요. '이 여자, 유흥업소 출신이구나' 하고."

직업에 귀천은 없다. 알고는 있지만, 무라나카의 말투가 너무 무신경하다. 한 시간 전, 오후 3시 간식으로 차게 식힌 멜론을 내 온 호의도 잊었느냐고 무라나카를 쏘아보았다. 나이는 나보다 몇 살 많은 서른 전후 같다. 짧게 자른 검은 머리나 볕에 그을린 근육질 팔뚝이 다부지게 보인다. 묵묵히 자기 일을 하면서 켄타에게 지시를 내리는 모습을 보고 괜찮은 사람인 줄 알았는데 단번에 싸가지 없는 놈으로 강등되었다. 코끝이 벌게진 무라나카는 난처한 듯 머리를 긁적이며 말했다.

"그게 아니라 할머니들이 유흥업소 여자가 틀림없다고 하도 떠들어 대니까 아니라고 말해 주려고."

"무슨 말인지 모르겠거든."

참을성 있게 무라나카가 하는 이야기를 들어 보니, 아무래도 난 이 근방 주민들 사이에서 도쿄에서 도망친 유흥업소 여자라고 소문이 난 모양이다. 아무런 연고도 없는 오이타현의 작은 바닷가 마을에 혈혈단신으로 이사 온 까닭은 야쿠자에게 쫓겨서고, 심지어 몸 어딘가에 야쿠자의 칼에 찔려 생긴 상처도 있다고 말이다.

"할머니들 말이랑 다른 것 같으니까 확인해서 그게 아니다, 그렇게 말해 주려고 그랬지."

무라나카가 불퉁스레 말했다. 나는 하아, 하고 김빠지는 소리를 냈다. 내가 여기로 이사 온 지 이제 겨우 3주째다. 워낙 시골 촌구석이라 변변한 가게도 없고 편의점조차 없다. 식료품을 사려면 차로 20분 거리에 있는 이온(일본 전역에 점포가 있는 대형마트-옮긴이)이나 걸어서 15분 거리에 있는 곤도마트 중 하나를 골라야 한다. 운전면허증이 없는 내가 선택할 수 있는 곳은 한 곳뿐이었다. 곤도마트는 창고를 리모델링한 듯한 가게로 식료품부터 생필품, 의류, 농기구까지 취급한다. 이상한 남국풍 무늬가 들어간 원피스와 티셔츠가 일명 가슴장화라 불리는 장화 달린 작업복과 파란색 방수포 옆에 나란히 걸려 있는 마트 안은 여하튼 잡다하고 어수선하다. 처음에야 신기해서 눈을 반짝이며 둘러보았지만 그것도 금세 질리고 말았다. 내게는 쓸모없는 물건들뿐이고 정작 필요한 물건은 가짓수가 너무 적었다. 샴푸가 한 종류밖에 없다는 게 말이나 되냐고.

외출이라곤 곤도마트 가는 게 고작인데 대체 어디서 눈에 떠어 소문까지 냈을까? 무라나카에게 물어보니 아무래도 그 곤도마트가 소문의 근원지인 모양이다. 제대로 된 대화를 나눈 사람이 없는데? 내가 의아해하니 마트 구석에 실내 취식이 가능한 공간이 있는데 거기에 죽치고 상주하는 멤버가 있다고 한다. 듣고 보니 벤치와 테이블이 놓인 곳에 매번 누군가 있었던 것 같은데 관심이 없어서 눈여겨보지도 않았다. 그러나 그쪽에서는 아주 관심 있는 눈으로 나를 관찰하고 있었다고 한다.

"어딘가 사연 있어 보이는 분위기지, 일하러 다니는 기색은 없는데 돈은 있는 것 같지, 그러니 이건 틀림없이 그거라고 할머니들이 멋대로 억측해서 난리도 아니야. 동네는 좁고 나이 든 사람들은 시간이 남아도니까 새로운 건수를 잡았다 싶으면 한 번은 시끄러워져. 미시마 씨는 그중에서도 특히 관심을 끌기 쉬웠을 거야."

무라나카의 할머니는 곤도마트 상주 멤버의 일원이라고 한다. 함께 사는 손자가 소문의 여자 집을 수리하러 다닌다는 걸 알고는 집요하게 물어본다고 무라나카는 조금 창피한 듯 말하며 고개를 숙였다.

"우리 할머니가 고집 세고 목소리 큰 사람이긴 해도 성격이 화통해서 잘못된 줄 알면 바로잡는 것도 잘해. 그래서 물어봤어."

풀 죽어 말하는 얼굴을 보며 일이 성가시게 되었다고 생각했다. 유흥업소 여자니 뭐니 어떻게 생각하든 상관없다. 지금처럼 직접 물어 오면 따귀를 날려 주면 그만이고 내가 모르는 곳에서 수군대는 건 내 알 바 아니다. 하지만 무라나카는 바람직하지 않다고 여겼을 것이다.

"왜 소문이랑 다르다고 생각했는데?"

일단 물으니 무라나카는 그냥, 이라고 했다.

"땅에 발을 붙이고 있는 느낌이 들어. 공들여 청소하고 식재료도 좋은 걸로 골라. 잠시 잠깐 사는 것 같지 않아."

하아, 하고 또 다시 김빠진 소리가 나왔다. 무라나카의 말대로 나는 이 집에서 오래 살 작정이다. 그러니 돈 들여 수리도 하는 거겠지.

"그리고 현관에 꽃을 갖다 두었고. 마당에 있는 나무도 손질하고 있지?"

이 집에는 바다가 보이는 툇마루와 작긴 해도 마당이 있어 요즘 나는 마당을 가꾸는 데 시간을 쏟고 있다. 가을에는 바다에 떠오르는 달을 바라보며 한잔하면 좋겠다고 생각하고 있었다.

"유흥업소 여자라도 그 정도는 할걸? 괜한 편견 아닐까?"

그렇게 말하자 무라나카는 "까놓고 말해서 유흥업소 여자 냄새가 안 나"라고 했다. 너도 그렇게 생각한다고 했잖아, 라며 켄타에게 동의를 구하자 지금껏 안절부절못하며 우리 눈치를 살피던 켄타는 얼굴이 새빨개져 어찌할 바를 몰라 했다.

"우리가 아는 거랑 분위기가 전혀 달라. 이렇지 않아."

"대, 대체 무슨 소릴 하는 거예요! 형, 제발요, 그 입 좀 다물어요."

켄타가 내게 "죄송합니다, 죄송합니다" 하고 머리를 숙였다. 그러더니 "근데 아니죠?"라고 물었다. 이 사람도 궁금하기는 한가 보다.

"그런 일 해 본 적 없어."

한숨을 섞어 말하자 켄타가 안도한 표정을 지었다.

"쫓아오는 야쿠자도 없고."

말하면서 점점 부아가 치밀었다. 왜 이런 부연 설명을 구태여 해야 하는지 모르겠다. 이사 떡이라도 돌리면서 인사했어야 옳았을까? 이러이러한 사정으로 여기 왔습니다, 하고? 아니, 그보다 어째서 가까이 산다는 이유만으로 내 신원을 증명해야 하느냐고.

아아, 싫다. 이사 올 땅의 번지수를 잘못 짚었나? 사람들과 얽히기 싫어 여기까지 왔는데 이러면 결국 똑같잖아. 배꼽 조금 위쪽이 쿡쿡 쑤셔 무심코 손을 갖다 댔다가 또 한 가지가 떠올랐다.

"그런데 왜 야쿠자의 칼에 찔렸다고⋯⋯."

묻다 말고 불현듯 짚이는 데가 있었다. 그 개인병원이다. 상처 부위가 너무 아파 진통제와 항생제를 받으러 간 곳.

"이런 미친! 개인 정보를 그냥 흘렸단 말이야?"

그만 다리에 힘이 풀려 주저앉고 말았다. 이건 소송감 아닌가?

"상처는 사실이야?"

무라나카가 놀란 듯 물었다. 그 얼빠진 얼굴을 째려보며 말했다.

"어차피 그쪽도 떠벌리고 다닐 거잖아. 아, 몰라. 야쿠자에게 쫓기는 유흥업소 여자든 성인물 배우든 좋을 대로 말해. 어떻게 생각하든 난 상관없으니까."

실은 이만 꺼지라고 쏘아붙이고 싶었지만 바닥을 고치지 않으면 나만 손해다. 침실로 쓸 예정인 방의 마루 상태가 심각해 거기는 짐도 들여놓지 못하고 있다.

"바닥 다 고치고 얼른 가 줘."

더는 한 공간에 있고 싶지 않았다. 자리에서 일어나 메신저백을 손에 쥐었다.

"난 6시까지 밖에 나가 있을 테니까."

"아, 미시마 씨! 저기, 잠시만요! 진심으로 사과드릴게요!"

켄타가 소리 높여 말했지만 무시하고 집을 나왔다.

바다 내음 가득한 바람이 분노로 달아오른 뺨을 어루만져 주었다. 주변을 둘러보다가 역시나 갈 곳은 바다뿐이라고 생각했다. 밀집한 집들 틈새를 누비며 뻗은 골목길을 내려가면 10분도 지나지 않아 바다가 나온다.

내가 사는 집은 높지막한 언덕의 꼭대기 근처에 있다. 우리 집과 아래에 펼쳐진 바다 사이에는 오래된 가옥이 수십 채 있고 그중 절반가량이 빈집이다. 옛날에는 어장으로 번성했다지만 지금은 어부가 되려는 사람이 손에 꼽을 정도인 데다 다들 도시로 빠져 나가는 통에 활기가 없다. 하여튼 사람이 없어, 라고 말한 사람은 전입신고를 하러 간 관공서의 아저씨였다. 그때는 젊은 사람이 이사 왔다고 대환영이라며 기뻐해 주었는데. 아저씨는 항구와 어시장이 있는 곳까지 나오면 가게도 많고 번화가라고 했지만 도쿄에서 살았던 사람 눈에는 오십 보 백 보였다.

바닷바람에 녹슨 함석지붕과 굳게 닫힌 덧문을 바라보며 완만한 언덕을 내려갔다. 과거 이 일대 어선들을 거느린 선주 일가가 살았다는 큰 저택을 빙 돌아 큰길로 나오면 자를 대고 그은 듯한 제방이 모습을 드러낸다. 군데군데 금이 간 콘크리트 제방에는 철제 사다리가 여러 개 설치되어 있다. 사다리는 낚시꾼들이 설치해 놓았는지, 제방 위에는 항상 낚싯줄을 드리운 사람들이 눈에 띄었다. 지금도 조금 떨어진 곳에 두 사람이 있었다. 등이 꾸부정한 두 할아버지는 이곳에 매일같이 있었지만 물고기를 낚는 모습은 본 적이 없다. 오늘도 빈손이리라.

사다리를 올라가면 바다가 펼쳐져 있다. 오른쪽에 항구와 어시장이 자리하고 배 몇 척이 정박해 있는 것이 먼발치에

서 보인다. 왼쪽 안쪽은 해안이다. 이 지역 아이들이 자주 물놀이를 한다. 여기서는 콩알만 하게 보이지만 지금도 몇몇이 놀고 있다. 바람을 타고 해맑은 웃음소리가 들려온다. 이맘때쯤이면 여름방학이 시작되었으려나?

나는 이글이글 타오르는 콘크리트 제방 위에 장승처럼 서서 망했다, 하고 작게 중얼거렸다. 강한 햇살을 차단할 보호막도 없이 무방비 상태로 나오고 만 것이다. 회색 긴소매 후드티에 청바지 차림이라 손발은 그럭저럭 막을 수 있겠지만 문제는 얼굴이다. 화장을 전혀 하지 않은 민낯이었다. 집에 가 선크림을 바르고 싶다. 간 김에 양산도 들고 오고 싶다. 고개를 돌려 집 쪽을 쳐다보았다. 아담한 단층인 우리 집은 여기서 파란 지붕밖에 보이지 않았다. 지붕을 보고 있자니 짜증이 도졌다.

저 집에서 조용히 지내려고 이사 왔다. 혼자 쥐 죽은 듯 살고 싶었다. 그러려고 저 집을 손에 넣었다. 불편한 점도 있지만 익숙해질 수 있을 것 같았다. 그랬는데 설마 이런 식으로 내 일에 나서는 인간이 있을 줄은 몰랐다.

"짜증 나."

집에 가고 싶지만 싸가지 없는 놈들이랑 얼굴을 맞대기는 싫다. 어쩔 수 없다고 한숨을 쉬고 주저앉았다. 태양에 그대로 굴복하고 싶지 않아 후드티의 후드를 깊숙이 덮어쓰고 발은 바다를 향해 뻗었다. 발을 간당간당 흔들며 시선을 멀리

던졌다. 흔들리는 수면이 여름 햇살을 받아 눈부시게 반짝이고 있었다. 수평선과 적란운이 아름답게 갈라지고 바닷새가 우아하게 춤을 추었다. 바닷바람이 뺨을 매만지듯 스쳐 지나갔다. 가방을 열고 안에서 MP3 플레이어를 꺼냈다. 이어폰을 귀에 꽂고 전원을 켰다.

눈을 감고 귀를 기울인다. 아득히 먼 곳에서 들려오는 노랫소리가 고막을 뒤흔든다. 울고 있는 듯, 부르고 있는 듯한 소리. 들으면서 안상을 떠올린다. 안상이라면 웃었겠지. 키나코는 얼굴이 야시시하니까, 라며. 내가 얼굴이 야시시하다는 게 뭐야, 얼굴이 음란물이란 소리야, 라며 따지고 들면 안상은 더 크게 웃으며 내 머리를 쓰다듬겠지. 농담이야. 키나코가 워낙 세련되고 예쁘장하니까 다들 이런저런 상상을 했겠지. 그런데 이렇게 예쁜 애 혼자 시골로 이사 오는 낭만적인 장면을 그런 빈약한 상상력으로밖에 채우지 못하다니 좀 불쌍한 사람들이네. 이건 추억의 어린이 만화 영화에서 오프닝에 나올 법한 전개인데 말이야. 내 머리를 계속 쓰다듬으며 그렇게 이야기해 주었겠지.

상상만으로도 가슴 한편이 따뜻해진다. 그런 대화가 오간다면 나는 지금 상황을 대수롭지 않게 웃어넘길 수 있을 텐데.

하지만 안상은 이제 없다.

"왜 나만 남겨두고 갔어?"

혼자 가만히 중얼거렸다. 억지로라도 좋으니 나도 함께 데려가길 바랐다. 그때 나는 눈에 보이는 게 없었다. 누구의 충고도 귀에 들어오지 않았다. 그랬기에 강압적으로 대하지 않으면 안 되었다. 안상이라면 날 어디로 데려가든 좋았다. 하지만 안상에게 그렇게까지 하라고 하는 건 너무 이기적이다. 이러니 안상이 날 두고 떠나 버렸지.

이어폰 소리로 의식을 돌렸다. 끊임없이 들리는 소리가 깊이깊이 울려 퍼진다. 그 소리는 어느 틈엔가 안상의 목소리로 바뀌어 안상이 멀어졌다 가까워졌다 하며 나를 부르고 있다. 있잖아, 키나코. 키나코, 키나코. 안상의 목소리는 언제나 나를 부르기만 하고 내 질문에는 답해 주지 않는다. 그건 틀림없이 내게 내리는 벌이다.

똑. 손등에 무언가가 떨어져 눈을 떴다. 어느새 머리 위로 먹구름이 가득했다. 놀란 것과 거의 동시에 세찬 비가 내리기 시작했다. 부리나케 일어나 비를 피할 만한 곳을 찾았다. MP3 플레이어를 가방에 쑤셔 넣고 제일 가까운 빈집 처마 밑으로 뛰어들었다. 쫄딱 젖은 후드를 벗고 하늘을 올려다보았다. 소나기라고 믿고 싶지만 하늘 저 멀리까지 잿빛으로 차 있다. 그러고 보니 라디오에서 저녁나절부터 비가 온다고 일기예보를 한 것도 같다. 당분간은 비가 계속되겠나 뭐라나. 손목시계를 보니 6시까지는 30분 넘게 남았다. 이럴 줄 알았으면 가방에 책이라도 한 권 넣어둘걸 그랬다. 그대로 무릎을 끌어안고 주저앉아 벽에 등을 맡겼다.

눈앞에 비의 장막이 쳐졌다. 겨우 눈에 익은 풍경이 표정을 바꾼 탓에 낯선 장소를 헤맨 듯한 착각이 든다. 방금 전까지와는 공기의 온도도 달라지고 부드러운 빗소리만이 귀에 자상하게 울렸다. 찰방찰방 소리가 나 시선을 돌리니 어디서 나타났는지 작은 개구리가 기어가고 있었다. 비가 불러서 나왔을까?

"왜 이런 곳에 있을까?"

작게 혼잣말을 웅얼거렸다. 모든 걸 버리고 여기에 왔다. 그런데 오히려 나만 두고 모두가 떠나 버린 듯한 초조함이 가슴속을 맴돌았다. 지금 당장 어딘가로 가고 싶지만 그 어딘가가 바로 여기일 텐데.

무릎을 다시 끌어 모으고 눈을 감으려 했을 때 물을 튀기며 이쪽으로 천천히 다가오는 발소리를 들었다. 나도 모르게 방어 자세를 취하는데 새먼핑크 티셔츠에 청바지 차림의 아이가 우산도 쓰지 않고 걸어왔다. 놀다가 갑자기 비가 와 집에 가는 길일까?

"얘, 여기 있다가 비가 잠잠해지면 가지?"

나도 모르게 말이 튀어나왔다. 고개를 숙이고 있어서 얼굴 생김새는 모르겠지만 어깨까지 기른 머리나 선이 가는 몸을 보아 중학생 정도 되는 여자아이 같다.

"얘, 여기야."

자리에서 일어나 목소리를 조금 키워 다시 한 번 말을 걸었다. 여자아이는 다급한 기색도 없이 그냥 비를 맞고만 있었다. 앞머리 안쪽의 눈이 나를 힐끗 쳐다보아서 내가 손짓했다.

"이리 와."

여자아이는 발을 멈추고 신기한 표정으로 나를 보았다. 그러나 그건 일순간이었고 눈을 휙 돌리는가 싶더니 다시 걸음을 옮기기 시작했다. 애, 하고 불렀지만 뒤도 돌아보지 않았다. 여자아이는 순식간에 빗속으로 사라졌다.

"이상한 애네."

무슨 반응이라도 좀 보여 주지. 여기 있다고 해서 비가 곧 그칠지 어떨지 모르긴 하다마는. 다시 앉아 재차 하늘을 올려다보았다. 이대로라면 나도 물에 빠진 생쥐 꼴을 하고 집에 가야 할지도 모르겠다. 한숨을 내쉬는데 이번에는 힘차게 뛰어오는 발소리가 들렸다. 이어 "미시마 씨!" 하고 크게 부르는 소리가 났다.

"미시마 씨! 미시마 씨!"

달리면서 내 이름을 부르는 사람은 아무래도 무라나카 같다. 귀가 따가웠고, 미아도 아닌데 꼭 저렇게 찾아야 하는지 마음에 들지 않는다. 대답하기도 싫어 입을 꾹 다물고 있는데 소리가 점점 가까워진다.

"미시마 씨! 어, 찾았다!"

커다란 검은 우산을 쓴 무라나카는 벽과 하나가 되지 못한 나를 발견하고 뛰어왔다. 내 앞에서 온몸으로 숨을 몰아쉬며 "다행이다"라고 했다.

"우산 안 들고 나간 게 생각나서."

"하아."

관자놀이에 흐르는 액체는 비가 아닌 것 같다. 무라나카는 "미안" 하며 머리를 깊이 숙였다.

"안 그래도 말투가 버르장머리 없다고 늘 혼나거든. 기분 상하게 해서 미안해."

반으로 접힌 큰 체구를 밑에서 올려다보았다. 오른쪽 방향으로 감긴 머리 가마를 슬쩍 본 나는 "됐어"라고 했다.

"안상이 위로해 줬으니까 이제 됐어."

무라나카가 "누구?" 하며 얼굴을 들었다. 땀범벅이 되어 어리둥절해하는 얼굴을 보고 그만 웃음을 터트릴 뻔했다.

"여하튼 화 안 났어. 대신 다시는 내 과거나 사연을 캐내려고 하지 마. 기분 나쁘니까."

"알았어. 할머니들한테도 절대로 출동하지 말라고 단단히 일러둘게."

"출동?"

무라나카가 손등으로 땀을 훔치며 "이 동네 할머니들이 좀 막무가내거든"라고 했다. 단체로 미시마 씨를 둘러싸고 질문 공세를 퍼붓는 건 일도 아니야. 게다가 꼭 참견하려 들고. 그게 다 잘되라고 하는 말이다, 그러면서. 괴팍하지?

"우앗, 진짜 싫다."

나도 모르게 얼굴을 찌푸렸다. 생각만 해도 호흡 곤란이 일어날 것 같다. 무라나카는 응, 하고 순순히 고개를 끄덕였다.

"그래서 그런 일을 벌이기 전에 뭐라도 해야겠다 싶었는데 결국 나도 할머니들이랑 다를 바가 없었네."

꾸중을 들은 아이처럼 애처로운 얼굴을 한 무라나카를 보고 그제야 그의 폭언이 선의에서 나왔다는 것을 알았다.

"이제 됐어. 그렇지만 그 출동만은 꼭 막아 줘."

무라나카가 힘차게 고개를 끄덕였다. 그러고는 손에 들고 있던 다른 우산 하나를 내게 내밀었다.

"마룻바닥 교체는 다했어. 가구 옮기는 거 도와줄게."

침실에 놓을 옷장과 침대는 여전히 복도에 있었다. 혼자 할 생각이었지만 남자가 거들어 주겠다는데 그냥 부탁할까? 조금 고민하며 우산을 받았다.

"그럼 그 비용도 낼 테니까 부탁할게."

"아니야. 그건 사과의 뜻으로다가 서비스로 해 줄게."

무라나카의 얼굴이 밝아진다. 의외로 표정이 풍부하다.

"켄타도 있으니까 금방 끝나."

둘이서 걷기 시작했다. 한동안 말없이 걷다가 문득 생각났다는 듯 무라나카가 입을 열었다.

"그래. 집 때문인지도 몰라."

의미를 몰라 고개를 돌려 쳐다보니 무라나카가 "그 집에 살아서 할머니들이 미시마 씨를 유흥업소 여자라고 한 거야"라고 했다.

"어째서?"

"그 집, 게이샤를 한 할머니가 혼자 살았거든. 그 뭐냐, 왕년에 잡은 뭐 있잖아(왕년에 잡은 절굿공이. 절굿공이로 떡을 치던 동작은 나이를 먹어서도 몸이 기억하고 있다는 일본 속담-옮긴이). 그 속담처럼 게이샤 하면서 익힌 솜씨로 여기서 전통 음악을 가르쳤어. 세련되고 깔끔하면서 고운 분이었어. 그래서 이 근방에 여자 밝히는 할아버지들이 앞다퉈 배우러 다녔는데, 우리 할아버지 같은 사람은 그 집에 아주 붙어살아서 할머니랑 툭하면 싸웠어. 맞아, 그랬어."

무라나카가 감회에 젖어 말했다.

"할머니들한테는 그 이미지가 남아 있는 거야. 미시마 씨와는 무관한데."

나는 우산을 빙글빙글 돌리며 흐음, 하고 대꾸했다.

"그런 이유라면 이러나저러나 나는 유흥업소 여자 소리 들었겠네."

"왜?"

"그 게이샤 할머니, 우리 할머니야."

무라나카가 무춤 발을 멈췄다. 어안이 벙벙해 보이는 얼굴을 보며 나는 "아무런 연고도 없는 땅에 온 게 아니라고"라고 덧붙였다. 부모가 오랫동안 방치해 버려둔 집을 내가 물려받아 이사 온 것이다.

"여긴 어릴 때 몇 번 왔었어. 할아버지들이 예뻐해 준 기억이 있으니까 무라나카네 할아버지도 그중에 있었겠네."

다들 친절하게 대해 줘서 나는 바다가 보이는 아담한 그 집이 좋았다.

"그래서 이 땅에 좋은 인상이 있었는데. 그렇구나. 그런 이유라면 할머니들한테 미움받을 만하네. 뭐, 아무래도 상관없지만."

어깨를 으쓱해 보이는 나와 달리 무라나카는 어찌할 바를 몰라 했다. 초조한 빛이 역력한 얼굴을 보며 나는 "우리 할머니보고 곱다고 칭찬해 줬으니까 그렇게 똥 마려운 강아지처럼 있을 것 없어"라고 했다. 무라나카는 조금 재미있는 남자인지도 모르겠다.

"말실수가 많아서 그동안 과묵하게 있었던 거야?"

그렇게 물으니 무라나카가 힘없이 고개를 끄덕였다.

"항상 쓸데없이 말이 많다고 혼나거든."

처음에 품은 과묵한 전문가 인상이 여지없이 무너졌다. 남의 일에 무례하게 나서기 좋아하는 싸가지 없는 놈과도 거리가 있었다. 그렇게 나쁜 사람은 아니지 않을까? 그러나 사람이란 알 수가 없다. 무라나카의 내면에 숨겨진 섬뜩하리만치

냉혹한 일면이 어떤 계기로 표출되는 것도 충분히 있을 수 있었다.

멀리서 천둥소리가 울린다. 무라나카는 집에 빨리 가야겠다며 나를 재촉해 앞서 걷기 시작했다. 뒤를 돌아보니 바다 저편에서 번개가 번쩍, 하고 쳤다.

*

비가 내린 지 닷새가 지났다. 여름 장마가 기온을 떨어뜨려 지내기가 한결 수월했다. 일과가 된 마당 손질은 손도 못 대고 툇마루에서 낮잠을 자고 책을 읽다가 장맛비로 칙칙해진 바다를 멀거니 쳐다보는 나날이 이어졌다.

오늘도 오후부터 툇마루에서 뒹굴며 하늘을 보고 있었다. 먹구름이 두텁게 끼어 있어 비가 잠깐이라도 갤 기미는 보이지 않았다. 심심해서 틀어 놓은 라디오에서는 몇 년 전에 유행한 팝송을 재즈풍으로 편곡한 음악이 흐르고 있었다.

"고양이라도 키울까?"

말이 툭 튀어나왔다. 그리고 바로 나란 인간은 참 나약하다고 생각했다. 그러고 보니 요 닷새간 아무와도 말을 하지 않았네. 그 전에도 무라나카 말고는 제대로 이야기 나눈 사람이 없고. 그런 생각 끝에 불쑥 저런 말이 튀어나오다니 약해 빠졌다.

도쿄 아파트를 정리하면서 휴대전화도 해지했다. 친구와 공장 동료 그 누구에게도 알리지 않고 혼자 오이타로 이사했다. 내가 여기 있다는 사실을 아는 사람은 친엄마가 유일했지만 그 사람은 나와 연을 끊었다고 좋아하고 있을 테니 일부러 찾아올 리도 없다. 다들 언젠가는 나를 잊겠지.

이제 아무와도 얽히고 싶지 않다. 그토록 바라던 소원을 이루었는데 온기를 찾고 있다. 외롭다는 생각이 들었다.

– 키코, 넌 사람의 온기가 없으면 살 수 없는 약한 존재야. 외로움을 아는 사람은 외로움이 뭔지 너무 잘 아니까 온기를 잃을까 봐 두려워하는 거라고.

미하루의 목소리가 들리고, 기분이 가라앉았다. 미하루는 내가 세상 끝에 홀로 있던 때를 알고 있다. 내가 얼마나 온기를 갈구했는지도.

미하루는 내가 입원한 곳까지 찾아와 나를 나무랐다. 이러니까 바보라는 거야. 이런 짓 하지 않아도 네 주위에는 사람이 많아. 그런 남자의 애정에 목맬 필요가 없다고. 네가 주위 사람들을 얼마나 우습게 봤으면 이래?

나는 병원 침대에 누워 내게 쏟아지는 비난의 소리를 말없이 들었다. 지금 나는 고독하지 않다. 하지만 내가 유일하게 응답해야 할 대상을 상처 입히고 말았다. 그렇게라도 하지 않았다면 결국 나는 죽었을 것이다.

찌릿, 하고 배 안쪽이 쑤셔 얼굴을 찌푸렸다. 티셔츠 위에 손을 대고 살살 문질렀다.

음악이 사라지고 대신 여성 진행자의 또랑또랑한 목소리가 울렸다. 규슈 지방은 정체 전선의 영향으로 현재 장마가 계속되고 있는데요. 전선은 천천히 북동쪽으로 이동하고 있습니다. 월요일에는 파란 하늘을 볼 수 있다고 하네요. 여러분, 이제야 여름다운 여름이 찾아오겠어요.

밖은 비. 이 비가 그치긴 한다는 게 도저히 믿기지 않는다. 나는 배를 문지르며 일어섰다.

"장이나 봐 올까?"

소리 내 말해 보았다. 집에만 틀어박혀 있으니 그런 쓸데없는 생각이나 하는 것이다. 오래간만에 곤도마트에 가자. 좀 괜찮은 고기랑 와인을 사서 근사한 저녁을 차려야지. 지갑을 챙겨 집을 나왔다.

장을 보러 나오는 게 아니었다고 후회한 것은 계산을 마치고 나서였다. 비닐봉지에 물건을 담고 있는데 누가 어깨를 두드려 돌아보니 웬 모르는 할머니가 서 있었다. 여기 마트에서 산 것으로 보이는, 진짜 같은 코끼리 무늬의 하와이안 원피스를 입고 있었다.

"보소, 인생 고따구로 낭비해가 쓰겄는교?"

할머니는 사투리가 심하게 섞인 말로 떠들어대기 시작했다. 알아들을 수 있는 단어를 종합해 보건대 아무래도 내가 일하지 않고 지내는 걸 꾸짖는 듯했다. 젊은 사람이 어쩌고 농땡이가 어쩌고 하다가 그 말을 멀뚱히 듣고만 있는 내가 못마땅한지 감정이 점점 과열되었다. 흐리터분한 눈이 나를 놓치지 않겠다는 굳은 의지로 바삐 움직였다. 이건 뭐지, 하고 생각하는데 점장 명찰을 단 아저씨가 서둘러 사이에 파고들었다. 히키타 씨, 이러시면 안 돼요, 라고 하는 걸 듣고 성이 무라나카가 아니라 다행이라고 머리 한구석에서 생각했다. 아니, 무라나카는 반드시 막겠다더니 어떻게 된 거야. 주변을 둘러보니 마트 안에 있는 사람들 대부분이 이쪽을 쳐다보고 있었다. 당혹스러워 눈썹을 내려뜨린 사람보다 무슨 구경난 듯 흥미로운 눈으로 보는 사람이 더 많았다.

"……저기, 저는 이만 가도 될까요?"

그렇게 묻자 점장은 "아, 네, 가셔도 됩니다. 죄송합니다"라며 면목 없다는 듯 머리를 숙였고 히키타라는 사람은 "누군가는 말해야 할 겨 아닌교?"라며 언성을 높였다. 내 몰라라 해가 쓰겄는교. 가마 보고만 있으면 인간이 안 된다카이. 아이다, 이미 몬 씨는 인간인 기라. 숨만 쉰다고 그기 사는 기가. 그 목소리를 뒤로하고 마트를 나왔다.

괜히 분위기를 내 보려고 레드와인을 두 병이나 사는 바람에 봉지가 묵직했다. 손바닥을 죄는 봉지 끈을 꽉 쥐고 다른 한 손으로 우산을 받쳐 들었다. 비는 더욱 쏟아졌고 그에 비례해 마음은 한없이 우울해졌다. 아아, 장을 왜 보러 나와서는. 집에서 컵라면이나 먹을걸 그랬다.

밑창이 얇은 고무 샌들을 신은 발은 흙탕물이 튀어 젖었고 축축해진 티셔츠는 피부에 들러붙었다. 습기를 빨아들이면 더 꼬불꼬불 말리는 곱슬머리는 안 봐도 부스스할 것이다.

세찬 바람이 불어와 우산을 손에서 낚아채듯 날려 버렸다. 날아오른 우산은 빈집 대문 앞에 떨어졌다. 쫓아가 잡으려다가 관뒀다. 갑자기 모든 게 부질없이 느껴졌다. 어차피 300엔짜리 비닐우산이라 아까울 것도 없었다. 우산만이 아니라 손에 든 비닐봉지까지 이제 필요 없어졌다. 와인병 따위 깨지면 그만이다. 고기도 깨진 유리 파편이랑 뒤섞이면 그만이다. 죄다 집어 던지고 싶은 충동에 휩싸였지만 그렇게 한들 자기감정 하나 주체하지 못하는 스스로가 혐오스러울 뿐이었다. 내팽개치려는 마음을 간신히 억누른 순간, 배를 찌르는 통증을 느꼈다. 숨이 잘 쉬어지지 않아 자리에 주저앉았다. 땅에 내동댕이치듯 내려놓은 봉지에서 와인이 딸가당 소리를 냈다.

아프다, 아파. 부엌칼에 찔린 그때와 똑같은 통증 때문에 숨쉬기가 힘들다. 혹시 상처가 곪았나? 아니다, 상처는 진즉에 다 나았다. 그 개인병원 의사도 심리적 요인이 큰 것 같다고 했잖아. 그렇지만 아프다. 배를 감싸 안고 웅크렸다. 몸이 멋대로 떨리고 눈물이 줄줄 흘러내렸다. 이대로 죽는 게 아닐까? 나를 아는 사람 하나 없는 곳에서 쓸쓸히 마지막을 맞으려나?

"안상, 안상."

이럴 때 찾는 이름은 하나밖에 없다.

"도와줘, 안상."

악물은 이 틈새로 쥐어짜듯 말하는데 비가 뚝 그쳤다. 놀라서 고개를 드니 눈앞에 청바지를 입은 다리가 홀연히 서 있고, 위를 더 올려다보니 날아가 버린 내 우산을 쓴 여자아이가 있었다. 새먼핑크 티셔츠와 긴 머리칼이 낯설지 않은 게 일전에 본 그 아이였다. 울고 있는 나를 보고 여자아이는 놀란 듯 눈을 동그랗게 떴다.

이 아이는 왜 내게 왔을까? 지난번에는 아무리 불러도 곁에 오지 않더니 왜 지금 이 타이밍에?

여자아이는 고개를 갸우뚱하며 자기 배를 쓰다듬었다. 무슨 말을 할 듯 입술을 달싹이지만 소리는 나오지 않았다. 말을 못하는 걸까? 무의식적으로 소녀를 관찰하던 나는 셔츠 소매 안쪽을 보고 순간 숨을 삼켰다. 언뜻 낯익은 색깔을 본 것 같았다.

"아……. 나, 난 괜찮아."

조금 전까지 맹렬히 번지던 통증이 서서히 가라앉았다. 눈물을 닦고 그렇게 말하자 여자아이는 고개를 끄덕였다. 귀는 들리는 모양이다.

"저기, 고마워."

여자아이는 내게만 우산을 씌워 주고 있었다. 자기 우산은 없는지 비에 흠뻑 젖어 있었다. 빗물이 뚝뚝 떨어지는 몸을 보고 아이의 몰골이 꽤 지저분하다는 걸 알았다. 셔츠 목둘레는 누렇게 변색되고 소매와 옷자락은 너덜너덜했다. 청바지도 상태가 비슷했다. 신고 있는 운동화는 낡은 데다 사이즈도 맞지 않았다. 머리도 기른 게 아니다. 그냥 자라게 내버려 두었을 뿐이다.

내 얼굴에서 통증이 가신 걸 알았는지 여자아이는 내 눈앞에 우산을 내려두고 그대로 가려 했다. 아이의 옷자락을 서둘러 잡았다. 기다려 달라고 매달렸다. 아이가 몸을 움찔하며 고개를 돌려 나를 보았다.

"아, 그게…… 또 아파서 못 움직일 수도 있잖아. 그러니까 저기…… 집까지 데려다 줘!"

여기서 헤어지면 안 될 것 같아 어떻게든 붙잡았다. 아, 그래. 아까 고기를 굉장히 많이 샀는데 혼자서는 다 못 먹을 것 같아. 같이 안 먹을래? 스테이크 좋아해? 내가 또 고기를 맛있게 잘 굽거든. 여자아이는 굳은 표정으로 입술을 움직였지만 소리는 없었다.

"괜찮지? 고마워. 자, 가자. 저기 언덕 위에 있는 집이야."

의사전달이 제대로 되지 않는다는 점을 다행으로 여기며 여자아이를 반쯤 억지로 끌고 갔다.

집에 도착해 곧바로 목욕물을 받았다. 현관에 서 있는 아이의 얼굴이 시퍼렇게 질리는 걸 보고도 모르는 척했다. 집에 가고 싶다는 기색을 보이면 "조금만 더 같이 있어 줘. 배가 또 아프면 어떡해?"라며 붙들었다. 그리고 욕조에 물이 어느 정도 찼을 때 "목욕하자"라며 손을 잡았다. 아이는 머리를 흔들며 싫어했지만 "나 때문에 감기 걸리면 큰일이잖아"라며 질질 끌다시피 해 욕실 앞까지 데려왔다. 아이가 겁먹지 않게 열심히 웃어 보였지만 그 웃는 얼굴 뒤로 나란 인간은 정말 바보라고 생각했다. 고양이를 주우려 하고 있다. 아니, 아니다. 그게 아니다. 하지만 선의로 이러는 것만도 아니잖아.

"같이 들어가자. 나 추워 죽을 것 같아."

욕실 문 앞에서 굳어 있는 여자아이 앞에서 옷을 벗었다. 물방울이 떨어지는 티셔츠와 청바지를 세탁기에 집어넣고 속옷 차림으로 뒤돌아보니 아이가 숨을 삼켰다. 아이의 시선이 내 배를 향해 있었다. 아이는 배꼽에서 5센티미터 정도 위쪽에 아직 선명히 남은 상처 자국을 응시하고 있었다. 나는 그 부분을 손으로 가리키며 헤헤 웃었다.

"이거 찔린 거야. 부엌칼에 쑥."

죽이겠다고 부엌칼을 들고 난동을 피운 사람은 나다. 하지만 칼은 그 사람 몸에 찰과상 하나 입히지 않고 내 배에 꽂혔다.

"이런저런 일이 있었어. 그보다 욕조에 들어가자."

나보다 키가 조금 작은 여자아이에게 가까이 다가가자 악

취가 코를 찔렀다. 머리에도 기름이 끼어 있었다.

"이렇게 예쁘게 생겨서 관리를 안 하는 건 죄야, 죄."

같이 욕조에 들어가 아주 빡빡 씻겨야지. 옷에 손을 대자 아이는 저항하듯 몸을 비틀었지만 내 배를 생각해서인지 강하게 몸부림치지는 않았다. 힘으로 밀어붙여 티셔츠를 벗긴 나는 말을 잇지 못했다.

갈비뼈가 다 드러나도록 깡마른 몸에는 문양처럼 군데군데 멍이 들어 있었다. 감추려는 듯 몸을 비틀었다가 내보인 등에도 멍이 있었다.

조금 전 소매 안쪽 피부에서 멍을 본 것 같았는데 역시 착각이 아니었다. 아무리 그래도 이 개수는 뭐지? 한두 번 폭력으로 생긴 게 아니다. 이건 항상 아픔을 달고 사는 몸이 아닌가.

"너……. 역시 학대받고 있지? 그렇지?"

엉겁결에 물었다가 아차, 하고 곧바로 후회했다. 이런 질문은 좋지 않다. 아니나 다를까, 아이는 안색이 확 바뀌더니 문을 열고 도망치듯 나가 버렸다. 현관 미닫이가 난폭하게 열렸다 닫히는 소리가 들렸다. 서둘러 뒤쫓아 가려 했지만 속옷 차림이라는 걸 깨닫고는 아이씨, 하고 혀를 찼다. 손에 든 것을 바닥에 패대기치려다 아이 옷이라는 걸 알았다. 줄곧 손에 쥐고 있었던 것이다. 들고만 있어도 냄새가 나는 티셔츠를 바라보며 중얼거렸다.

"게다가 남자애였다니……."

뼈만 앙상하게 마른 몸은 소년이었다. 예쁜 얼굴과 긴 머리칼 때문에 오인했다. 나는 보는 눈이 없다는 걸 까맣게 잊고 있었다.

하지만 꼬질꼬질한 옷과 온몸을 뒤덮은 멍은 아이가 학대받고 있다는 사실을 여실히 말해 주고 있었다. 어떻게 하지? 이럴 때는 신고를 해야 하나? 온기가 남아 있는 옷에 시선을 떨구고 생각했다. 경찰이 개입해 학대 피해 아동을 구해낸 사례는 얼마든지 있다. 그러나 개입이 더 안 좋은 결과를 낳을 때도 있다는 걸 나는 알고 있다. 게다가 나는 저 아이에 대해 아는 바가 하나도 없다.

부슬부슬 비가 내린다. 내가 불러들인 것은 무엇일까? 손에 든 것을 쳐다보았다.

2. 밤하늘에 녹아드는 목소리

아침 6시 반이면 집 근처 어딘가에서 단체로 라디오 체조를 하는 사람들이 있는 것 같다. 속삭이듯 웅성거리는 소리가 모였다가 이내 귀에 익은 라디오 체조 멜로디가 바람을 타고 흘러든다. 며칠째 그 소리에 잠이 깬 나는 문득 생각이 나 어디서 어떤 사람들이 모여 있는지 보러 가기로 했다.

바닷가 마을의 아침은 선선하다. 바닷바람이 부드럽게 흐르고 있었다. 티셔츠에 반바지를 입고 밖으로 나온 나는 집 앞에서 크게 기지개를 켜고 심호흡을 했다. 올려다본 하늘은 구름 한 점 없이 청명한 푸른색을 띠고 있었다. 오늘도 날이 더울 것 같다.

소리가 나는 쪽으로 귀를 기울이며 걸었다. 언덕을 중간 정도 내려간 부근에 있는 샛길을 따라가자 광장이 있는 건물이 나왔다. 근방을 다 둘러보았다고 생각했는데 이런 곳이 있는지는 몰랐다. 마을회관 같은 장소일까? 광장 중앙에서 아이와 노인 들이 체조를 하고 있었다. 얼핏 살펴보니 노인 수가 더 많았다. 그러나 내가 생각한 것보다 아이들도 제법 있었다. 엄마와 함께 온 어린아이나 중학생쯤으로 보이는 키 큰 아이도 있었다.

아이들 중에 그 소년의 모습은 없었다. 혹시나 싶어서 와 보았는데.

"댁은 누구요?"

노인 한 사람이 나를 보고 다가왔다. 흰머리를 단정하게 빗어 넘기고 등을 꼿꼿이 편 할아버지였다. 노인의 나이는 가늠이 되지 않지만 검버섯이나 주름으로 보건대 일흔 전후 이지 싶다. 목에는 '명랑노인회 회장'이라고 쓴 이름표를 걸 고 있었다. 할아버지는 나를 훑어보더니 아아, 하고 알겠다 는 듯 혼자 고개를 주억거렸다.

"저기 위에 이사 왔다던 그 아가씨로구먼. 이름이 어떻게 되는고?"

"아, 미시마라고 합니다. 처음 뵙겠습니다."

내가 머리를 숙여 인사하자 할아버지는 가슴팍에서 흔들 리던 이름표를 가리켰다.

"이곳 노인회 회장을 맡고 있는 시나기일세. 여름방학이라 아이들과 함께 매일 아침 라디오 체조를 하고 있다네. 그렇 지, 댁도 참가하게."

이를 보이며 웃는 시나기 씨의 얼굴에 단호함이 배어 있다. 태도나 말투에 '거침없이'란 단어가 따라붙을 것 같다. 어떻게 해야 하나 생각하는데 머리가 반들반들한 할아버지가 "여기 선생님은 좋은 분이니까 그렇게 경계하지 않아도 괜찮아"라며 끼어들었다. 어째서인지 웃통은 벗어젖히고 밑에는 기야마라는 이름이 수놓인 학교 체육복 바지를 입고 있었다.

"정년퇴직 전까지 중학교 교장 선생님을 한 훌륭한 분이야. 마음 놓으라고. 나 같은 사람이 말 걸면 도망쳐야겠지만 말이야."

히힛 웃는 그 얼굴은 본인 말만큼 나쁜 사람은 아닌 것 같다. 그 할아버지를 시나기 씨는 이치카와 씨, 하고 불렀다. 기야마가 아니었다.

"벌써 라디오 체조가 끝나가네요. 죄송하지만 아이들 카드에 도장 좀 찍어 주세요."

나는 오, 하고 입 안에서 작게 중얼거렸다. 옛날 생각이 난다. 여름방학 아침이면 출석 카드를 챙겨 라디오 체조를 하러 가는 것이 당연한 일과였다. 졸린 눈을 비벼 가며 꼬박꼬박 출석한 덕분에 카드에 도장을 꽉 채웠었다. 개근한 아이들은 파란 고래 모양의 저금통을 받았는데, 아, 그래, 그 저금통을 마사키에게 빼앗겼다. 갖고 싶다고 울고불고하는 통에 엄마가 내 걸 빼앗아 주었다. 무엇이든 손에 넣어야 직성이 풀리는 마사키지만 싫증을 곧잘 내고 거칠어서 고래 저금통은 사흘 뒤에 산산조각 나 있었다. 쓰레기통에 버려진 파란색 파편을 속상한 마음으로 바라본 것이 기억난다. 나는 고래가 갖고 싶어 열심히 라디오 체조에 나간 것이었는데.

시나기 씨가 내게 카드를 내밀었다.

"댁도 하나 받게."

"아, 감사합니다. 그런데 이 마을 아이들은 다 참가하나요?"

카드를 받으며 시나기 씨에게 물으니 그는 약간 우쭐해하며 웃었다.

"그럼. 이 마을 아이들은 여름방학이 되면 다들 여기로 오지. 매년 하는 일이야. 아이들과 노인이 서로 함께하는 지역이라고 방송국에서 취재하러 온 적도 있어. 내가 인터뷰했다네. 화면발 잘 받는다고 어찌나 칭찬을 하던지."

네에, 하고 어정쩡하게 웃어넘겼다. 난데없이 그런 자기 자랑을 늘어놓으면 난감하다. 그런 건 둘째 치고 그 소년이 신경 쓰였다. 조금 더 자세히 물어보고 싶었지만 수상쩍게 여길 것이다. 어떻게 해야 하나 생각하는데 시나기 씨가 "댁은 일은 안 한다고 하던데"라고 했다.

"잘 아시네요."

곤도마트의 상주 멤버일까? 아니면 그 멤버가 노인회에 소속되었을 수도 있다. 어느 쪽이든 간에 이 근방 노인들의 네트워크는 물고기를 잡는 그물보다 더 튼튼하고 촘촘하게 퍼져 있는 게 분명하다. 억지로 웃어 보인 얼굴 뒤로 노인들이 그물을 끌어올리는 상상을 했다. 나는 거기에 걸린 정어리 같은 존재일까?

"무슨 이유가 있는지 내 모르네만, 하루라도 빨리 일자리를 찾아보게. 다 큰 어른이 일도 안 하고 어정대면 아이들 교육에 좋지 않아. 어른이라면 응당 부끄러워할 일이야."

시나기 씨는 밝고 쾌활하게 말했다. 하지만 내용은 지난번 곤도마트에서 만난 할머니와 전혀 다르지 않았다. 나는 얼굴이 경직되는 것을 느꼈다. 뭘 보고 좋은 사람이라는 거야? 그냥 오지랖 넓은 영감탱이잖아.

"남의 일에 시시콜콜 간섭하는 것도 아이들 교육에 좋지 않다고 생각하는데요. 여하튼 실례 많았습니다."

이럴 때에는 말을 섞지 않는 게 좋다. 끝까지 미소를 유지하며 그 자리를 뒤로했다. 카드는 광장 출입구에 있는 쓰레기통에 버렸다.

그날 오후, 웬일로 현관에서 벨소리가 울렸다. 혹시 그 소년일까 싶어 급히 나가 보니 비닐봉지를 든 무라나카였다. 오늘은 쉬는 날인지 티셔츠에 면바지를 입은 편안한 차림이다.

"뭐야, 당신이었어?"

실망해서 한숨을 섞어 그렇게 말하니 무라나카는 "너무하네"라며 어깨를 늘어뜨렸다.

"그렇게 싫은 티를 얼굴에 내야겠어?"

"싫은 건 아니고 무슨 일이야? 비용은 통장으로 다 부쳤을 텐데."

이전보다 친한 척하며 다가오는 무라나카를 경계하자 무라나카는 빵빵하게 찬 비닐봉지를 양손으로 받쳐 들다시피 해 내게 내밀었다.

"이거 먹으라고."

봉지 안에는 아이스크림이 들어 있었다. 수박바, 바닐라 와플, 초코맛 등 종류가 다양하다. 이게 다 뭐냐고 눈으로 묻자 무라나카는 "그게, 그 뒤로 어찌 지내나 싶어서"라고 했다.

"그리고 돌아가신 할아버지의 오래된 앨범을 뒤지다가 이런 게 나와서."

다음으로 건넨 것은 색 바랜 사진 몇 장이었다. 보니까 거기에는 돌아가신 할머니가 찍혀 있었다. 전통 음악 교실에서 찍은 한 장면일까? 머리를 곱게 틀고 기모노 차림으로 미소 짓는 할머니 주변에 남자들이 공손히 무릎을 꿇고 앉아 있다. 여름 축제 때로 보이는 사진도 있었다. 축제를 위해 특별히 마련한 중앙 무대를 둘러싸고 춤을 추는 유카타 차림의 사람들 속에서 웃고 있는 할머니가 있다.

내게는 할머니 유품이 하나도 없었다. 할머니가 돌아가셨을 때 엄마가 할머니 소지품을 싹 다 버렸기 때문이다. 값나

가는 물건, 가령 오시마 명주(규슈 남부 아마미오시마에서 생산되는 고급 견직물-옮긴이)나 큼직한 자수정이 박힌 반지 같은 것은 지금도 엄마 옷장에 잠들어 있겠지만 그 밖의 생활품이나 앨범은 하나도 남기지 않고 처분했다. 그래서 나는 살 사람이 나타나지 않아 그대로 방치된 이 집을 유품으로 여기기로 했다. 무라나카가 가구 옮기는 것을 거들어 주었을 때 그런 속사정을 언뜻 내비쳤던 것이 생각났다.

"일부러 찾아본 거야? 그리고 이 사진은……."

할머니 무릎에 작은 여자아이가 앉아 있는 사진이 있었다. 어깨까지 오는 단발머리를 하고 고집스레 입술을 다물고 있는 통명한 여자아이는 예전의 내가 틀림없었다.

"걔, 미시마 씨 맞지?"

무라나카는 보물을 찾은 남자 초등학생처럼 천진난만하게 웃었다. 그 사진을 본 순간 이건 꼭 전해주러 가야겠다 싶었어.

"대단하다. 이건 감동인데."

엄마는 할머니의 영정 사진까지도 버렸다. 왜 그랬느냐고 따졌다가 어린애가 끼어들 일이 아니라며 맞았다. 엄마는 첩의 자식으로 태어난 자신이 싫었고, 그런 자신을 낳은 할머니를 원망했다. 난 번듯한 자식 낳아 번듯하게 키울 거라고 그렇게 줄곧 다짐하며 살았는데. 엄마는 취하면 노상 그렇게 말했다. 그런데 그놈의 나쁜 피가 어디 가겠어? 나도 너라는 번듯하지 못한 애를 낳았으니.

"나, 우리 할머니 무척 좋아했어."

나는 사진을 품에 고이 안으며 무라나카에게 말했다.

"줄 게 녹차밖에 없는데 마시고 갈래?"

무라나카는 조금 놀란 듯 눈을 크게 뜨더니 이내 볼을 붉적이며 "같이 아이스크림 먹자"라고 했다.

"그래. 들어와."

우리는 툇마루에 나란히 앉아 무라나카가 사 온 아이스크림을 먹었다. 나는 수박바를 한 손에 들고 무라나카에게 받은 사진을 바라보았다.

"그 사진 오른쪽 끝에 긴장한 얼굴로 앉아 있는 사람이 우리 할아버지야."

팥빙수 아이스크림을 나무 스푼으로 떠먹으며 무라나카가 말했다. 사진을 보니 어딘지 모르게 무라나카와 비슷한 분위기의 수더분한 남자가 있었다.

"호오. 왠지 착실해 보여."

"여자 밝히는 사람치고는 착실했다고 할 수 있지. 처음에야 너희 할머니 때문에 다녔어도 누구보다도 피나게 연습했대. 결국엔 너희 할머니한테 샤미센(줄이 세 개인 일본의 전통 현악기—옮긴이)을 사사하고 인정까지 받았으니까."

"할아버지 대단하시다."

미소 짓고 있는 할머니 얼굴, 샤미센을 연주하는 당찬 할머니 얼굴. 시간과 함께 윤곽이 흐릿해진 기억이 눈앞에 있다. 다시는 못 만날 줄 알았는데.

"그러고 보니 나, 할아버지 모시러 이 집에 온 적 있어. 미시마 씨랑 만났을지도 몰라."

무라나카가 즐거운 듯 말했다. 손끝으로 할머니의 얼굴을 어루만지던 나는 문득 물어볼 게 생각났다.

"맞다. 무라나카는 여기서 쭉 살아서 이 주변이라면 빠삭하지? 중학생 정도 된 머리 긴 남자애 몰라? 여자애처럼 가늘고 예쁘게 생겼는데, 말은 못하는 거 같아."

"코토미 아들 말이야?"

별 기대 없이 물었는데 무라나카는 금방 대답했다.

"몇 달 전에 중학교 동창이 아들을 데리고 돌아왔거든. 장애가 있어서 말을 못한다고 하더라고."

"아! 그럼 맞을 거야. 그 코토미라는 사람이랑 친해?"

"아니, 전혀. 옛날이라면 몰라도 지금 코토미랑 친한 사람은 없을걸."

무라나카는 어깨를 으쓱하며 말을 이었다.

"고등학교를 중퇴하고 갑자기 사라졌거든. 그리고 10년 넘게 어디서 뭘 했는지 아는 사람이 없어. 고향으로 돌아왔나 보다 했는데 다 큰 애를 달고 왔더라고 한동안 동네 사람들이 만나면 그 얘기만 했어."

흐음, 하고 중얼거렸다. 학생 신분으로 임신했다가 이 마을을 떠나 출산했다는 뜻일까? 그렇게 물으니 무라나카도 "애 나이를 따져 보면 그렇겠지"라며 고개를 끄덕였다.

"그런데 코토미 아들이 왜?"

"아, 아니, 저번에 비 오는 날 우산이 날아가서 당황했는데 도와줘서."

쓸데없는 말은 하지 말자고 얼렁뚱땅 웃어 보였는데 무라나카는 뜻밖이라는 듯 말했다.

"호오, 그런 일이 가능하구나."

"무슨 말이야?"

"걔, 의사소통이 전혀 안 된다고 하던데."

어안이 벙벙했다. 설마, 그럴 리 없다.

"오래된 카세트 라디오로 새였나 벌레였나, 뭐 그런 울음소리를 꼼짝 않고 듣는대. 목욕도 안 하려 하고 옷 갈아입는 것도 싫다고 발악한다더라고. 어지간히 속을 썩이나 봐."

그런 애를 키우려면 고생깨나 할 거라며 무라나카가 진지하게 말했다. 친하지 않다고 한 것치고는 훤하게 알고 있다. 시골이 이 정도로까지 정보가 새어 나가는 곳이라고 생각하면 소름이 끼쳤다. 그런데 잘 들어 보니 코토미의 아버지란 사람이 주위에 그렇게 넋두리를 하는 모양이었다.

"같이 지내서 좋긴 한데 줄곧 안 만나고 살아서 손자란 느낌이 없고 의사소통도 안 되니까 정이 잘 안 간다고 하더라. 우리 할머니 같은 사람은 회장님 안됐다고 측은해해."

"흐음……. 어? 회장님?"

회장님이란 단어가 걸렸다. 그 직함을 최근에 어디서 들은 적이 있다.

"이 동네 노인회 회장님이야."

그 오지랖 넓은 영감탱이 말인가. 이게 다 어찌된 일이지?

"시나기 선생님은……. 아, 나는 이렇게 부르는 게 버릇이 되어서. 학생 교육에 열정이 넘치는 선생님이라 공부 잘하는 학생이랑 학부모 들이 상당히 좋아했어. 나는 저기…… 머리 나쁘고 말썽만 부리니까 혼나기 일쑤였지만 그래도 다 우릴 위해서 그랬거니 지금은 생각해. 아무튼 그런 선생님이 속을 끓일 정도니까 분명 힘들 거야."

그건 키우기 쉬운 아이들만 예뻐하는 거잖아, 라고 속으로 중얼거렸다. 자기 눈에 거슬리게 행동하는 학생을 그냥 싫어하는 이기적인 교사는 어디에나 있었다. 아침에 본 체육복 입은 할아버지는 좋은 사람이라고 했지만 나는 좋은 인상을 받지 못했다. 오히려 별 볼 일 없는 교사였을 것이다.

아이스크림을 다 먹고 무라나카가 "다음에 한잔하러 안 갈래?"라고 했다. 어시장 근처에 맛있는 술집이 있다고 한다. 내 대답이 없으니 "둘이 가기 뭣하면 켄타나 다른 녀석들한 테도 말해 볼게"라며 거듭 말했다.

"친구를 만들어 두면 좋을 것 같아서. 무슨 일 생기면 도움도 받을 수 있고."

무라나카가 사람 좋아 보이는 얼굴로 웃었다. 나를 걱정해
주는 마음이 느껴져서 기뻤지만 나는 "안 가"라고 대답했다.

"도움도 원치 않아."

무라나카가 이상하다는 표정을 지었다. 나는 이제 누구의
도움도 받고 싶지 않다. 그런 거 받아서는 안 된다.

"사진이랑 아이스크림 고마워. 이제 그만 가."

무라나카에게 그렇게 말하고 방으로 들어갔다.

*

반복적으로 꾸는 꿈이 있다. 바다 깊은 곳에 살고 있는 물
고기가 엉뚱하게 얕은 여울에 모습을 보이듯 그렇게 위태로
운 모습으로 나타나는 꿈이다.

거실 유리문으로 바람이 산들산들 불어오고 커튼이 하늘
거리는 오후. 등받이를 뒤로 기울인 리클라이너 소파에는 아
기를 안고 선잠이 든 엄마가 있다. 아기는 조막만 한 자기 손
을 열심히 빨며 쪽쪽 소리를 내고 있다. 그걸 본 아빠가 엄마
의 품에서 아기를 안아 올려 아기의 보드라운 볼에 입을 맞
춘다. 놀라서 일어난 엄마에게 아빠는 괜찮다며 웃어 보이고
조금 더 자라고 말한다. 피곤하지? 매일 아기 보느라 고생이
많아. 엄마는 고맙다며 환한 미소로 화답한다. 여보, 나 너무
행복해. 나한테 이런 행복이 기다리고 있었다는 게 지금도

믿기지가 않아.

아름다운 광경이다. 누구도 침범할 수 없는 확실한 행복이 있다. 은은하게 빛나는 것처럼도 보이는 그 광경을 나는 멀찍이서 바라보고 있다. 나는 그 안에 끼어들어선 안 된다.

엄마. 나도 동생 안아 볼래. 달달한 분유 냄새를 힘껏 들이마셔 보고 싶어. 그렇게 말하고 싶지만 목소리가 목 안쪽에서 딱딱하게 뭉쳐 나오지 않는다. 꿈속에서 나는 그런 말을 했다가는 꾸중을 듣는다는 걸 안다.

가까이에 있으면서도 아주 머나먼 곳에 있는 나의 가족.

–뭘 보고 있어?

물끄러미 보고 있던 나를 의붓아버지가 알아차리고 웃음을 거둔다. 대신 싸늘하게 말한다.

–그렇게 탐내는 표정 짓지 마라. 저리로 가.

무표정한 가면을 쓴 것처럼 감정이 사라진 얼굴이 무섭다. 저 사람 말대로 하지 않으면 얻어맞는다. 하지만 발이 움직이지 않는다. 머리 한구석에서 엄마가 키코도 이리 와 보라고 불러 주기를 기대하고 있다. 그런 일은 일어날 리 없는데도. 봐, 엄마는 내 쪽은 쳐다보지도 않잖아.

의붓아버지가 못마땅한 듯 혀를 차며 내게로 온다. 도망쳐야 해. 하지만 발은 요지부동이다.

–저기, 아버……

–말 들어.

찰싹. 뺨에서 소리가 나고 나는 그 충격으로 잠에서 깬다. 늘 겪는 일이다.

눈을 뜨자 친숙한 천장이 보였다. 눈을 여러 차례 깜박이고 한숨을 한 번 내쉬었다.

"……오랜만에 꿨네."

벌써 20년도 더 전의 기억이다. 완전히 잊었다고 생각했는데 마치 어제 일처럼 선명하다. 이제 난 엄마가 나를 봐 주길 바라지 않는다. 그런데 왜 이런 꿈을 꾸었을까? 여기로 이사 오기 전 몇 년 만에 엄마를 봐서일까?

– 웬일로 얼굴을 비치나 했더니 할머니 집이 갖고 싶다고? 나 참.

집으로 찾아간 나를 엄마는 여전히 찬바람을 일으키며 대했다. 몇 년씩이나 만나지도 않고 연락도 하지 않은 딸의 방문이 언짢아서 견딜 수 없었을 것이다. 환대는 꿈도 꾸지 않았지만 거처를 마련하려면 찾아갈 수밖에 없었다.

– 그런 다 찌그러져 가는 시골집을 어쩌려고?

– 들어가 살려고.

내 짧은 대답에 엄마는 눈살을 찌푸렸다.

– 규슈 구석진 곳에 굳이 간다고? 너 무슨 짓 한 건 아니지? 마사키 취직해야 하는데 앞길 막는 그런 짓…….

– 안 했어. 그냥 거기서 바다 보면서 살고 싶은 게 다야. 거기 가면 이제 여긴 안 올 거야.

그렇게 말하자 의심스러운 눈초리로 나를 쳐다보던 엄마가 물었다.

─그 남자랑 살려고? 이름이 뭐였더라, 그 무례한 사람. 그놈이랑 살림이라도 차리게?

─글쎄. 그보다 그 집 나한테 줘. 그러면 두 번 다시 이 집에는 얼씬도 하지 않을게. 연을 끊어도 좋아.

엄마가 눈을 크게 떴다. 그 얼굴을 똑바로 보았다. 엄마는 내 기억보다 조금 나이를 먹었고 왠지 작아 보였다. 나를 때리던 손의 바깥쪽은 혈관과 뼈마디가 불거져 있었다. 나는 그동안 이런 손에 휘둘렸던 걸까?

─처치 곤란인 집 한 채로 눈엣가시를 치울 수 있는데 저렴한 거 아니야? 나 줘.

엄마는 잠시 생각하는 기색을 보이더니 행여나 나중에라도 돈 뜯으러 오지 말라고 했고 나는 고개를 끄덕였다.

─각서 써서 공증이라도 받을까?

─……그렇게까지는 됐어.

엄마는 귀찮다는 듯 손을 내젓고는 절차를 밟겠다고 했다. 네 명의로 하면 되는 거지? 그 대신 다시는 여기 오지 마.

며칠 뒤에 명의를 변경했다고 휴대전화로 연락이 왔다. 휴대전화는 해지하려고 마음먹었기 때문에 엄마와의 통화는 이것이 마지막이었다.

─엄마랑은 이제 이걸로 끝이네. 저기, 엄마.

날 조금은 사랑했어? 그렇게 물으려 했지만 말을 끝맺지 못했다. 엄마는 용건만 말하고 아무런 망설임 없이 전화를 끊었다. 뚜- 뚜- 하고 울리는 무미건조한 소리를 들으며 나는 엄마에게 무엇이었을지 생각했다. 번듯하지 못한 출산이라는 건 알지만 그래도 '널 낳고 싶었다며 꼭 끌어안아 준 밤이 있었다. 네가 있어 살 수 있었다고 눈물을 흘린 아침이 있었다. 그건 다 내가 만들어낸 환상이라고 말하고 싶을까? 하지만 내게는 그런 기억들이 오랫동안 살아가는 버팀목이었다는 사실만은 믿어 줘.

"……뭐, 이제는 나와 상관없는 일이야!"

일부러 입 밖으로 크게 소리 내 말했다. 이건 나와 상관없는 일이다. 나는 이제 울면서 꿈에서 깨어나는 어린애가 아니다. 그리고 엄마는 내가 내 의지로 종지부를 찍은 삶의 유품에 지나지 않는다. 더는 내가 사랑을 갈구하며 쫓아다니지 않아도 되는 사람이다.

– 제2의 인생에서는 영혼의 짝을 만날 거야. 사랑하고 또 사랑받는 유일한 단 한 사람, 영혼의 짝을 틀림없이 만날 수 있어. 키나코는 행복해질 수 있어.

나를 구해 준 안상은 엄마를 잃고 무너져 내린 내게 그렇게 말했다. 영혼의 짝이라니, 그런 허무맹랑한 존재가 이 세상에 있다고는 도저히 생각되지 않았다. 하지만 안상은 힘주어 말하며 미소 지었다. 괜찮아, 틀림없이 있어. 그때까지는 내가 지켜 줄게.

그 순간 안상의 그 말만 있으면 살아갈 수 있을 것 같았다. 영혼의 짝이야 있어도 그만, 없어도 그만이었다. 안상의 말만 있으면 나는 앞으로 얼마든지 살아갈 수 있으리라. 왜냐하면 안상의 그 말이 공허한 내 마음을 단숨에 채웠기 때문이다. 진심으로 그렇게 생각했는데.

침대에서 빠져 나와 창문을 열었다. 감청색 바다가 멀리 펼쳐져 있고 그 위로 갓 태어난 솜사탕 같은 구름이 떠 있었다. 아직 달궈지지 않은 바람이 라디오 체조 소리를 싣고 왔다. 오늘 아침에도 노인들은 에크, 에크 하며 몸을 움직이고 아이들은 카드에 도장을 받고 있을 것이다. 평소와 다름없는 평온한 아침. 마음을 편안하게 하는 경치에 정겨운 소리. 나는 오늘도 마당을 가꾸고 어제 만든 카레에 살짝 변화를 주어 먹을 것이다. 후식은 인터넷 쇼핑으로 주문한, 나가노현에서 제일 맛있다는 와라비모치(고사리 전분으로 만든 떡-옮긴이)다. 떡에 뿌려 먹는 콩고물과 흑설탕 시럽이 일품이라고 라디오에서 그랬다.

무엇 하나 상처 입을 일 없는 하루의 시작이다. 근심거리는 아무것도 없다. 그런데도 그 사람이 없다고 생각하면 오셀로(한쪽 면은 흰색이고 반대쪽 면은 검은색인 말을 사용하는 보드게임-옮긴이)의 게임 말이 단번에 뒤집히듯 최악의 날이 된다. 나를 두고 떠났다는 절망에 가슴이 갈기갈기 찢기는 것 같다. 이제 오늘이라는 날은 평온함과 거리가 멀어진다.

"안상, 안상."

기도하듯 여러 번 불렀다. 유년시절에는 엄마였다. 괴로울 때나 아플 때, 외로울 때 주문을 외듯 엄마를 불렀다. 예전에 엄마는 하느님이나 부처님보다 더 숭고한 존재였다. 그랬던 것이 언제부터 엄마가 아닌 안상으로 바뀌었을까? 지금에 와서는 내가 기억하는 모든 순간에 안상을 불렀던 것 같은 착각마저 든다. 그렇게 진심으로 바라고 의지한 존재를 나는 내 잘못으로 잃었다.

"안상, 안상."

추억만으로도 살아갈 수 있다면 좋을 텐데. 단 한 번의 말을 영원한 다이아몬드로 바꿔 품에 안고 사는 사람도 있다고 한다. 나도 그러고 싶다. 안상과 함께한 나날로 몸을 단장해 살 수 있으면 좋겠다고 진심으로 바란다. 하지만 다이아몬드로 바꿀 만큼 나는 고결하지 않다. 척 보기에도 멍청하고 나약한 인간인 데다 씻을 수 없는 죄를 저질렀다.

안상을 부르는 목소리가 점점 흐느낌으로 바뀌었다. 이루어지지 않는 소원을 혀에 올릴 때마다 몸이 저릿저릿하고 숨을 쉴 수가 없다. 어느새 나는 하늘을 쳐다보며 소리 내 울고 있었다.

얼마나 울었을까? 머리가 깨질 듯이 아프고 얼굴이 눈물과 콧물로 범벅이 되었을 즈음, 현관 미닫이를 똑똑 두드리는 소리가 들렸다. 눈물을 닦고 집에 아무도 없는 척 숨을 죽였다. 조금 지나 또 다시 누군가 문을 두드렸다. 어딘지 조심스러워하는 소리에 나는 누가 왔는지 알 것 같았다. 자리에서 일어나 현관으로 달려갔다.

힘껏 미닫이를 열자 예상대로 그 소년이 서 있었다.

"역시 맞았어. 너였어."

웃으려 했지만 잘 되지 않았다. 울어서 엉망이 된 얼굴을 찡그리는 나를 보고 소년은 놀란 듯 입을 벌렸다. 안절부절 못하더니 자기 배를 원을 그리듯 문질렀다. 내 배의 상처를 걱정해 주는 것이리라.

"미안, 깜짝 놀랐지? 하지만 괜찮아. 조금 울었을 뿐이야. 그러고 보니 매번 내가 울고 있을 때 만나네."

양손으로 얼굴을 벅벅 닦고 웃어 보였다. 조금 전보다는 낫지 않을까 생각했는데 별반 차이가 없나 보다. 소년은 안색까지 창백해져 내 배를 걱정스레 가리켰다.

"아아, 배가 아파서가 아니야. 뭐라고 해야 하지? 힘들다? 괴롭다? 아닌데. 음, 뭘까……. 무섭다? 아아, 그래, 무서워서."

나는 너무 무섭다.

소년은 내가 무언가 때문에 겁에 질렸다고 생각한 모양이다. 내 등 뒤와 주변을 불안한 눈으로 살폈다.

"아니, 그게 아니고. 뭐라고 할까, 버림받은 미아가 된 느낌? 이렇게 말해도 잘 모르겠지? 미안. 그보다 여기는 웬일이야?"

그러자 여전히 걱정스러운 듯 미간을 찌푸리고 있던 소년이 자기 옷을 당겼다. 오늘은 구겨진 흰 셔츠를 입고 있었는데 자세히 보니 성인 남성용 속옷 같았다. 그 속옷의 끝자락을 양손으로 잡고 내게 보여 주었다.

"뭐지? 뭘까? 아, 혹시 전에 그 티셔츠? 내가 벗겼던."

옷자락을 잡고 열심히 호소하던 소년이 연신 고개를 끄덕였다.

"잠깐 기다려 봐."

안쪽으로 가 티셔츠를 들고 나오자 소년이 안도하는 표정을 지었다. 옷을 건네니 기뻐하던 얼굴이 순식간에 어두워졌다.

"아, 괜한 일은 하지 말걸 그랬나?"

냄새가 너무 지독해 옷을 빨아 두었는데 그게 잘못인 모양이다. 소년은 눈썹을 내려뜨리고 내가 개어 둔 셔츠로 시선을 떨구었다. 빨래는 괜찮을 줄 알았는데 공연히 소년이 혼날 수도 있겠다는 생각이 그제야 들었다. 난 왜 이렇게 생각이 짧을까?

"미안해. 쓸데없는 짓을 했네."

당황해서 그렇게 말하자 소년이 고개를 가로저었다. 그러고는 머리를 꾸벅 숙이고 가려 했다. 나는 소년의 팔을 잡았다.

"저기, 전에는 내가 억지로 강요해서 미안해. 간식 먹고 가지 않을래? 인터넷으로 와라비모치 샀거든. 엄청 맛있다고 해서."

곤란한 듯 소년이 고개를 흔들었다.

"단 음식 안 좋아해? 그럼 감자칩은? 맛이 종류별로 다섯 개 정도 있어."

소년이 다시 고개를 흔들었다. 그 절박한 얼굴에 대고 미안하다고 말했다.

"미안해. 실은 널 잠깐이라도 붙들어두고 싶어서. 지금 외로워 죽을 것 같거든."

말하면서 새로운 눈물이 볼을 타고 흘렀다. 가냘픈 팔을 잡은 손에 한 번 더 힘을 주었다.

"잠깐이면 되니까 같이 있어 줘. 부탁할게."

이런 어린애에게 무슨 부탁을 하고 있는 걸까? 하지만 어떤 생명체라도 좋으니 옆에서 온기를 나누고 싶었다.

후, 하고 소년의 몸에서 힘이 빠지는 것을 느꼈다. 코를 훌쩍이며 비어 있는 다른 손으로 얼굴을 훔쳤다. 소년을 보니 한 걸음 더 다가와 내 얼굴을 들여다보고 있었다. 색소가 연한 유리 세공 같은 눈동자가 나를 담은 상태로 흔들리고 있다.

그 소리 없는 자상함에 "고마워"라는 말을 떨어뜨렸다.

소년은 지난번 일로 경계하는지 집에는 들어오려 하지 않았다. 그래서 툇마루에 평소에 쓰는 작은 밥상을 펴고 둘이서 카레를 먹었다. 아침 먹었어? 카레도 있는데, 라고 했더니 소년의 배에서 꼬르륵 하는 소리가 크게 울렸던 것이다. 얼굴이 빨개져서 어찌할 바를 모르는 소년에게 나도 아침 먹기 전이라며 같이 카레를 먹자고 했다. 약간 매운 카레여서 걱정했는데 소년은 정신없이 먹었다.

　아직 부드러운 햇살과 살랑대는 바람이 피크닉에 온 듯한 기분에 젖게 했다. 조금 전까지 뒤틀려 있던 감정이 바람의 손길로 서서히 평온을 되찾아간다. 소년이 와서 다행이었다.

"맛있어?"

　너무 울어서 퉁퉁 부은 얼굴로 묻는 나를 힐끗 보고 소년은 고개를 크게 끄덕였다. 눈 깜짝할 새 비워진 그릇을 보고 "더 줄까?" 하고 물으니 쑥스러운 듯 또 고개를 끄덕였다.

"많이 먹어. 혼자 있다 보니까 남는 건 냉동해 둬야겠다고 생각했을 정도거든."

　나도 카레를 입으로 가져가며 소년을 관찰했다. 무라나카는 의사소통이 안 된다느니 발악한다느니 했지만 그런 느낌이 전혀 없다. 오히려 토끼나 작은 새처럼 연약한 생명 같다. 가느다란 목을 쭉 빼고 물을 마신 소년이 숨을 내쉬었다. 볼은 발그레 물들고 만족한 듯 웃음을 지었다. 남자인 줄 알면서도 소녀처럼 여려 보였다.

"식후 디저트는 뭐가 좋아? 매운 걸 먹었으니까 달달한 걸로 할까? 아까도 말했지만 와라비모치가 있거든. 라디오에서 엄청 맛있다고 해서 주문했어. 세상 참 편리하지? 어디에 있든 무엇이든 살 수 있으니까. 실은 이곳이 너무 불편해서 저번에 태블릿을 샀거든. 텔레비전이나 휴대폰은 필요 없지만 인터넷은 있어야겠더라고."

그렇게 말하면서 곧바로 와라비모치를 준비했다. 콩고물과 흑설탕 시럽을 듬뿍 얹어 앞에 내려놓자 소년의 눈이 반짝였다. 무언가 물을 듯 나를 쳐다봐서 어서 먹으라고 했다. 소년은 잠깐 사양하는 기색을 보였지만 참기 힘들었는지 와구와구 먹기 시작했다. 콩고물이 잘못 넘어갔는지 컥컥대다가 재빨리 물을 들이켰다. 그 왕성한 식욕을 보며 어쩌면 밥을 안 먹었을지도 모르겠다는 데 생각이 미쳤다. 아침 식사를 한 모습으로는 도무지 보이지 않았다. 시계를 올려다보니 8시가 지났다. 보통 지금쯤이면 라디오 체조 후 아침 식사를 마쳤을 시각인데……. 그러다 불현듯 깨닫고 아, 하는 소리가 나도 모르게 튀어나왔다. 소년이 나를 보고 고개를 갸웃거려서 "아무것도 아니야"라며 웃었다.

그랬다. 할아버지라는 시나기 씨가 이 아이에게 폭력을 휘두를 가능성도 있었다. 주변 사람들에게 옷을 갈아입거나 목욕하기를 싫어해 몸에 손도 못 댄다고 한 것은 아이 몸에 있는 명을 숨기려는 거짓말이 아닐까?

갑자기 등골이 서늘해졌다. 만약 그렇다면 말을 하지 못하는 이 아이는 누구에게도 도움을 청할 수 없다. 게다가 그 사람은 이 마을에서 인격자로 통하는 모양이니 내가 아무리 떠들고 다녀 본들 아무도 내 말을 믿어 주지 않을 것이다.

소년이 문득 손을 멈추고 주변을 두리번거리기 시작했다. 마당에 앉은 새의 울음소리에 반응한 것 같다. 눈부시다는 듯 하늘을 올려다보는 얼굴을 보다가 소년이 새나 벌레의 울음소리를 좋아한다고 했던 무라나카의 말이 떠올랐다.

"새 좋아해?"

그렇게 물으니 소년이 작게 고개를 끄덕였다. 소년보다 먼저 식사를 끝낸 나는 태블릿을 들고 와 동영상 사이트에 접속했다. 휘파람새가 울고 있는 동영상을 재생하자 소년이 놀란 듯 화면을 들여다보았다. 나뭇가지에 앉아 소리 높여 우는 휘파람새를 뚫어지게 쳐다보는 얼굴은 세상 때가 전혀 묻지 않았다. 이 나이대 다른 아이들에게는 일상의 친숙한 물건일 텐데 소년은 태블릿을 처음 보는 얼굴이었다.

"봐도 돼. 동영상이 끝나면 여기를 터치해. 그러면 다른 걸 또 볼 수 있어."

연신 고개를 끄덕인 소년은 그 즉시 태블릿의 노예가 되었다. 내가 말을 걸어도 전혀 반응이 없었다. 영상을 한 번 더 보고 싶을 때나 음량 조절 같은 조작법을 그때그때 알려주면

한 시간 후에는 완벽하게 제 것으로 만들었다.

"대단하네."

아이의 빠른 습득력에 놀라는 동시에 이 아이에게 정말로 장애가 있는지 의심이 들었다. 말을 못한다는 것 말고는 여느 아이와 다를 바가 없었다. 물론 몇 번 보지 않아서 진실이 무엇인지는 알지 못한다. 하지만 나는 이 소년이 지극히 평범한 아이라고 확신했다. 아이는 분명 이유가 있어서 말을 하지 않는 것뿐이다.

소년이 내게 태블릿을 내밀었다. 어쩌다 광고를 클릭한 모양이다. 입은 무슨 말이 하고 싶은 듯 달싹였지만 소리는 나오지 않았다.

"아, 이럴 때는 여기를 누르면 돼. 그러면……."

아이는 태블릿을 받아들고 조작하는 내 손을 초롱초롱한 눈으로 바라보았다. 나는 그 얼굴을 힐끔 살폈다.

이 아이에게는 나와 같은 냄새가 난다. 부모의 사랑을 받지 못한 고독의 냄새. 이 냄새가 아이에게서 말을 앗아가지 않았을까?

이 냄새는 무척 집요하다. 아무리 꼼꼼히 씻어도 사라지지 않는다. 고독의 냄새는 피부나 살이 아닌 마음에 배어 있기 때문이다. 누가 이 냄새를 없앴다고 한다면 그는 넉넉한 사람이 되었기 때문이리라. 바다에 잉크를 떨어뜨리면 옅어져 보이지 않듯이 마음속 물이 바다처럼 넓고 깊어지면 집요하게 밴 고독도 옅어져 냄새가 나지 않게 된다. 그런 사람은 아주 행복할 것이다. 하지만 콧속을 간질이는 냄새에 신물을 느끼면서도 뿌예진 물을 끌어안고 줄곧 사는 사람도 있다. 바로 나처럼.

태블릿에서 다시 새소리가 들리자 소년의 표정이 밝아졌다. 그 얼굴을 보고 이 아이의 냄새를 옅게 만들어 주고 싶다고 생각했다. 그와 동시에 이런 내가 할 수 있을 리 없다고도 생각했다. 제 앞가림도 못하는 인간이 뭘 하겠어? 넌 그저 외로워서 고양이가 갖고 싶을 뿐이야. 또 다른 내가 비웃는다.

바라본 소년의 옆얼굴이 멀게 느껴졌다.

그날 이후로 소년은 매일 우리 집을 찾아왔다. 툇마루에서 나와 같이 간식을 먹고 때로는 식사를 하며 태블릿에 빠져 시간을 보냈다. 새뿐만 아니라 동물 소리도 좋은 모양이다. 어쩜 그렇게까지 집중할 수 있는지 감탄을 자아낼 만큼 열심히 들었다.

며칠이 지난 어느 날, 나는 소년을 부르려다가 아직 이름을 모른다는 사실을 깨달았다.

"물어본다는 게 깜박했네. 얘, 언제까지 '얘', '저기' 하고 부르기도 좀 그런데 이름이 뭐야? 나는 키나코야. 본명은 귀할 귀貴 자와 산호 호珊 자를 써서 키코인데 아는 사람이 키나코라는 별명을 지어 줬어. 귀엽지?"

마당에 굴러다니던 나뭇가지를 주워 한자를 쓰고 그 옆에

'키코'라고 썼다. 소년의 상태가 어느 정도인지는 모르지만 적어도 글자는 읽을 수 있다. 사자나 뻐꾸기 같은 글자를 태블릿 화면에 입력하는 것을 보았기 때문이다.

"키나코라고 불러 줘. 자, 다음은 네 차례야. 이름이 뭐야?"

나뭇가지를 건네고 소년을 살폈다. 나뭇가지를 손에 가만히 쥔 소년은 잠시 생각하다가 천천히 '벌레'라고 썼다.

무슨 뜻이지? 숨을 삼킨 나를 소년이 보았다. 그 눈에서 감정을 읽을 수 없다.

소년은 내가 빤 티셔츠를 그날 이후로 입고 오지 않았다. 사흘에 한 번 꼴로 다 떨어진 성인용 속옷을 갈아입고 왔다. 머리나 몸도 약간은 씻는 것 같았다. 냄새가 나는 날도 있고 그렇지 않은 날도 있었다. 몸은 절대로 못 만지게 해 확인할 수는 없지만 멍은 아직 있다. 누군가 폭력을 휘두르는 게 틀림없다. 숨기려 해도 숨길 수 없는 학대의 흔적이 분명히 있었다.

"음, 어, 그러니까 무사시(일본어로 벌레는 '무시'라 거기서 유추한 이름-옮긴이)나 뭐 그런 이름이야? 키나코처럼 별명?"

그렇게 물으면서도 그럴 리 없다고 생각했다. 아무리 머리를 굴려도 호의적인 이유를 찾을 수 없다. 역시나 고개를 가로저은 소년은 시시하다는 듯 나뭇가지를 던지고 태블릿을 다시 집어 들었다. 영상을 말끄러미 보는 얼굴을 지켜보며 초조함만 피어올랐다. 빨리 이 아이와 친해져야겠다. 아이가 직접 자신의 상황을 알려줄 정도로.

그러고 나서 마당에서 빨래를 너는데 갑자기 귀에 익숙한 소리가 났다. 고개를 돌려서 보니 소리의 출처는 태블릿이었다. 동영상을 돌려보는 사이에 그 생명체에까지 당도한 걸까?

"그거……."

툇마루에 걸터앉아 귀를 기울이던 소년 - 물론 벌레라고 부를 수는 없다 - 이 깜짝 놀란 나를 알아채고 태블릿을 손으로 가리켰다.

"아…… 음, 그거 용케 찾았네. 내가 자주 듣는 거야."

소년이 태블릿을 가리키며 고개를 갸우뚱했다. 어떤 생명체의 소리인지 모르는 것 같다. 널려던 수건을 바구니에 도로 넣고 소년의 옆에 앉았다.

어스레한 물속에서 기포가 천천히 올라가는 화면에 장중한 울림이 메아리치고 있었다. 크게 숨을 쉬는 것 같기도 하고 콧노래를 부르는 것 같기도 하다. 다정하게 부르는 듯 들리기도 하는 소리.

"이건 고래의 노랫소리야."

소년의 눈썹이 미세하게 위로 올라갔다.

"놀랐지? 고래는 바닷속에서 마치 노래를 부르듯 친구들을 부른대."

호오, 하고 감탄하는 숨을 내쉰 소년이 눈앞의 바다로 시선을 던졌다. 나도 따라 바다를 보았다.

"대단하지? 저렇게 드넓고 깊은 바닷속에서 친구들한테 소리가 전달된다니. 분명히 대화도 할 수 있을 거야. 영상 속 이 아이는 뭐라고 하고 있을까?"

소소한 말들이면 좋겠다고 생각한다. 오늘 밤은 달이 아주 밝네. 여기 바다는 아름다워서 기분이 좋아. 오늘따라 네가 보고 싶어. 그런 대화가 바다 어딘가에서 오가면 좋겠다.

"물속에서 상대방의 목소리가 울리면 어떤 느낌일까? 난 상대방의 마음이 온몸을 감싸는 상상을 하곤 해."

내게 보내는 마음을 온몸으로 받고 온몸으로 듣는다. 분명 굉장히 행복한 일이리라.

"아무리 멀리 떨어져 있어도 내게 보내는 마음이 느껴진다니 대단하지 않아? 하지만 그런 행복을 누리지 못하는 아이도……."

이야기하는 도중에 소년이 갑자기 불쑥 일어섰다. 올려다보니 소년은 불쾌하다는 듯 눈썹을 찌푸리고 입술을 일그러뜨리고 있었다. 왜 그러느냐고 물을 새도 없이 소년은 그대로 도망치듯 나가 버렸다.

"이제부터가 본론인데."

소년이 고래 소리에 흥미를 보였을 때 이야기하자고 생각했다. 이 아이라면 내가 왜 고래 소리를 듣는지 알아주지 않을까?

"또 올까?"

작게 중얼거렸다.

*

　인터넷으로 자전거를 샀다. 운동 부족이 마음에 걸리기도 했고 행동반경을 넓히기 위해서기도 했다. 이제 조금만 더 힘을 내면 이온까지 갈 수 있게 되었다. 인터넷 쇼핑의 진가가 시골에서 발휘될 줄은 미처 몰랐다. 역시 곤도마트만으로는 살 수 없다. 그 마트에 시칠리아 와인이나 벨기에 맥주가 들어오기만을 기다리다가는 내가 먼저 눈을 감을 것 같다.

　자전거를 받자마자 바로 타고 나가 보았다. 내리막길을 내달려 거의 간 적 없는 어시장 쪽으로 페달을 밟았다. 옛날에는 개인 상점이었겠지만 지금은 녹슨 셔터가 내려진 건물들 앞을 지났다. 공원처럼 보이는 장소는 내 허리 정도까지 자란 풀들로 무성하고, 페인트칠이 벗겨진 회전 놀이기구와 미끄럼틀이 쓸쓸히 서 있었다.

　"우리 할머니, 이런 곳에서 잘도 사셨네."

　작게 혼잣말했다. 도쿄에서 쭉 게이샤를 하며 지낸 할머니는 화려하게 살았다고 한다. 엄마 말로는 가정부를 고용하고 후학을 양성하며 아사쿠사나 공연을 관람하러 나가는 등 우아하게 생활했단다. 내가 만 세 살 때 이 마을에 왔다고 하니

예순쯤 되었을 것이다. 그 연세에 용케도 다른 곳으로 이사하는 모험을 감행했다. 그것도 이렇게 아무것도 없는 마을에 달랑 혼자. 딱히 부유하게 살지 않은 나조차도 불편하다고 느끼는데.

– 자존심이 센 여자야.

코웃음 치며 빈정댄 사람은 엄마였다. 그 여자, 돈 많은 단골손님한테 버림받고 그동안 유지해 온 화려한 생활을 더는 할 수 없게 된 거야. 자존심만 세서 자기가 잘나가던 시절을 아는 사람들에게 비웃음 사기는 죽어도 싫으니까 아는 사람이 없는 시골로 도망친 거라고. 어리석기는. 하지만 만년을 쓸쓸하게 보내야 하는 건 어쩔 수 없어. 그게 첩의 운명이니까.

– 풍류를 아는 게이샤였다.

그렇게 말한 사람은 의붓아버지였다. 할머니가 돌아가셨을 때 한 말이었다. 할머니는 내가 만 여섯 살 때 대동맥 박리가 일어나 손도 못 써 보고 세상을 떠나셨다. 전통 음악 수업 중에 갑자기 고통을 호소해서 바로 병원에 옮겨졌지만 결국 숨을 거두셨다. 할머니라면 치를 떤 엄마는 할머니가 병석에 누워도 절대로 병구완은 하지 않겠다고 했는데 결국 아무것도 하지 않아도 되었다. 할머니는 장례를 치르고도 남을 만큼 돈을 남겼고, 그 사실을 안 의붓아버지가 말한 것이다. 난 저 사람이 우리 가족이다 생각하면 몸서리치게 싫었다. 내

가족이 첩으로 산다는 게 창피해서. 그렇지만 저 사람이 살아온 삶에는 경의를 표한단다. 기품 있다고 이름난 게이샤의 이미지에 손상이 가지 않게 마지막까지 멋있게 살았어. 그 점만은 높이 사.

내게 할머니는 그저 자상한 사람이었다. 잘난 척하지도 거드름을 피우지도 않고 인자하게 웃는 따뜻한 사람. 마당 구석에 가만히 핀 용담처럼 고운 사람. 두 사람이 말하는 할머니는 내가 아는 할머니와 달랐다.

그리고 두 사람은 할머니가 어째서 이 땅을 택했는지 몰랐다. 아무런 연고도 없고 기댈 사람도 없는 마을. 눈에 띄지 않는 시골 어촌 마을. 할머니는 여기서 무엇을 찾고 있었을까? 어떻게 살았을까?

그런 생각을 멍하니 하며 페달을 밟아 지방도까지 나왔다. 어디로 갈지 두리번거리는데 누가 "미시마 씨!" 하고 이름을 불렀다. 쓰고 있던 야구 모자의 챙을 들어 올려 소리가 난 쪽을 보니 무라나카가 왜건 창밖으로 몸을 내밀고 손을 흔들고 있었다.

"이런 데서 뭐 해?"

"자전거 샀거든. 한번 타 보는 중이야."

"오, 그래? 밥 먹었어? 난 이제 먹으러 가는데."

그 말을 듣고 손목시계를 보니 오후 1시가 다 되었다.

"괜찮으면 같이 안 갈래? 맛있는 정식집 소개해 줄게."

무라나카의 말에 잠시 고민했다. 한동안 외식을 하지 않았다. 모처럼 자전거도 샀으니 소개해 달라고 할까?

"그래, 가자."

무라나카의 얼굴이 대번 밝아졌다.

무라나카의 차가 앞장서 향한 곳은 자전거로 몇 분 걸리는 곳에 있는 자그마한 가게였다. 남색 포럼에 흰 글씨로 '밥집 요시야'라고 적혀 있었다. 간유리를 끼운 미닫이를 열려는데 작업복 차림의 아저씨들이 단체로 나왔다. 가게 안으로 들어가자 의외로 넓었다. 4인용 테이블석이 네 개, 방에 올라가 먹는 곳이 네 곳. 방은 조금 전 아저씨들이 차지했는지 밥 먹은 흔적이 고스란히 남아 있었다. 앞치마를 두른 여성 두 사람이 분주하게 테이블을 뒷정리하고 있다.

비어 있는 창가 테이블석에 마주하고 앉아 메뉴판을 펼쳤다. 카레에 돈가스 덮밥, 짬뽕, 튀김 등 여하튼 메뉴 가짓수가 많았다. 하나씩 단품으로 시킬 수 있는 요리도 다양해 밤에는 술도 마실 수 있는 대중식당 같은 느낌이었다.

"그러고 보니 켄타는?"

"걔는 요즘 이온 맞은편에 생긴 소고기 덮밥집 종업원한테 푹 빠졌어."

무라나카가 어깨를 으쓱했다. 켄타는 외골수 기질이 있어서 이제부터 점심은 그 덮밥집만 이용하겠노라고 선언했다고 한다. 무라나카는 부하 직원의 사랑을 응원해 주려고 함께했다가 그만 덮밥에 물려서 오늘은 따로따로 행동하기로 했단다.

"그보다 추천 메뉴는 이거야. 도리텐 정식."

무라나카가 손으로 가리킨 곳에는 큼지막한 사진에 빨간 글씨로 '인기 No.1'이라고 쓰여 있었다. 듣자 하니 도리텐은 오이타현의 대표 음식인 닭튀김인데, 이곳 요시야는 무라나카네 집 식구들이 다 좋아하는 가게란다. 여기 오면 다들 도리텐 정식만 시킨다고 했다.

"그럼 나도 그걸로 할게. 저기요."

종업원을 부르자 바로 여자 종업원이 왔다. 도리텐 정식 두 개, 하고 주문하는데 무라나카가 "어?" 하는 소리를 냈다.

"코토미, 맞지?"

그 이름에 가슴이 철렁해 여자 종업원의 얼굴을 본 나는 눈을 크게 떴다. 데님 앞치마를 하고 머리에는 흰 천을 두른 여성의 용모가 그 소년과 어딘지 닮았다.

"아, 무라나카……?"

선이 가는 소녀 같은 몸매. 수줍은 듯 웃으며 볼을 긁는 동작은 앳되지만 얼굴은 무라나카의 동창으로는 보이지 않을 만큼 겉늙었다. 아름다운 꽃이 독으로 시든 것 같은 그런 처연함이 있었다.

이 사람이 그 소년의 엄마…….

"10년 넘게 안 봤는데 용케 나를 기억하네."

"그야…… 초등학교 때부터 알았으니까. 그런데 뭔가 분위기 같은 게 꽤 바뀌었네."

무라나카가 단어를 고르며 말하자 코토미는 "여자는 변하는 법이야"라며 미소 지었다.

"아니, 그게……. 그, 그렇구나. 응."

"후훗, 넌 여전히 애가 순수하네. 귀엽다. 도리텐 정식 두 개 시키셨죠? 알겠습니다."

아이돌처럼 고개를 살짝 기울여 싱긋 웃는 포즈를 취하고 코토미는 주방으로 사라졌다. 곧이어 코토미 휴식 시간이야, 네에, 하는 대화 소리가 들렸다.

"……고생을 많이 했나 봐."

코토미의 뒷모습을 눈으로 좇던 무라나카가 쓸쓸히 중얼거렸다. 그러고는 "중학생 때 교내에서 제일 예쁜 미소녀였거든"이라고 내게 말했다.

"하여튼 예뻐서 학교에서 인기가 아이돌급이었어. 내 친구들도 쟤한테 고백했다가 꽤 차였는데. 코토미는 여기서 비교적 공부 잘한다는 애들이 가는 고등학교에 가고 나는 머리가 나빠서 똥통 학교……. 뭐 어쨌든 학교는 달랐어도 코토미 소문은 항상 듣고 있었거든. 고등학교 중퇴해서 동네를 떠났다는 얘기를 들었을 때는 틀림없이 어디 유명 소속사에 스카우트됐을 거라고 다들 흥분했어. 그랬는데 왠지 쓸쓸하네."

먼 곳을 쳐다보는 무라나카에게는 미소녀였던 시절의 코

토미가 보이는 걸까?

"코토미 씨 성격은 어땠어?"

"그야 막무가내로 구는 면이 좀 있었지. 그만큼 예뻤으니까 다들 무슨 말을 들어도 이해해 줬거든. 아이돌이라기보다 공주님에 가까웠겠다."

흐음, 하며 적당히 맞장구를 쳤다. 그런 사람이 지금은 자식을 '벌레'라고 부르고 있다. 다 해진 옷을 입히고 폭력을 휘두르고 어쩌면 끼니도 제때 챙겨 주지 않는다.

그 사실을 무라나카에게 말하면 믿어 줄까? 방법을 강구해 주지 않을까? 말이라도 꺼내 볼까 싶지만 입이 떨어지지 않았다. 무라나카에게 말해서 오히려 소년이 더 위험한 상황에 처할 수도 있다.

나는 안일한 선의로 고통을 받았다. 초등학교 4학년 때 담임이었던 여자가 내 교복이 제대로 다림질되어 있지 않다고 엄마에게 말했다. 밑에 어린 동생이 있어서 힘드시겠지만 조금만 관심을 기울여 주시면 키코가 덜 외로워할 거예요. 우리가 너도 사랑한다는 걸 행동으로 보여 주시면 좋겠어요.

겨울방학이 되기 전 나도 동석한 학부모 면담 자리에서였다. 득의만면한 표정으로 말하는 담임에게 엄마는 "미처 신경을 쓰지 못해 죄송합니다. 아휴, 창피하네요"라며 조신하게 머리를 숙였는데, 나는 그 얼굴이 순간 얼어붙은 것을 놓치지 않았다. 아니나 다를까, 엄마는 화가 머리끝까지 치밀어 집에 들어온 것과 동시에 나를 후려쳤다. 쓰러진 내 머리채를 잡고 엄마는 무서운 얼굴로 위협했다.

– 내가 왜 그런 새파랗게 젊은 여자가 으스대는 꼴을 봐야 해? 너, 그 여자한테 뭔 말 했지!?

물론 집에서 일어나는 일은 아무에게도 말하지 않았다. 부모님이 남동생만 예뻐하고 엄마가 데려온 자식인 나는 천덕꾸러기 취급한다는 말은 하고 싶지 않았고, 무엇보다도 그 사실을 인정하고 싶지 않았다. 아마도 그 교사는 집에서 내 복장을 신경 써 주는 사람이 아무도 없다는 걸 알아차리고 완곡하게 '다림질'이란 표현을 썼을 거라고 지금은 생각한다. 밑의 동생에게 애정이 과하게 몰리는 부모에게 나름 주의를 줄 요량이었을 거라고도. 하지만 그게 그리 간단치 않았다.

엄마는 현관에서 나를 계속 때렸지만 그걸로 분이 풀리지는 않았다. 겨울방학이 되자 끼니를 제때 주지 않았다. 하루에 한 끼, 대충 김가루를 뿌린 흰밥 한 공기를 저녁으로 받았고 그것도 손님용 화장실에서 혼자 먹어야 했다. 엄마를 망신 준 벌이라는 것이다. 불기운이 없어 선득하고 좁은 공간에서 따끈한 고기와 생선 냄새, 가족들의 정겨운 웃음소리를 멀리서 느끼며 먹는 밥은 아무런 맛이 느껴지지 않았다. 하지만 배가 너무 고파 어쩔 수 없이 울면서 입에 밀어 넣었다. 그해에는 나만 크리스마스와 연말, 새해가 없었다. 허기를 참기 힘들었던 크리스마스 날 야밤에 쓰레기통을 들추니 마사키가 먹다 남긴 치킨과 초밥, 케이크가 버려져 있었다. 설탕으로 만든 산타클로스가 생크림을 뒤집어쓰고 있는 것을 주저 없이 집어 먹었다. 생크림으로 불은 산타클로스는 달고 비릿했다.

"미시마 씨, 어디에 정신 팔고 있어?"

무라나카의 목소리에 순간 놀란 나는 아무것도 아니라고 했다. 조금도 즐겁지 않은 끔찍한 기억이다.

잠시 뒤 도리텐 정식이 나왔다. 도쿄에서 먹은 닭튀김을 상상했는데 튀김옷을 두툼하게 입힌 도리텐에 조금 놀랐다. 처음 먹는다고 하자 무라나카가 감귤 과즙을 배합한 간장 소스에 찍어 먹으면 맛있다고 알려주었다.

"거기 작은 접시에 이 간장 소스를 따라. 매운 걸 좋아하면 유즈코쇼(유자 껍질과 청양고추를 잘게 다져 만든 양념-옮긴이)를 섞어도 되고. 그냥 심플하게 소금에 찍어 먹어도 맛있어."

무라나카의 말대로 간장 소스에 살짝 찍어 먹었다. 닭에서 기름기가 배어 나왔지만 간장 소스가 느끼함을 잡아 주었다. 맛있다. 그렇게 작게 중얼거리자 무라나카가 기뻐하며 웃었다.

"여기 동네 사람들은 저마다 좋아하는 도리텐 가게가 있어. 내 손으로 만들어 먹는 게 최고라는 사람도 많고."

이 가게의 도리텐은 튀김옷이 서양의 프리터 반죽에 가깝다. 일반 채소 튀김은 튀김옷을 얇게 입혀 바삭하게 튀긴 음식을 좋아해 그런 가게도 있는지 물으니 무라나카가 몇몇 곳을 가르쳐 주었다.

"또 다른 추천 가게는……. 아, 그렇지. 여자니까 달달한 걸 좋아하려나? 생크림이 듬뿍 들어간 슈크림 파는 가게가……."

"아, 그건 됐어. 생크림 못 먹거든."

그날 크리스마스 밤 이후로 설탕 과자와 생크림은 속에서 잘 안 받아들이게 되었다.

"그럼 술 좋아해? 그렇다면 '류큐'라고 이 지역 향토 음식점이 있는데 거기 음식이 또 술안주로 그만이야."

무라나카가 알려주는 이 근방의 맛집 정보를 들으며 식사를 한 뒤 가게 앞에서 헤어지기로 했다. 켄타를 데리러 덮밥집까지 가야 한다는 무라나카를 배웅하고 가려는데 무라나카가 좀처럼 출발하지 않고 차창을 내려 말을 걸었다.

"저기, 친하게 지내는 것도 싫어?"

엉겁결에 "뭐?" 하고 되묻자 무라나카는 땅에 시선을 고정한 채 "나는 미시마 씨랑 친해지고 싶어서……"라며 말을 우물거렸다. 그러더니 고개를 들고 "아아, 이런 말 잘 못해서 그냥 솔직히 말하면 미시마 씨랑 거리를 좁히고 싶어"라며 빠르게 말했다.

"미시마 씨가 엄청 신경 쓰여. 다짜고짜 사귀자는 소리는 아니고 일단 그 전 단계라도 좋아. 그러니까 뭐냐, 날 편하게 생각해 주면 좋겠다, 뭐 그런 건데."

그 기세에 눌려 무라나카를 보았다. 나를 똑바로 쳐다보는 그 눈에 망설임은 없었다. 분명 겉과 속이 다른 사람은 아니리라. 하지만 마음 한편에서 아닐 수도 있다고 속삭이는 내가 있다. 도쿄에서 온 여자가 그냥 신기해서 해 보는 말일 수도 있어. 게다가 너, 무엇보다 이제 저런 거 받으면 안 되잖아. 또 누군가에게 상처 주게 될 거야.

"……가끔 놀러 오는 건 괜찮아. 아이스크림 정도는 같이 먹을게."

그렇게 말하며 이 정도 거리 두기는 괜찮을 거라고 생각했다. 친절과 애정만 명확히 구분하면 된다. 무라나카는 안도의 숨을 내쉬며 "다음에 또 왕창 사서 갈게"라는 말을 남기고 멀어져 갔다. 그 모습을 지켜보다가 나도 자전거에 올라탔다. 소화도 시킬 겸 돌아서 집에 가자.

가게 뒤편으로 돌아가려고 자전거를 모는데 가게 뒷마당에 놓인 의자에 코토미가 앉아 있었다. 하늘을 쳐다보며 멍하니 담배 연기를 내뿜는 모습은 피로에 찌들어 있었다. 옆을 스쳐가는 나를 알아채지도 못하는 옆얼굴은 아무것도 보고 있지 않았다.

저 사람은 어떤 사람일까? 소년에게 어떤 엄마일까? 페달을 밟으며 생각했다. 그리고 난 어떻게 하면 좋을까? 이럴 때는 어떻게 하는 게 정답일까?

개학 전날이 되어서야 하루 한 끼만 먹던 나날에서 해방되었다. '밖에 나가 사람들에게 걱정을 끼치지 않겠습니다'라는 문구를 노트 한 권 분량에 빼곡히 쓰고 용서를 받았다. 크게 안도하고 울면서 밥을 먹는 내게 의붓아버지와 엄마는 말했다. 네가 엄마에게 상처 주지 않았다면 우리가 이토록 엄하게 하지는 않았을 거다. 네가 고통스러웠던 만큼 엄마도 마음이 아팠어. 그러니 다시는 엄마를 망신시키지 말거라. 온화한 말투로 타이르며 자상하게 내 머리를 쓰다듬었다. 그러나 두 사람의 눈은 웃고 있지 않았다. 그래서 나는 연신 고개를 주억거리며 말했다. 밖에 나가서는 절대로 사람들에게 걱정을 끼치지 않을게요. 하지만 그것은 노트에 쓴 말을 반복한 데 지나지 않았고 구체적으로 무얼 하면 되고 무얼 하면 안 되는지 전혀 몰랐다. 알고 있는 건 다음번에도 똑같은 일이 생기면 더 가혹한 처벌이 기다리고 있으리라는 사실뿐이었다. 필사적으로 머리를 굴려 여하튼 옷차림만은 단정하게 하자고 맹세했다.

그 후로 내 옷을 매일 빨고 다림질했다. 웬만해서는 옷을 새로 사 주지 않았기 때문에 사이즈가 맞지 않거나 옷 가짓수가 많지 않은 것은 내 힘으로 어찌할 수 없었지만 그 교사는 거기까지 보지는 않았다. 겨울방학 전보다 살이 빠진 몸은 알아보지도 못하고 빳빳해진 블라우스를 보며 다행이라고 내게 웃어 보였다. 엄마는 키코를 항상 지켜보고 계신단다. 동생이랑 똑같이 키코도 사랑하셔. 이제 알았지?

아무것도 모른 채 웃고 있는 그 얼굴에 침을 뱉어 주고 싶었다. 당신이 사려 없이 한 말 때문에 나는 죽을 만큼 괴로웠어. 비린내 나는 산타클로스가 얼마나 슬펐는지 당신은 죽었다 깨어나도 모를 거야. 그리고 생각했다. 이제 이 사람을 믿어서는 안 된다. 이 사람 눈에 불쌍한 아이로 비쳤다가는 또 무슨 고통을 당할지 모른다. 다시는 이 사람이든 누구에게든 동정을 사서는 안 된다. 그 이후로 나는 어른을 경계하게 되었다.

관자놀이에서 땀이 흘렀다. 역시 한여름 오후의 햇살은 따갑다. 이래 가지고는 치덕치덕 바른 선크림도 흘러내리겠다. 영업 중인지 어떤지도 잘 모르겠는 상점 앞에 자전거를 세우고 메신저백 안에 들어 있는 녹차 페트병을 꺼냈다. 미지근해진 녹차를 마시고 숨을 내쉬었다. 하늘을 쳐다보니 커다란 적란운이 떠 있었다. 야구 모자를 벗어 모자로 얼굴을 부채질했다.

사려 없는 선의는 되레 그 아이의 목을 조를 수도 있다. 그런 일은 피해야 한다. 자, 그러면 어떻게 해야 한단 말인가. 소년의 말은 들어 보지도 못했다. 소년이 어떻게 해 주길 바라는지조차 나는 알지 못했다.

"얼굴을 봐야 들어 보든가 하지."

소년이 집에 오지 않은 지 벌써 며칠이 지났다. 고래에 관한 남은 뒷이야기를 들어 주길 바라지만 소년은 이제 안 올지도 모른다.

"댁의 아드님이랑 친하게 지내고 싶다고 아까 말이라도 해볼걸."

하지도 못할 말을 중얼거리고 웃었다. 안상은 그런 점에서 대단했다. 처음 보는 나를 단 며칠 만에 집에서 구해 주었다. 게다가 엄마에게 대고 "그 시끄러운 입 좀 닥치세요, 아줌마"라고 쏘아붙였을 때에는 꿈이라도 꾸는 줄 알았다. 나도 안상처럼 할 수 있으면 좋겠지만 나는 안상만큼 자상하지도 강하지도 않아서 잘 되리라고는 장담할 수 없다. 그리고 안상이 세게 나올 수 있었던 데에는 내가 성인이라는 이유도 컸을 것이다.

적란운 속에 새가 날고 있다. 바람을 타고 있는지 우아하게 원을 그리고 있다. 그 모습을 바라보며 안상에게 묻는다. 안상이라면 어떻게 할 거야? 무엇이 최선책일까?

차를 한 모금 더 마신 뒤 집을 향해 다시 페달을 밟았다.

며칠이 지난 어느 날 밤이었다. 침대 속으로 기어들어가려는데 현관 미닫이가 똑똑, 하고 울렸다. 나도 모르게 몸을 움츠리고 문단속을 제대로 했는지 기억을 더듬었다. 그러는 사이 한 번 더 미닫이가 울렸고, 깜짝 놀랐다. 이 소리를 알고 있다. 하지만 왜 이 시간에?

침대에서 뛰쳐나와 현관으로 향했다. 옥외등을 켜고 "어, 그, 너 맞지?"라고 물었다. 역시 이름이 필요하다고 생각하는데 대답하듯 문이 한 번 덜거덩거렸다.

심호흡을 한 뒤 잠금 장치를 풀고 문을 옆으로 밀었다. 거기에는 역시 소년이 서 있었다. 각오는 했지만 막상 그 모습을 보니 작게 비명이 터져 나왔다. 소년의 머리에서 끈적끈적한 피가 흐르고 있었다.

"힉, 다쳤어!? 일단 구급차……. 그런데 태블릿으로 통화도 되나?"

다리가 떨리고 머릿속이 혼란스러웠다. 우왕좌왕 어찌할 바를 모르는 내게 소년은 볼에 묻은 피를 손바닥으로 쓱 닦아 앞으로 내밀었다. 새콤달콤한 냄새가 코끝을 간질이자 그제야 정신이 들었다.

"아, 응? 케, 케첩?"

소년이 고개를 끄덕였다. 아무래도 피가 아니라 케첩을 머리에 뒤집어쓴 것 같다.

"아아, 심장 멎는 줄 알았네……."

터질 듯 벌렁거리는 심장에 손을 갖다 대며 미닫이에 기댔다. 자칫 그대로 주저앉을 뻔했다. 거칠어진 숨을 고르며 소년을 보니 울상이 된 얼굴로 줄곧 서 있었다. 그 불안한 얼굴을 향해 어떻게든 웃어 보였다. 소년은 나를 믿고 와 주었다.

내가 당황해서는 안 된다.

"나를 떠올려 줘서 고마워."

그렇게 말하자 소년의 눈에 눈물이 고였다. 미세하게 떨고 있는 것이 보였다. 당장이라도 소리 내 울 것 같은데 소년은 입술을 꼭 다물고 참고 있었다.

"음, 우선 샤워부터 하자. 내 옷을 빌려 줄게."

주먹을 풀지 않는 소년의 손을 잡고 끌어당겼다. 소년은 얌전히 집 안으로 들어왔다.

욕실에서 물 떨어지는 소리를 들으며 티셔츠와 반바지를 준비했다. 소년이 평소 입던 낡은 셔츠와 청바지는 케첩이 여기저기 튀고 얼룩이 져 세탁기에 넣었다. 이런 꼴로 소년이 밤거리를 배회했다면 엽기적인 사건이 될 뻔했다. 여기까지 오는 데 사람들 눈에 띄지 않아서 다행이다. 아니, 눈에 띄어서 신고가 들어가는 편이 좋았을까?

"갈아입을 옷, 여기 두고 갈게."

그렇게 말을 걸고 거실로 돌아왔다. 시계를 올려다보니 자정이 넘어가고 있었다. 소년은 밥은 먹었을까? 뭐라도 먹이고 경찰에 연락해야 할까? 무슨 일이 있었는지 모르지만 코토미가 찾고 있을 수도 있다고 생각했을 때 소년이 쭈뼛쭈뼛 다가왔다.

"와, 깨끗해졌네."

바디워시랑 샴푸 아끼지 말고 쓰라고 단단히 일러두어서

인지 아주 말끔해졌다. 긴 앞머리를 뒤로 넘기자 드러난 얼굴은 역시 코토미를 닮았고, 또 예뻤다. 코토미가 옛날에 교내에서 제일 예쁜 미소녀였다는 것도 수긍되었다.

그러나 티셔츠 소매 틈으로 보이는 팔은 삐쩍 말랐고 몸 여기저기에 여전히 멍이 있다고 생각하면 가슴이 미어졌다.

"아, 맞다. 저기, 밥 먹을래? 컵라면밖에 없긴 하지만."

이럴 때는 손수 만든 따끈한 음식을 대접하면 좋을 텐데 꼭 이런 날에 한해 냉장고 안은 텅텅 비어 내 저녁도 냉동실에 딱 하나 남은 냉동 우동이었다. 고개를 젓는 소년에게 "그러면 아이스크림이라도 안 먹을래?"라고 했더니 소년은 잠시 생각한 뒤 고개를 끄덕였다.

"엄청 많아. 여기로 와서 직접 골라 봐."

며칠 전, 무라나카는 그 즉시 커다란 비닐봉지 가득 아이스크림을 사 들고 왔다. 지난번 것도 아직 남아서 다 못 먹는다고 하는 내게 "아이스크림은 유통기한이 없어"라며 반강제로 비닐봉지를 떠안기더니 "또 올 테니까 내 거 남겨 놔"라고 쑥스러운 듯 덧붙였다. 내 어디에 호감을 느끼는지는 모르겠지만 취향 한번 별나다. 따귀 맞은 일은 그새 잊었나?

냉동실에 든 아이스크림을 보더니 소년은 바닐라 와플을 골랐다. 나는 딸기 와플을 집었다. 그리고 우리는 자연스레 툇마루로 나갔다. 구름 한 점 없는 밤하늘에 샛노란 달이 포근히 빛나고 있었다. 환하게 밝은 달밤이다. 한낮의 무더위가 거짓말처럼 모습을 감추고 바람이 부드럽게 분다.

"이 정도로 밝으면 여기까지 걸어오는 데 수월했겠다."

옆에 앉은 소년에게 말을 거니 어찌할 바를 모르고 고개를 숙였다. 어서 아이스크림을 먹으라고 하자 느릿느릿 먹기 시작했다. 나도 똑같이 아이스크림을 베어 물었다.

적막이 흐르는 밤이다. 귀를 기울이면 멀리 떨어진 바닷가에서 철썩이는 파도 소리도 들릴 것 같다.

흐흐, 하는 소리가 나 옆을 보니 소년이 아이스크림을 먹으며 울고 있었다. 아이스크림을 입에 밀어 넣으며 조용히 눈물을 흘리고 있다. 이럴 때조차 목소리를 죽인다. 내 시선을 느낀 소년이 다급히 눈물을 닦고 고개를 돌렸다.

나는 아무 말도 하지 않은 채 아이스크림을 먹고 달을 올려다보고 파도 소리에 귀를 기울였다. 아이스크림을 다 먹고는 침실 테이블에 놓아둔 MP3 플레이어를 가지고 왔다. 아이스크림을 다 먹고 멍하니 있던 소년이 내 손에 든 물건을 보고 고개를 갸웃거렸다.

"난 말이야, 외로워 죽을 것 같을 때 듣는 소리가 있어."

저번에 이걸 들려주려 했는데 소년이 도망쳤다.

이어폰 한쪽을 소년에게 건네고 나머지 한쪽을 내 귀에 꽂았다. 플레이 버튼을 누르자 바로 소리가 흘러나왔다. 소년이 나를 보고 무슨 말인가 할 듯 입을 움직였다.

"응, 맞아. 고래 소리야. 하지만 전에 들은 아이 소리랑은 다른 거야."

　멀리서 부르는 듯, 멀어져 가는 듯한 소리. 세상 끝까지 울려 퍼질 듯한 소리.

　"이 고래 소리는 아무도 들을 수가 없어."

　소년이 눈을 살짝 크게 뜨고 고개를 갸웃거렸다.

　"보통 고래랑은 소리의 높이, 그러니까 그걸 주파수라고 하는데 그 주파수가 전혀 다르대. 고래도 종류가 다양한데 주로 10에서 39헤르츠 높이에서 노래한다고 해. 그런데 이 고래의 노랫소리는 52헤르츠야. 소리가 높아서 다른 고래들한테는 들리지가 않아. 지금 듣고 있는 이 음도 사람 귀에 맞춰서 주파수를 높인 거니까 실제로는 더 낮은 소리라나 봐."

　52헤르츠 고래. 세상에서 가장 외롭다고 하는 고래. 그 소리는 망망대해에 분명 울려 퍼지고 있는데 받아 주는 동료가 어디에도 없다. 아무에게도 전해지지 않는 노랫소리를 계속해서 내는 고래의 존재는 발견되었지만 지금도 실물은 확인되지 않고 있다고 한다.

　"주파수가 달라서 동료를 만날 수도 없대. 예를 들어 무리를 지은 동료들이 아주 가까이에 있어도, 손만 뻗으면 닿을 수 있는 위치에 있어도 알지 못하고 그냥 지나친다는 거지."

　사실은 동료가 많이 있는데 아무것도 전해지지 않는다. 아무것도 전하지 못한다. 얼마나 외로울까?

　"지금도 어느 바다에서 남들은 들을 수 없는 소리로 자기 목소리를 전하려고 노래하고 있을 거야."

그 겨울방학 이후로 의붓아버지와 엄마는 벌이라면서 걸 핏하면 나를 손님용 화장실에 가두었다. 시간은 점점 길어지고 나중에는 식사뿐 아니라 아예 거기서 생활하라고 강요했다. 뚜껑을 닫은 변기 앞에서 쪼그리고 앉아 잠을 자고 오로지 문이 열릴 순간만 기다린다. 벽 너머에는 풍요롭지만 만질 수 없는 화기애애함이 있었다. 외로움에 미쳐 버릴 것 같아 울부짖으면 난폭하게 문이 열리고 매질이 뒤따랐다. 그리고 갇히는 시간이 연장되었다.

어느 사이엔가 나도 단념하고 화장실의 작은 창으로 들어오는 달빛을 멍하니 쳐다보며 같은 빛 아래 있을 나와 비슷한 누군가에게 가만히 말을 거는 법을 배웠다. 나만 이렇게 외로운 건 아닐 거야. 누군가는 이 소리를 듣고 있을 거라는 믿음이 조금이나마 위안이 되었다. 그때 나는 52헤르츠 소리를 내고 있었다.

"으으."

소리가 나서 깜짝 놀랐다. 보니까 소년이 이어폰을 끼운 귀를 누르고 울고 있었다. 악물은 이 사이로 쥐어짜듯 신음 소리가 새어 나오고 있었다. 온몸을 떨고 있는 소년의 등을 가만히 쓰다듬었다.

"소리 내 울어도 돼. 괜찮아. 여긴 나밖에 없는걸."

나는 살집이 없는 얄팍한 등을 계속해서 쓰다듬었다. 이가 딱딱 부딪치고 몸이 떨리고 있었다. 그런데도 소년은 소리를 내지 못하고 참고만 있었다.

"널 어떻게 부를지 쭉 생각해 봤어. 벌레라고 부를 수는 없으니까. 그런데 지금 생각났어. 네가 나한테 진짜 이름을 알려줄 때까지 '52'라고 불러도 될까? 나는 아무도 듣지 못하는 너의 52헤르츠 소리를 들을게. 언제든 들으려 할 테니까 넌 네 나름의 언어로 이야기해 줘. 내가 전부 다 받을게."

소년이 흠칫하며 나를 보았다. 달빛에 비친 눈은 영롱하고 눈물로 젖어 있었다. 아름다운 호수를 닮은 그 눈이 미소를 지어 보인다.

"나도 옛날에 52헤르츠 소리를 냈어. 오랫동안 아무도 듣지 못했는데 딱 한 명 들어 준 사람이 있었어."

왜 그것을 영혼의 짝이라고 여기지 않았을까? 왜 운명의 만남이라고 깨닫지 못했을까? 그가 떠나고 나서야 깨닫다니, 너무 늦다.

"너한테는 동료가 더 있을지도 몰라. 이 세상 어딘가에서 커다랗게 무리 지은 동료가. 아니, 분명히 있어. 그러니까 내가 그 사람들이 있는 곳까지 데려다 줄게. 내가 화장실 문밖 세상으로 나올 수 있었던 것처럼."

내 목소리를 듣고 구해 준 사람의 목소리를 정작 나는 듣지 못했다. 만약 내가 그의 목소리를 들었다면, 온몸으로 받았다면, 그랬다면 지금처럼 되지는 않았을 것이다.

내가 이 아이에게 하려는 행동은 분명 듣지 못한 그 목소리에 대한 속죄다. 사라지지 않는 죄책감을 어떻게든 씻어내려는 데 불과하다. 하지만 그래도 상관없다. 그 사람 대신이라 해도, 순수한 마음이 아니라 해도 지금은 이 아이를 구하고 싶다. 이런 나라도 할 수만 있다면.

52가 하늘을 바라본다. 그리고 천천히 입을 벌렸다. 갓 태어난 젖먹이 아기보다도 더 꺼질 듯 가냘픈 울음소리가 밤하늘에 녹아들었다.

3. 문 너머 세상

5년 전 만 스물한 살이던 나는 의붓아버지를 병간호하는
데 내 모든 시간을 쏟아부었다. 의붓아버지는 내가 고등학교
3학년이던 해에 근위축성측색경화증(ALS), 흔히들 루게릭병
이라고 하는 난치성 질환에 걸렸다. 운동 신경 세포가 파괴
되어 근육이 서서히 굳어지는 병으로, 의붓아버지는 그 증상
이 하반신에 먼저 나타났다. 슬리퍼를 신지 못하고, 발이 걸
려 넘어지고, 계단을 오르기 힘든 증상을 보여 병원에 갔는
데 병명을 알아내기까지 반년이 걸렸다. 완치 가능성이 낮은
난치병이란 사실을 알았을 때에는 하반신만이 아니라 목에
도 병증이 나타나 발음이 부정확해졌다.

작은 수송회사 사장이었던 의붓아버지는 직원들과 대형
트럭 몇 대를 거느리고 있었다. 겉보기에는 그럴싸해서인지
고객이 많았고 회사는 순탄하게 운영되었던 것 같다. 세상
사람들 눈에는 우리 집이 유복한 가정으로 비쳤으리라.

그러나 의붓아버지가 쓰러지자 상황이 돌변했다. 불치병이라 언젠가는 자리보전할 날이 온다는 걸 안 직원들이 침몰하는 배에서 달아나는 생쥐처럼 잇따라 사표를 냈다. 겉보기에는 그럴싸해도 회사 안에서는 포악하고 독단적인 사장을 동정하는 사람이 한 명도 없었다. 사람이 없으면 트럭은 움직이지 않는다. 일을 못하게 되자 고객들도 미련 없이 다른 회사로 갈아탔다.

일감이 크게 줄어들어 당황한 의붓아버지는 엄마의 만류도 뿌리치고 둔해진 몸으로 트럭을 몰았다가 단독 사고를 냈다. 트럭은 폐차되고 의붓아버지는 오른쪽 다리를 절단했다. 내 고등학교 졸업식 전날 일어난 일이었다.

졸업 후에는 도심에서 조금 떨어진 곳에 있는 제과회사 공장의 사무직 근무가 결정되어 있었다. 전국에 이름이 알려진 회사는 조건이 매우 좋아서 아주 저렴한 집세를 내고 혼자 거주할 수 있는 기숙사까지 있었다. 취직이 내정되었을 때에는 내게 무관심했던 엄마까지도 대견하다고 했을 정도였다.

하지만 내가 그 회사에서 근무하는 일은 생기지 않았다. 의붓아버지는 어쩔 수 없이 이대로 자리에 누워 생활해야 한다고 의사가 엄마에게 말했고, 엄마가 나보고 간병하라고 했기 때문이다. 아버지가 널 얼마나 보살펴 줬니? 아버지가 있어서 우리는 돈 없는 모자 가정에서 벗어날 수 있었어. 네가 고등학교까지 다닐 수 있었던 것도 아버지가 있어서고. 난 마사키 때문에라도 아버지 회사를 어떻게든 이끌어야 하니까 네가 아버지를 보살펴 드려.

그리하여 의붓아버지를 간병하는 날들이 시작되었다.

루게릭병은 몸을 움직이지는 못해도 의식은 멀쩡한 병이다. 오른쪽 다리를 잃고 서서히 신체의 자유를 잃어 가며 자포자기에 빠진 아버지는 지금껏 이상으로 나를 모질게 대했다. 목이 마르다, 등이 가렵다, 방에 벌레가 들어온 것 같다. 그런 말들로 밤낮없이 불러댔고 내가 조금이라도 늦게 오면 꾸물거린다고 호통을 쳤다. 엄마에게 말해 긴 느릅나무 지팡이를 손에 넣은 뒤로는 그걸로 시도 때도 없이 때렸다.

의붓아버지 회사를 이어받은 엄마는 늘 분주하게 돌아다녔는데 그런 만큼 사업 수완이 괜찮았던 것 같다. 집안을 내팽개치지도 않았다. 마사키를 사립 중학교에 보내고, 의붓아버지가 갖고 싶다고 하면 전동 휠체어며 침대며 즉각 사들였다. 의붓아버지는 그런 엄마에게 마냥 고마워하며 눈물까지 보였다. 당신 같이 좋은 여자는 이 세상 어디에도 없어. 엄마는 의붓아버지의 눈물을 닦으며 가족이라면 언제든 서로에게 힘이 되어야 하지 않겠느냐며 여신처럼 선하게 미소 지었다. 나는 그 모습을 가래 흡입기를 청소하며 바라보았다.

그렇게 3년을 살았다. 그 사이 의붓아버지는 음식물을 삼키는 기능이 서서히 떨어져 식사를 거들어야 했고 배설이 뜻대로 되지 않아 똥오줌을 받아 내야 했다. 내가 할 일은 점점 늘어났다. 그러나 깐깐한 의붓아버지는 다른 사람 손은 싫다며 방문 간호 서비스를 일절 받으려 하지 않았다.

나날이 무거워지는 바위를 껴안으려면 다른 전문가의 손길을 빌려야 합니다. 그렇지 않으면 무너지고 말아요. 담당 의사와 간호사가 몇 번씩이나 조언했지만 의붓아버지는 고집을 꺾지 않았다. 엄마도 의붓아버지를 따라 그 말을 귀담아 들으려 하지 않았고 결국 나 혼자서 아버지의 병간호를 감당해야 했다. 의붓아버지는 상태가 그러한데도 잘 돌아가지 않는 혀로 정해진 일과처럼 내게 욕설을 퍼붓고 힘 빠진 손으로 지팡이를 휘둘렀다. 출구가 없는 것은 고사하고 동굴 안 깊숙한 곳으로 한없이 끌려 들어가는 것 같은 나날이었다. 하지만 한 줄기 빛도 있었다. 사람이 달라진 듯 엄마가 내게 자상해진 것이다.

– 네가 있어서 얼마나 든든한지. 고맙다.

내 손을 잡고 위로하듯 어루만지고 내게만 달콤한 케이크를 사 주기도 했다. 키코가 있어서, 키코 덕분에. 엄마의 말과 온기는 내 머리를 마비시켰다. 엄마가 내게 의지하다니, 이게 얼마 만일까? 예전처럼 엄마와 서로 의지하며 살고 싶었는데 그 꿈이 의붓아버지의 병으로 이루어졌는지도 모른다. 그렇다면 이런 날들도 나쁘지 않았다.

수면 부족으로 졸린 눈을 비비며 의붓아버지의 속옷을 갈아입혔다. 엄마는 마사키에게는 의붓아버지가 건강하던 때와 별반 다르지 않은 생활을 누리게 하며 의붓아버지가 쓰는 물통의 물 한 번 갈라고 하지 않았다. 마사키에게는 친아버지인데 아버지가 병으로 쓰러져도 동생은 아무런 불편을 느끼지 않았다. 철부지로 커서 그런지, 본래 기질이 그런지 걱정하는 기색도 없다. 내가 의붓아버지의 더러워진 옷을 빨고 있으면 자기 옷이랑 같이 빨지 말라며 신경질을 내기도 했다. 동생에 대한 불만까지도 엄마의 따스한 말 한마디에 말끔히 사라졌다.

그러다 의붓아버지가 흡인성 폐렴으로 갑자기 입원하게 되었다. 담당 의사는 시종일관 굳은 표정으로 엄마와 내게 담담히 설명했다. 음식물을 삼키는 기능이 눈에 띄게 떨어진 데다 호흡 곤란 증세도 보여 앞으로는 인공 호흡기가 필수입니다. 기관 절개 수술도 빨리 해야 하고요. 또 우려스러운 것은 치매 증상을 보인다는 점입니다. 루게릭병에 걸리면 치매도 함께 나타나기 쉽습니다만, 남편 분은 비교적 병의 진행이 느린 편이었는데 안타깝게도 최근 들어 급격히 빨라진 듯합니다.

무릎 위에 가지런히 놓인 엄마의 손이 부들부들 떨렸다. 의사의 말에 충격을 받은 게 분명했다. 의붓아버지의 상태가 조금 이상하다는 걸 알아차린 내가 엄마에게도 몇 번 말했지만 엄마는 내 말을 믿지 않았다. 아직 환갑도 안 된 사람이 치매에 걸린다는 게 말이 되느냐며 코웃음 쳤다.

여하튼 이제는 내가 정신을 바짝 차려야 한다. 엄마의 손을 잡으려던 그때 갑자기 얼굴이 반대쪽으로 돌아갔다.

"네년이 아버지를 제대로 돌보지 않아서잖아!"

자리에서 일어선 엄마가 내 뺨을 때렸던 것이다. 놀라서 올려다보니 엄마는 또 한 번 내 뺨을 내려쳤다.

"네가 일부러 아버지 병에 걸리라고 고사 지냈지? 보란 듯이 병간호를 해서 내가 이상하다 싶었어. 이 나쁜 년!"

제정신이 아닌 엄마는 나를 때리며 울부짖었다. 앞으로 살날이 얼마나 많은데 왜 이런 일이 생기는 거야. 분명히 네년 탓이야. 이 나쁜 년이 매번 내 행복에 훼방을 놓았어. 너한테 얼마나 잘해 줬는데 배은망덕한 년! 의사와 간호사가 엄마를 말리며 "따님은 최선을 다했습니다" 하고 입을 모아 말했다. 병이 진행된 건 따님 잘못이 아닙니다. 알고 계시지 않습니까? 따님을 탓할 게 아니라 함께 이겨내야죠.

"거짓말, 거짓말이야. 이년 탓이 틀림없어. 그이가 아니라 네년이 병에 걸렸어야 하는데. 네년이 죽어야 하는데!"

엄마는 아이처럼 울음을 터트리고 내게 삿대질하며 소리쳤다. 증오로 시뻘겋게 물든 엄마의 눈을 보며 절망이라는 단어를 알았다. 내가 여태 믿고 살아온 것은 무엇이었을까? 더 이상은 무리다. 더 이상은 내가 할 수 있는 게 없다. 아아, 이제 어떻게 되든 상관없다. 죽어 버려도 상관없다.

비틀거리며 병원을 나와 정처 없이 거리를 걸었다. 엄마에게 물려받은 옷을 입고 바짝 묶은 머리에 수면 부족으로 푸석푸석한 피부를 드러낸 민낯의 여자가 휘청휘청 걸어 다녀도 다들 눈을 피하기만 할 뿐 말을 걸어 오는 사람이 없었다. 그래서 혹 어쩌면 나는 이미 벌써 죽어 영혼이 떠돌아다니고 있는지도 모른다고 생각했다. 그렇다면 운이 좋다. 죽을 때의 고통과 아픔에서 이미 벗어났으니까. 유쾌하지도 않은데 웃음이 나 킥킥거리며 걷는데 "키코" 하고 누가 내 이름을 부른 것 같았다. 순간 주위를 둘러보다가 한 남자와 눈이 마주쳤다. 뒤이어 그 남자 옆에 있던 여자가 소리를 냈다.

"어머, 너 키코 맞지? 이게 웬일이야?"

그렇게 외치며 나를 부둥켜안은 사람은 고등학교 3년간 같은 반 친구였던 마키오카 미하루였다. 미하루와는 졸업한 후로 한 번도 만나지 않았다.

"연락도 통 안 되고 어디서 뭘 하는지 몰라서 엄청 걱정했잖아. 어떻게 된 거야, 너?"

예쁘게 화장한 미하루에게서 좋은 향기가 났다. 미하루 뒤로 모르는 사람들이 놀란 표정을 지으며 서 있었다. 그중에는 여자도 있었다. 다들 하나같이 예쁜 모습으로 마치 다른 차원에 살고 있는 것처럼 반짝이고 있었다. 무심코 나를 내려다보았다가 옷에 묻은 커다란 얼룩을 발견하고는 이 자리를 빨리 벗어나고 싶었다.

"그동안 어디 있었어?"

"집에, 있었는데."

"거짓말. 집에 전화했더니 아주머니가 따로 나가 있다고 하던데."

더는 마음이 동요하지 않았다. 그럴 수도 있겠거니 생각했다. 이제는 나와 상관없는 일일 뿐이다.

"나는 이만 갈게. 안녕, 미하루."

"잠깐만. 간다니 어딜?"

미하루의 팔에서 벗어나려다가 금세 손을 붙잡혔다.

"몰라. 그렇지만…… 편안한 곳."

스스로 생각하기에 썩 괜찮은 표현이었다. 그래, 나는 편안해질 수 있는 곳으로 간다.

"……그래그래. 예정이 없다는 소리네. 그럼 술 마시러 가자!"

그렇게 말하고 미하루는 내 어깨를 끌어당기며 어리둥절해하는 일행에게 말했다.

"보다시피 오랫동안 행방불명이었던 친구와 극적으로 재회한지라 죄송하지만 저는 빠질게요. 아, 이 친구랑 지금부터 한잔하러 갈 건데 같이 가실 분 없나요? 같이 가요."

아직 벌건 대낮이었는데도 미하루는 24시간 영업하는 술집에 나를 끌고 가다시피 데리고 갔다. 저항할 힘도 없던 나를 옆자리에 앉혔고 순식간에 맥주잔이 눈앞에 놓였다.

"자, 재회를 기념하며 건배."

낯 시간이었지만 사람들로 가득 찬 가게 안은 시끌벅적했
다. 어울리지 않는 곳에 온 것 같아 쭈뼛대는 내게 미하루가
억지로 맥주잔을 쥐여 주고 자기 잔과 소리가 나게 맞부딪쳤
다. 미하루는 맥주를 꿀꺽꿀꺽 마시고 숨을 내쉰 뒤 눈앞에
앉은 남자를 가리켰다. 우리를 따라온 사람이 딱 한 명 있었
다.

"키코, 소개할게. 여기는 오카다 안고 씨. 우리 회사 선배
야."

사람 좋아 보이는 둥그스름한 얼굴에 동그란 안경, 여드름
자국이 남은 피부와 잔디밭 같은 턱수염. 호빵 영웅이 성인
남성이 되면 이런 느낌일까? 짧게 자른 머리를 쓸어 넘기며
남자가 웃었다.

"처음 뵙겠습니다. 다들 절 안상이라고 불러요. 음, 키코니
까 키나코라고 부를까요? 안과 키나코('안'은 팥소를, '키나코'는
콩가루를 뜻함-옮긴이), 왠지 궁합이 잘 맞을 것 같죠?"

이것이 안상과의 첫 만남이었다.

난생처음 맥주를 마시고 머리가 빙글빙글 도는 상태로 미
하루에게서 고등학교를 졸업한 이후 근황을 들었다. 미하루
는 전문대를 졸업하고 보습학원에 경리로 취직했다고 한다.

"좀 전에 본 그 사람들은 사무실 직원이랑 학원 선생님 들
이야. 정기 휴일이라 다 같이 놀러 가던 참이었어."

안상은 초등학생에게 산수를 가르치는 강사였다. 느긋한

동작이나 부드러운 말씨가 아이들을 상대하는 직업에 딱 어울렸다. 그리고 무엇보다 자상했다. 안상은 내 꾀죄죄한 몰골과 홀로 휘청대며 걷는 모습을 보았으면서도 그에 대해서는 입도 벙긋하지 않았다. 그냥 미하루와 같이 학원에서 있었던 재미난 이야기를 들려주었다. 텔레비전을 보듯 두 사람이 웃고 있는 모습을 보았다. 나와는 다른 세상 이야기처럼 느껴졌다.

"아, 키나코. 여기가 값이 저렴한 것치고는 음식 맛이 끝내줘. 자, 아~ 해 봐, 아~."

내가 말없이 쳐다보고 있는 걸 알아차린 안상이 김이 모락모락 나는, 전분을 넣어 걸쭉하게 만든 중화풍 달걀찜을 스푼으로 떠 내 입가로 가져 왔다. 남이 음식을 떠먹여 준 적이 없어 망설이는 내게 "정말로 맛있다니까"라고 했다. 오늘 처음 보았는데 허물없이 다가오는 이상한 사람이다. 하지만 서글서글하게 웃는 얼굴이 신기하게도 싫지 않아 스푼을 입에 넣었다. 참기름을 뿌린 약간 짭조름한 소스와 달걀이 입안에서 사르르 녹았다. 걸쭉한 달걀찜을 꿀꺽 삼킨 순간, "어때, 맛있지?" 하고 안상이 이를 보이며 웃었다. 그 얼굴을 보며 고개를 끄덕여 대답하려던 순간 눈물이 흘렀다.

나를 위해 건넨 따스한 한 숟가락이 목구멍에 걸려 열을 발산했다. 숨쉬기 힘들 정도로 괴로웠다. 나는 여태 무얼 먹고 어떻게 살아온 걸까?

"뜨거웠어? 미안, 미안. 이번엔 좀 더 식혀서 줄게."

눈물을 뚝뚝 흘리는 내게 안상은 아무렇지 않은 얼굴로 웃었다. 그리고 또 한 스푼을 떠 내게 내밀었다.

"자, 먹어 봐. 아~. 옳지. 어때, 맛있지?"

"안상, 키코에게 꼭 먹이 주는 것 같아요."

울면서 입을 벌리는 나와 달걀찜을 떠먹이는 안상을 잠자코 지켜보던 미하루가 상냥하게 말했다.

내 눈물이 진정되었을 즈음 자리를 옮겼다. 이번에는 조용한 개별 독립 공간이 있는 가게였다. 거기서 미하루는 3년 동안 뭘 했는지 말하라고 했다. 내가 난치병을 앓는 의붓아버지의 병간호를 했다고 띄엄띄엄 말하자 술을 마셔 불그레해진 미하루의 얼굴에서 핏기가 가셨다.

"뭐? 하루도 쉬지 않고 아버지 간호를 했다고? 그래서 너 성인식에도 안 왔구나."

학창 시절, 미하루에게는 집안 사정을 일부 이야기했었다. 그래 봤자 부모님이 밑에 있는 동생에게만 애정을 쏟고 나한테는 관심이 없다, 그 정도였다. 미하루는 재혼 가정이 다 그렇다며 웃었다. 미하루네 집 역시 재혼 가정이었다. 그래서인지 함께 있으면 죽이 잘 맞았다. 둘 다 학비는 대 주겠지만 나머지 돈은 알아서 하라는 말을 들은 처지라 괜찮은 아르바이트 자리를 열심히 찾아 경쟁하듯 일했다.

미하루의 모습을 훑어보았다. 잘 손질한 긴 머리카락에 촉

촉한 입술. 손톱은 젤리빈처럼 반짝반짝 빛나고 있었다. 분명 비슷한 가정환경이었는데 나와 미하루는 어디서 이렇게 차이가 벌어졌을까? 아니, 처음부터 크게 달랐을 것이다. 병간호 때문에 손톱을 바싹 자른 손끝을 꽉 쥐었다.

"병간호 말고는 뭐 했는데?"

미하루의 질문을 받고 얼른 본정신이 들었다.

"어? 병간호 말고? ……아, 집안일? 가족들 옷 빨고 식사 차리는 건, 했어. 집안일은 내 담당이니까. 그래도 어쩌다 낮잠도 자고, 들키면 혼났지만, 헤헤. 그렇지만 생각해 봐. 밤중에 몇 번이나 깨야 해서, 그러니까 잠을 깊이 푹 못 자. 욕창이 생기지 않게 자세를 바꿔 주고, 그리고 또, 기저귀도 갈아주고……."

생각나는 대로 나열하는데 미하루가 내 얼굴을 들여다보았다. 딱딱하게 굳은 미하루의 얼굴을 보고 내가 고개를 갸웃거리자 "너 자각은 하고 있어?"라고 진지한 목소리로 물어왔다.

"자각? 뭐가?"

"계속 마음에 걸렸는데, 말투가 이상해. 넌 좀 더 독설을 툭툭 내뱉는 스타일이었어. 그렇게 말을 어눌하게 하지 않았다고. 뭐랄까, 딴사람 같아. 대체 어떻게 된 거야?"

미하루의 어조가 거칠어졌다. 나는 그 분통 터진다는 얼굴을 어딘지 멀게 느끼고 있었다. 아마 미하루가 아는 나도 어디 멀리 가 버렸을 것이다.

"열심히 살았구나."

태연하게 말하는 소리가 들렸다. 말없이 우리 이야기를 듣던 안상이었다.

"병 수발 드는 게 보통 힘든 일이 아니라고 하던데. 그냥 환자도 아니고 난치병 환자를 혼자 감당했다는 건 우리 상상을 뛰어넘는 일이야, 마키오카 씨."

안상이 나를 향해 눈썹을 내려뜨리고 미소 지었다.

"키나코는 열심히 최선을 다했어. 누구도 대신해 주지 않는 일을 혼자 하느라 괴로웠을 텐데."

안상은 웃으면 눈이 실처럼 가늘어진다. 밤하늘에 걸린 초승달 같은 눈을 나는 신기하게 바라보았다. 오늘 처음 보았는데 어째서 예전부터 나를 알고 있던 사람처럼 내가 듣고 싶었던 말을 해 줄까?

"열심히 한 건 정말 대단해. 그렇지만 이제 슬슬 한계이지 않아?"

"하지만 내가 안 하면 안 돼요. 피도 섞이지 않은 엄마 자식인 날 고등학교까지 보내준 은혜가 있으니까."

그렇기에 내가 하지 않으면 안 된다. 엄마도 몇 번씩이나 말했고 나 자신도 스스로를 다독일 때마다 되풀이해 온 말을 입 밖으로 내자 안상이 "은혜 운운하는 사람이 죽으려 해?" 라고 물었다.

죽는다는 말에 허를 찔리고 입을 다물자 안상이 "키나코, 조금 전까지 죽을 생각이었지? 그 말인즉슨 이미 한계치를 초과했다는 뜻이야. 죽음을 생각할 정도로 궁지에 몰린 걸 두고 '은혜'라고 하지 않아. 그럴 땐 '저주'라고 하는 거야"라며 아이를 타이르듯 차근차근 설명했다. 설마하니 내가 죽으려고 마음먹었다는 사실을 알아차릴 줄은 몰라서 안상의 얼굴을 쳐다보는 것 말고는 아무것도 할 수 없었다.

"저주가 되면 이제 남은 건 영혼을 갉아먹는 일뿐이야. 그러니 빠져나올 방법을 강구해 보자."

"빠져나온다……?"

내가 중얼거리자 미하루가 "그거야!" 하고 큰 소리를 내며 내 어깨를 잡았다.

"키코, 말했었잖아. 고등학교 졸업하면 새로운 인생이 시작될 거라고. 넌 아직 그 새로운 인생에 발을 내딛지 못했어."

그것은 아주 머나먼 과거의 기억 같다. 하지만 그런 희망을 품은 날이 분명히 있었다. 줄곧 소망한 가족의 테두리 안에서는 멀어지겠지만 그 대신 다른 무언가를 얻을 수 있으리라고 믿었었다. 나는 고등학교 졸업식 전날, 바로 그날에 여전히 멈춰 서 있는지도 모르겠다.

"키나코, 새 인생을 시작하자."

안상이 말했다. 나는 귀 안쪽에서 쿵쿵, 하는 소리가 들리는 것을 느꼈다. 무슨 소리지? 아아, 이건 내 심장이 고동치는 소리다. 나는 여기서 앞으로 나아갈 수 있을까? 웃고 있는 두 사람을 쳐다보았다.

그날은 미하루가 혼자 사는 집에 묵기로 했다. 나는 미하루가 깔아 준 이불에 쓰러지는 것과 동시에 곯아떨어졌다. 미하루 말로는 죽었나 싶어 불안할 정도로 미동도 않고 잤다고 한다. 깨우는 사람도 없이 곤히 자다가 눈을 떴을 때는 이미 해가 중천에 떠 있었다.

"미, 미안!"

내가 벌떡 일어나자 아침 식사를 준비하던 미하루가 "좀 더 자도 되는데"라며 웃었다.

"그렇지만 일하러 가야 되잖아."

"오늘은 일요일이라서 보통은 쉬어. 어제랑 오늘 연휴여서 학원 사람들이랑 놀러 나갔다고 설명도 했는데 기억이 안 나나 보네. 아, 배고파? 이제 다 됐어."

2인용 식탁에 마주 앉아 아침을 먹었다. 토스트와 달걀, 토마토 수프, 아보카도 샐러드를 차린 미하루가 "집에 있는 걸로 대충 만들어서 변변치 않네"라고 했다.

"아니야, 엄청 맛있어. 너, 요리는 못했는데 대단하다."

"그야 혼자 오래 살다 보니까."

미하루는 고등학교를 졸업한 후 집을 나와 독립했다. 내 기억으로는 장학금을 받고 아르바이트를 몇 건씩 뛰면서 전문대에 다닐 예정이었다. 미하루가 사는 방 하나짜리 집은 곳곳에 생활한 흔적이 묻어났지만 말끔히 정돈되어 있었고 벽에는 사진이 많이 붙어 있었다. 여러 사람들과 어울려 웃고 있는 미하루가 있었다. 분명 3년 동안 알찬 시간을 보냈으리라는 생각이 드는 동시에 울고 싶은 충동을 느꼈다. 따뜻한 수프를 마시며 눈물을 꾹 눌렀다. 부러워한들 소용없잖아.

"그러고 보니 안상에게서 연락이 왔었어. 너한테 이야기하고 싶은 게 있다고 나중에 여기로 오겠대."

미하루의 말에 나는 어젯밤 긴 시간을 함께해 준 사람의 얼굴을 떠올렸다.

어제 대화 도중에 나는 안상에게 미안하다고 머리를 숙였다. 여자 친구의 친구한테까지 신경을 써 줘서 여러 모로 고맙다고도 했다. 내게 이 정도로 잘해 주는 걸 보면 두 사람은 사귀는 사이가 틀림없다고 생각한 것이다. 그런데 미하루가 손사래를 치며 웃었다.

– 아니야. 그냥 회사 선배야. 솔직히 말하면 이야기도 딱히 나눠 본 적 없어. 그래서 안상이 따라왔을 때 속으로 얼마나 놀랐다고. 말하고 보니 그러네. 왜 따라온 거예요?

마지막 말은 안상을 향해 있었다. 하이볼을 천천히 마시던 안상은 나와 미하루의 시선을 받고 고양이 손, 이라고 했다.

– 항상 차분하고 이성적인 마키오카 씨가 우왕좌왕해서 누

구 같이 안 가겠느냐고 하니까 큰일이다 싶었지. 그리고 그런 큰일은 옛말에 고양이 손이라도 빌리고 싶다고들 하잖아? 그래서 내가 고양이 손 정도는 될 수 있지 않을까 해서. 그리고 우르르 몰려가 영화 보는 것보다 낮술이 먹고 싶었는데 마침 잘됐지.

안상은 농담 투로 말했지만 미하루는 숨을 들이마시고 나서 머리를 깊이 숙였다.

"안상이 널 좋아하나 봐."

그런 이유도 아니라면 안상의 행동은 설명하기가 힘들었다. 내가 토스트를 베어 물며 말하자 미하루는 "아닐걸. 사람이 엄청 착해서 그래"라며 확신에 찬 말투로 말했다. 안상이 맡은 교실은 학원 학생들에게 굉장히 인기가 많다고 한다. 중학교에 올라가서도 안상에게 공부를 배우러 오는 학생이나, 등교 거부로 오랫동안 학교에 나가지 않으면서 안상의 교실만은 다니는 학생 이야기를 들려주며 미하루는 겸연쩍게 웃었다.

"나는 안상이 혼을 내지 않아서 그렇다고 생각했어. 늘 실실 웃으면서 아무런 해를 가하지 않으니까 애들이 잘 따르는 것뿐이라고. 그런데 아니었어. 어제 널 제일 먼저 알아본 사람도 실은 안상이었어."

저 사람, 어딘지 이상한데. 안상이 불쑥 중얼거린 말에 미하루는 별 생각 없이 고개를 돌렸다가 시선 끝에 내가 있었다고 한다. 그러고 보니 미하루를 알아보기 전에 어떤 남자와 시선이 마주쳤다. 그 사람이 안상이었나?

"그 후에도 안상이 계속 같이 있어 줬잖아? 솔직히 말하면 나 그때 완전 패닉 상태였어. 네 뒤에 있는 저승사자가 낫을 힘껏 휘두르는 게 정말 보이더라니까. 저걸 빨리 떼어 내지 않으면 영락없이 네가 죽겠구나 하는 건 알겠는데 뭘 어떻게 해야 할지 모르겠더라고. 그래서 안상이 선뜻 따라와 줬을 때 마음이 놓였어. 널 제일 처음 발견한 이 사람이 와 준다면 괜찮을 거라고. 안상은 분명 다른 사람의 괴로움이나 슬픔을 잘 헤아리는 사람일 거야."

안상이 나를 발견했다. 그리고 구해 주었다. 처음 본 여자에게 대가도 바라지 않고 친절을 베풀 수 있는 사람이 과연 존재할까? 섣불리 믿을 수는 없지만 그래도 있으면 좋겠다고 막연히 생각했다. 그런 신 같은 존재가 정말로 있으면 좋겠다.

식사를 마치고 잠시 뒤 안상이 왔다. 안상은 인사도 하는 둥 마는 둥 하며 내 앞에 팸플릿과 서류, 책을 잔뜩 펼쳤다.

"지원을 받을 수 없는지 한번 알아봤어."

테이블 위에 산처럼 쌓인 종이더미를 얼핏 보고 바로 알았다. 모두 루게릭병에 관한 자료였다.

"나도 아직 모르는 부분이 많긴 하지만 대충은 머릿속에 입력해 뒀어. 집으로 요양 보호사가 온다든지 아니면 아버지가 재활 보호센터에 다니는 서비스는 이용을 안 했어? 어제 잠깐 이야기를 들은 바로는 이제 아버지를 24시간 체제로 돌보지 않으면 안 될 것 같던데. 그러면 그런 루게릭병 환자도 받아 주는 노인요양시설 같은 곳도 있어. 간호사가 항상 있으니까 안심하고……."

가장 가까이에 있는 책을 들어서 보니 《아픈 가족과 함께하는 삶》이라고 적혀 있었다. 띠지에는 '그저 열심히 병간호한다고 능사는 아니다. 가족과 당연한 듯 웃으며 보내는 매일매일을 위해'라고 붉은 글씨로 쓰여 있었다.

"키나코, 상황은 개선될 수 있어."

안상의 목소리에 나는 책에서 얼굴을 들었다. 안상은 괜찮다며 쾌활하게 말했고 나는 그 속내를 당최 알 수 없어 물었다.

"왜요? 왜 이렇게까지 해 주는데요?"

사람이 착하다는 이유만으로 이렇게까지 해 줄 리 없다. 분명 무언가가 있다. 미하루도 대답을 요구하듯 안상을 쳐다보았다. 우리의 시선을 받은 안상이 난처한 듯 볼을 붉적였다.

"예쁘니까."

미하루가 "잉?" 하고 얼빠진 소리를 냈다. 안상은 나를 보며 "그야 키나코가 예쁘니까 불순한 생각으로 움직이는 거지"라며 살짝 쑥스러운 듯 말했다.

"어? 어엉? 난 농담을 들으려는 게 아닌데요."

"아이참, 진심이야. 예쁜 여자를 위해서가 아니면 이런 일 안 하지."

안상이 푸우, 하고 볼을 부풀리며 말했다. 나를 놀리는 걸까? 지금 내가 얼마나 비참한 모습을 하고 있는지는 나도 잘 안다. 게다가 어제 만났을 때는 저승사자를 등에 업고 있었다. 그런 여자가 예뻐 보일 리 없다. 내가 입을 열려 하자 안상이 집게손가락을 내밀었다.

"하지만 너의 불행을 이용해 어찌해 볼 생각은 없어. 내가 그렇게 비열한 놈은 아니거든. 음, 가능하면 친하게 지내고 싶다, 그 정도의 흑심이랄까?"

손가락을 내리고 안상이 흐흐흐 웃었다. 호빵 영웅의 웃는 얼굴과 겹쳤다. 그 영웅은 사리사욕이 없는 신과 같은 존재다. 사람들의 행복만을 빌며 그 행복을 위해서라면 언제든지 망설임 없이 움직일 수 있는 영웅. 아아, 그렇구나. 이 사람은 정말로 그런 존재였다. 퍼즐 조각이 맞춰지듯 수긍한 나는 아기 하마가 된 양 순순히 "고맙습니다"라고 했다.

"안상은 키코 같은 애가 이상형이군요."

미하루가 빙긋이 웃으며 말하자 안상이 "나도 남자라고" 라며 천연덕스레 맞받아쳤다.

"내가 마키오카 씨는 다음 달 연휴 준비 정도는 도와줄 테니까 걱정 마."

"우와, 이거 벌써부터 차별하는 거 봐."

미하루와 안상이 웃었다. 그 따스한 분위기에 이끌려 나도 따라 미소 지었다.

그 후 안상은 내 상황과 의붓아버지의 용태를 자세히 물었고 나는 솔직히 대답했다. 지금껏 아무에게도 털어놓지 못한 이야기도 안상의 침착한 질문에는 아무런 저항 없이 입이 움직였다. 옆에서 듣던 미하루는 때때로 괴로운 듯 한숨을 쉬었지만 아무 말 없이 커피를 타 주었다.

"키나코의 부담을 줄일 수 있어. 재활 보호센터에 다니는 서비스를 이용하면 일주일에 이틀은 쉴 수 있고, 그 밖의 다른 날도 자유 시간을 확보할 수 있을 거야."

여러 팸플릿과 내 이야기를 메모한 종이를 번갈아 보며 안상이 말했다.

"그동안 너무 혹사를 당했으니까 상황은 어떻게든 개선할 수 있어. 다만 넌 어떻게 하고 싶어? 이대로 쭉 아버지 병간호를 하며 지내고 싶어?"

안상의 질문에 머릿속이 백지가 되었다. 안상은 냉정하게도 보이는 시선을 내게로 향했다.

"잔인한 이야기를 할게. 키나코의 아버지가 앞으로 얼마나 살지는 아무도 몰라. 반년 후에 죽을 수도 있고 10년 후가 될 수도 있어. 그 불확실한 기간 동안 네 인생을 계속 아버지에게 바칠 생각이야? 아버지가 죽을 때까지?"

그것은 애써 눈을 돌려 외면해 온 사실이었다. 그 사실을 다른 사람 입으로 확고하게 전해 들으니 등골이 오싹했다. 의붓아버지가 죽을 때까지 나는 나로 살 수 없다.

"네 인생을 그저 허비하고 있는데도 네 부모님은 개선하려 하지 않아. 오히려 더 바치라고 강요하고 있어. 너도 그걸 느꼈으니까 궁지에 몰려서 어제는 죽을 결심까지 했다고 생각해. 상황은 나빠지기만 하고 네 숨구멍이 트일 길은 없어. 그렇다면 넌 아버지에게서…… 그 가족에게서 멀어져야 해."

가족에게서 멀어진다. 그것 말고는 길이 없을까? 엄마가 네년이 죽어야 한다고 내게 내뱉었을 때, 그동안 매달리며 살아온 썩은 동아줄이 툭 소리를 내며 끊어진 기분이 들었다. 더는 이전으로 돌아갈 수 없다.

"내 인생인데 나를 위해 써도 돼. 이건 어디까지나 내 의견이지만 넌 집을 나와 자립하는 게 좋겠어. 그래서 일자리를 얻고 수입이 생기면 그중 얼마를 가족에게 부치는 걸로 '은혜'를 갚는 거야. 돈이 있으면 아버지는 간병인이 있는 요양원에 들어갈 수도 있어. 은혜를 다른 형태로 갚는 거지. 그러면 조금은 마음이 편해지지 않을까?"

안상이 말을 할수록 안개가 걷히고 시야가 트였다. 암흑으로 뒤덮인 세상이 조금씩 밝기를 되찾아 가는 느낌이었다. 안상이 나를 빛의 근원으로 인도한다는 생각마저 들었다.

그로부터 며칠 뒤, 나는 안상과 함께 집을 찾았다. 집에 있던 엄마는 나를 보자마자 어디 가 있었느냐며 목소리를 깔고 물었다.

"보호센터 안내 팸플릿이며 전화가 미친 듯이 와. 너 뭔 짓거리를 하고 다니는 거야? 나는 네 아버지 죽어도 그런 데 안 보내."

병원에서 사라진 내가 요 며칠 어찌 지냈는지 걱정도 되지 않았을까? 숨기지 못한 노기가 그대로 밴 목소리 앞에서 내가 얼어붙자 안상이 중간에 끼어들어 머리를 숙이며 인사했다.

"처음 뵙겠습니다. 키코의 친구 오카다라고 합니다. 키코를 구해 주러 왔습니다."

엄마가 미간을 찌푸렸다.

"네? 당신 누구예요? 구해 준다는 건 또 무슨 소리고요? 저 애가 자기 일인 남편 병간호를 내팽개치고 갑자기 사라졌어요. 내가 지금 얼마나 곤란한지……."

"키코는 이제 병간호를 하지 않을 겁니다."

안상은 나보다 키가 조금 더 컸다. 표준 체형이고 몸집도 큰 편이 아니라 고개를 들면 안상 맞은편에 있는 엄마가 보였다. 엄마가 손을 뻗으면 나를 잡아챌 수도 있었다. 무의식적으로 안상의 옷자락을 꽉 쥐었다.

"행정기관과 병원에 문의해 아버지를 받아 줄 만한 곳이 있는지 알아보라고 한 사람은 접니다. 의사와 간호사 분들은 꽤 적극적으로 응해 주셨습니다."

안상과 나는 몇 날 며칠 여러 곳을 돌아다니며 의붓아버지의 향후 일을 상담했다. 아버지의 병원 의사들은 사라진 나를 엄마보다 더 걱정하며 요양 전문가와 함께 성심성의껏 이야기를 들어 주었다.

"현재 들어갈 수 있는 시설과 당분간 이용할 수 있는 방문 간호 서비스 관련 자료입니다. 나머지는 원하시는 대로 하면 됩니다."

안상이 종이봉투에 든 자료를 내밀자 엄마가 거칠게 내쳤다. 현관에 종이가 흩어졌다. 엄마는 인내심이 한계에 달한 듯 마침내 언성을 높였다.

"무슨 말도 안 되는 소리를 하고 난리야? 키코가 지금까지처럼 간호하면 될 일이에요. 당신, 대체 뭐예요? 키코, 이 사람더러 어서 가시라고 해라."

"구해 주러 왔다고 말씀드렸을 텐데요. 저는 이 집에서 키코를 데리고 가려고 왔습니다."

그러고는 안상이 고개를 돌려 내게 말했다.

"자, 키나코, 짐 챙겨서 와. 차에 실을 수 있을 만큼만."

나는 내 의지와 상관없이 떨리는 몸을 간신히 버티고 있었다. 엄마 앞에 서자 내가 지금 무슨 일을 저지르고 있는지 후회가 들었다. 이런 짓을 벌였으니 용서해 줄 리 없다. 안상 맞은편에 있는 엄마는 당장이라도 나를 때리려고 달려들 것 같다. 나를 잡아다 질질 끌고 또 화장실에 가두지 않을까?

안상에게 미안하다고, 이제 그만 됐다고 말하려던 그때였다. 엄마가 소리쳤다.

"키코는 내 딸이야. 누구 마음대로 데려간다는 거야!"

내 딸? 순간 떨림이 멈추고 엄마를 쳐다보았다. 안상이 작게 웃었다.

"'네년이 죽어야 한다'라고 하셨죠?"

엄마가 숨을 훅 삼키고 안상을 보았다.

"네년이 병에 걸려 죽어야 하는데. 그렇게 말씀하신 입으로 키코를 딸이라고 부르지 말아주시겠습니까?"

안상이 처음으로 화난 목소리를 냈다.

"키코는 의사들이 정신과 치료를 권했을 정도로 마음이 피폐해 있습니다. 그렇게까지 사람을 몰아넣고 잘도 엄마 행세를 하시는군요."

"다, 당신이 뭔 상관이야? 키코, 그건 나도 너무 놀라서 말이 헛나왔을 뿐이야. 네가 있어서 정말 다행이라고 아버지도 그렇게 생각하고 계셔. 그리고……."

"제발 그 시끄러운 입 좀 닥치세요, 아줌마."

안상이 내뱉듯 한 말에 나는 눈이 휘둥그레졌다.

"당신이 진짜 엄마라면 이제 그만 이 아이를 놔 줘."

엄마의 얼굴이 분노로 물들어가던 그때, 그만 좀 하라는 고성이 들렸다.

"그만 좀 해, 엄마. 누나 좋을 대로 하게 내버려 둬."

안쪽에서 태연히 나타난 사람은 마사키였다. 손에는 휴대용 게임기를 들고 히죽히죽 웃고 있었다.

"아빠를 어디 시설에 보낸다는 건 좋은 생각이잖아. 난 완전 찬성이야."

의붓아버지를 쏙 빼닮은 얼굴로 웃으며 마사키가 말했다. 집에는 항상 똥 냄새가 진동을 하지, 아빠는 짐승처럼 끙끙대지, 내가 쪽 팔려서 친구를 집에 부를 수가 있나? 누나도 남들 앞에 내보일 만큼 예쁜 것도 아니고. 두 사람 다 나가 주면 나야 땡큐지.

엄마가 마사키에게 허겁지겁 달려가 어깨를 잡았다.

"마사키, 그게 무슨 소리야? 아버지가 널 얼마나 위하시는데. 그러니 널 위해서라도 오래 사셔야……."

"아, 글쎄 됐다니까. 그렇게 강요하는 거 짜증 나."

마사키가 엄마 손을 귀찮다는 듯 떨쳤다. 게임기에서 흘러나오는 흥겨운 BGM을 멀뚱히 들으며 어릴 적 아끼던 그림책이 떠올랐다.

무지개를 사랑한 아기 곰이 하늘에 걸린 아름다운 무지개를 넋 놓고 보고 있다. 그 모습을 본 아기 여우가 작은 유리병을 돌리면 무지개 조각을 병에 가둘 수 있다고 거짓으로 가르쳐 준다. 아기 곰은 무지개를 찾아 헤매다가 가까스로 발견한다. 그리고 열심히 병을 흔들어 뚜껑을 닫고 무지개 조각을 가둔다. 숲속 친구들이 빈 병이라고 놀리고 무시해도 아기 곰만은 무지개 조각이 들어 있다고 믿으며 병을 애지중지 사수한다. 병은 아기 여우의 장난으로 깨지고 숲속 친구들도 아기 여우와 함께 어리석은 아기 곰을 비웃는다. 그러나 아기 곰은 병 바닥에서 무지개 조각 한 톨을 찾아낸다. 별사탕처럼 아름다운 무지개색 조각을 집어 올린 아기 곰이 행복하게 미소 짓는 그림책이었다.

아기 곰과 달리 내 병에는 결국 아무것도 들어 있지 않았다. 진짜가 한 톨도 없었다.

"짐 가지고 올게요."

그렇게 말하고 내 방으로 향했다. 내 방이라고 하지만 오랫동안 의붓아버지의 침대 옆에 이불을 깔고 잔 터라 낯설기만 했다. 게다가 챙길 것이라곤 옷가지와 예금통장 정도가 고작이었다. 미하루의 방을 떠올리며 휑뎅그렁한 내 방을 둘러보았다. 나는 의붓아버지를 살리려고 나 자신을 계속 죽여왔다. 나는 살아 있으면서 죽어 있었다. 멍하니 서 있다가 현관에 안상이 엄마와 있다는 사실을 떠올렸다. 머리를 세차게 흔들고 종이가방에 되는 대로 옷을 채워 넣었다. 그리고 책상 서랍 깊숙이 처박아 놓은 통장을 꺼냈다. 3년 전에 내가 새 출발용으로 모은 돈은 많지는 않아도 당장의 생활비는 될 것이다. 아르바이트비를 조금씩 저축해 모은 잔액을 보며 새로운 인생을 꿈꾸었던 날을 떠올렸다. 그때 꿈을 앞으로 이어서 꿀 수 있을까?

서둘러 현관으로 가자 안상 혼자 서 있었다. 엄마와 마사 키는 보이지 않았다.

"어머니는 좋을 대로 하라며 나가셨어. 동생은 안으로 들 어갔고."

안상에게 종이봉투를 건네며 시선을 집 안으로 옮겼다. 피 가 반은 섞였고 태어났을 때부터 성장과정을 지켜봐 온 존 재. 동생이라고 부르기에는 교류가 많지 않지만 내 나름대로 는 애정이 있었다. 저 아이가 아무 조건 없이 사랑받는 모습 을 원망스럽게 쳐다본 적도 있지만 동생이 있어서 다행이라 고도 생각했다. 저 아이가 엄마와 의붓아버지 사이에서 행복 하게 있으면 엄마도 행복하게 웃었으니까. 나는 엄마를 웃게 할 수 없었다.

"가자. 마키오카 씨가 친구랑 기다리고 있어."

나는 미하루의 대학 동기가 사는 빌라에 거처하기로 했다. 함께 살던 사람이 나가서 새로 룸메이트를 찾는 중이라고 했 다. 지금쯤이면 미하루가 나를 위해 방을 청소하고 있을 것 이다.

나는 안상이 빌려 온 렌터카에 짐을 싣고 조수석에 앉았 다. 차가 출발하고 집과 멀어지자 둑이 터지듯 참았던 눈물 이 쏟아졌다. 슬픔이라고도 두려움이라고도 할 수 없는 감정 이 넘쳐서 오열했다. 양손으로 얼굴을 감싸고 우는 내 머리를 안상이 어루만졌다.

"괴로운 게 당연해. 지금 키나코는 제1의 인생을 끝냈어. 이제 그 사람들은 네 이전 인생의 등장인물에 불과해. 너에게 새롭게 상처 입힐 일은 없어."

이것이 인생을 한 번 끝내는 걸까? 이렇게 끝내도 되는 걸까? 구역질이 나려는 것을 죽어라 참았다. 목 안쪽에서 뜨거운 덩어리가 몇 번이고 치밀어 올랐다. 안상이 그 사실을 알고 차를 갓길에 세웠다. 차에서 뛰쳐나온 나는 그 자리에 주저앉아 게워내려 했다. 구역질은 파도처럼 몇 번씩 밀려오는데 입에서는 침만 줄줄 흐를 뿐이었다. 꺼억꺼억 소리를 내는 내 옆으로 안상이 와서 등을 문질렀다.

"토해내고 게 있으면 전부 토해내도 돼. 뭐든 토해내도 괜찮아."

자상한 손의 온기와 목소리에 무언가가 뚝 소리를 내며 끊겼다.

"어, 엄마가……."

"응."

"난 엄마가 좋았어. 너무 좋아서 그래서 늘…… 늘 사랑받고 싶었어."

목 안쪽의 덩어리가 흘러나온다. 멈출 수가 없어서 아이처럼 반복한다. 엄마가 좋았어. 내 전부였어.

엄마는 옛날부터 감정 기복이 심한 사람이었다. 발끈하며 불같이 화를 낸 뒤에는 울면서 꼭 안아 주었다. 재혼하기 전까지는 나를 데리고 홀로 살아야 하는 막막함이 항상 엄마를 따라다녔을 것이다. 하루에도 몇 번이나 감정이 너울 쳤다. 이유 없이 혼나고 맞은 적이 셀 수 없이 많았다. 하지만 그만큼 사랑도 주었다. 나를 안고 "조금 전에는 미안해"와 "사랑해"라는 말을 되풀이했다. 엄마는 키코가 있어서 힘내서 살 수 있어. 이렇게 못난 엄마라 진절머리 나겠지만 그래도 부탁할게. 엄마 옆에 있어 줘.

자상한 냄새와 부드러운 온기와 뺨에 닿는 뜨거운 눈물. 그것만으로 나는 전부 다 용서할 수 있었다. 내가 괜찮다고 하면 엄마는 환하게 웃으며 당신의 눈물로 젖은 내 뺨에 입을 맞추었다.

의붓아버지를 만나 재혼하고 비로소 엄마는 감정의 너울이 잠잠해졌다. 내가 영원히 채워 주지 못한 부분을 의붓아버지가 채워 주었던 것이다. 그랬기에 엄마가 의붓아버지를 깊이 사랑하는 것도 당연하다고 생각했다. 하지만 그렇다고 채워 주지 못한 나를 싫어하게 될 줄은 생각도 못 했다.

모질게 대하는 엄마지만 엄마가 나를 다시 한 번 안아 주기를 바랐다. 옛날처럼 엄마 품에 꼭 안겨 사랑한다는 말을 들을 수만 있다면. 그렇게만 된다면 나는 끔찍했던 모든 기억을 잊을 수 있다. 입맞춤 한 번으로 없었던 일로 할 수 있다. 그러니까 사랑한다고 말해 줘. 그렇게 바라며 살아왔다.

그러나 엄마는 내게 눈길조차 주지 않았다. 이제 나는 엄마에게 불필요한 존재가 되었다. 알고 있지만 인정하기는 싫었다. 그랬기에 나는 줄곧 외로웠다. 늘 외로웠고 사랑받고 싶었다.

"엄마한테 사랑받고 싶었어. 어떻게 하면 예전처럼 또 사랑받을 수 있을까."

그것은 화장실의 작은 창 너머로 흘려보낸 내 진심이었다. 누구에게도 전해지지 않는, 누구에게도 들리지 않는 진심.

"전부 토해내. 전부 내가 들을게. 내게는 들리니까."

안상에게 안겼다. 엄마 품과는 다르지만 확실한 온기가 나를 감쌌다. 괜찮아, 내가 전부 들을게. 키나코의 진심이 어머니에게는 전해지지 않았지만 내게는 전해져.

오랫동안 갈 곳 잃은 진심이 처음으로 누군가에게 닿았다. 기쁘면서도 역시나 슬펐다. 그래서 안상에게 말했다. 다음 인생이 있다면 그땐 전하고 싶은 사람에게 잘 전달되면 좋겠어. 내 진심을 받아 주었으면 하는 사람에게 잘 받아들여지면 좋겠어.

안상은 할 수 있다고 자상하게 말했다.

"제2의 인생에서 키나코는 영혼의 짝을 만날 거야. 사랑하고 또 사랑받는 유일한 단 한 사람, 영혼의 짝을 틀림없이 만날 수 있어. 키나코는 행복해질 수 있어."

그런 사람이 과연 있을까? 있을 리 없다.

"지금은 비관적으로 보일 수도 있어. 하지만 괜찮아. 틀림 없이 있으니까. 그때까지 내가 지켜 줄게."

안상의 손이 내 등을 계속 어루만졌다. 그럴 때마다 마음이 따뜻해졌다. 지금껏 내게 그런 말을 해 준 사람이 있었던가. 나를 구해 준 사람이 있었던가. 나는 안상이 새 인생이라고 말한 이 출발점의 기억만으로도 얼마든지 살아갈 수 있을 것 같았다. 다른 건 이제 아무것도 필요 없다.

4. 재회와 참회

아침에 부스럭거리는 소리에 눈을 뜨니 52가 주위를 두리번거리며 자신이 있는 곳을 확인하고 있었다.

"잘 잤어?"

내가 인사를 건네자 52가 흠칫했다. 그러고는 옆에 누워 있는 나를 보고 허둥대며 연신 머리를 숙여서 웃음이 났다. 어젯밤 52는 실이 끊어진 인형처럼 툇마루에서 까무룩 잠이 들었고 아무리 깨워도 일어나지 않았다. 할 수 없이 집 안에서 여름 담요를 가지고 와 52와 함께 덮고 나도 툇마루에서 잠을 잤다.

"안 추웠어?"

나는 아이의 체온이 가까이 있었던 덕분에 추운 줄도 모르고 숙면을 취했다. 52도 몇 번이나 고개를 끄덕였기 때문에 춥지 않았던 것으로 믿기로 했다.

"아침 차릴 건데 같이 먹을까? 일단 세수부터 하고 와."

말끄트머리에 52, 하고 부르자 아이는 깜짝 놀라더니 얼굴을 기묘하게 일그러뜨리며 고개를 끄덕이고는 세면실로 달려갔다. 나는 담요를 몸에 두른 채 아이의 발소리를 들었다. 그리고 아침을 준비하기 위해 일어섰다.

"저기, 앞으로 말인데."

식사를 마치고 내가 마실 커피와 52에게 줄 사과주스를 꺼내며 입을 열었다.

"나는 네가 이 집에 언제까지고 머물러도 상관없지만 네가 미성년자다 보니 이대로 두면 문제가 돼. 그보다 어디까지 이야기할 수 있어?"

52는 어젯밤에 희미하기는 해도 소리 내 울었다. 하지만 언어를 소리 내 말하기는 어려운 듯 지금은 평소처럼 입술을 꼭 다물고 있었다.

"일단 이걸 준비해 봤는데."

노트와 볼펜을 52 앞에 내밀었다.

"말할 수 있는 게 있으면 여기에 써 줄래? 할 수 있겠어?"

노트를 펼치며 묻자 52는 볼펜을 들고 고개를 끄덕였다.

"음, 우선은⋯⋯. 아, 그렇지. 말을 못하는 건 병 때문이야?"

52는 고개를 가로젓고 '모르겠어'라고 썼다. 서투르기는 해도 또박또박 쓴 글자를 보고 놀랐다. 아이는 이어 '갑갑해져'라고 썼다.

"갑갑해진다…… 말을 하려 하면 숨이 갑갑해지는 느낌이야?"

스스로도 잘 모르겠는지 52는 애매모호하게 고개를 끄덕였다. 원인의 뿌리가 깊은 듯해 일단 그 부분은 넘어가기로 했다.

"52는 앞으로 어떻게 하고 싶어? 난 네 의견을 존중해."

그렇게 묻자 52는 곧바로 '집에 가기 싫어'라고 썼다.

"그렇구나."

집에 가기 싫구나. 그렇다면 어떻게 하는 것이 정답일까? 경찰서에 데리고 가 사정을 설명하면 집으로 돌아가지 않아도 되지 않을까? 하지만 그 다음에는? 시설에 들어가나? 그런 생각을 하고 있는데 52가 또 무언가를 써서 내게 조용히 내밀었다.

'혼자 두지 마.'

52가 나를 보았다. 여러 감정이 복잡하게 얽힌 그 눈이 과거의 내 눈과 겹친다. 이 사람은 정말로 나를 구해 줄까? 나를 단념하지는 않을까? 기대를 걸고 싶어도 무서워 견딜 수가 없다.

내가 이 아이를 경찰서에 데리고 가서 만약 시설 같은 데 들어가게 된다면 아이가 혼자 있을 일은 없다. 누군가 옆에 붙어 있을 것이다. 하지만 그걸로 이 아이는 정말로 혼자가 아니라고 생각할까? 혼자가 아니라 느끼고 마음의 빈 곳을 채울 수 있을까?

"……혼자 두지 않을 거야."

이 말이 조금이라도 자상하게 전해지도록 최대한 표정을 부드럽게 만들며 말했다.

분명 아닐 것이다. 이 아이가 바라는 도움은 그런 게 아니다. 아이가 조금 더 안심할 수 있게 머리를 쓰다듬자 52의 표정이 살짝 누그러졌다.

"나는 널 잘 모르니까 싫어할 질문 몇 가지만 할게. 너한테 폭력을 쓰고 벌레라고 부르는 사람이 누구야?"

52의 얼굴이 경직되고 펜을 든 손에 힘이 꽉 들어갔다. 그 모습을 보며 물었다.

"엄마?"

목소리가 없어도, 펜을 움직이지 않아도 아이의 얼굴을 보는 것만으로 대답은 알 수 있었다. 작게 숨을 내쉰 뒤 말을 이었다.

"그럼 다음 질문. 할아버지는 어때?"

시나기 씨는 손자에게 정이 잘 가지 않는다고 푸념한다지만 딸이 손자에게 폭력을 휘두르는 것까지 묵과하며 보고만 있을까? 52는 '나를 안 봐'라고 펜을 놀렸다. 그러고는 '벌레 니까'라고 덧붙였다.

"……그래? 할아버지도 엄마랑 똑같구나."

기분이 울적해진다. 의붓아버지가 나를 때릴 때 엄마는 내게 눈길도 주지 않았다. 거부하듯 돌아선 등을 보는 것이 맞는 것보다 더 괴로웠다.

그런데 이 아이가 놓인 상황을 눈치챈 사람이 한 명도 없을까? 가령 담임 선생님은? 나조차도 아이의 앙상한 몸이나 꾀죄죄한 옷차림을 보고 이상하다고 느꼈다. 제대로 된 어른이 매일같이 보고 있다면 수상쩍게 여길 것이다.

"학교는 다니지?"

'엄마랑 살기 시작한 뒤로는 안 가.'

아아, 하고 소리가 나올 뻔했다. 기가 막혔다. 잠깐만, 엄마랑 살기 시작한 뒤라고? 그 전에는 코토미랑 살지 않았다는 소린가? 내가 물으니 52가 고개를 끄덕였다.

"그럼 언제부터 엄마랑 살기 시작했어?"

52는 '스에나가 할머니가 돌아가시고 나서'라고 쓰고 입술을 꽉 깨물었다.

밥집 요시야는 이 주변에서 인기 있는 가게인 모양이다. 한창 바쁠 점심시간을 피해 가게에 간다고 갔는데 밖에는 아직도 몇몇이 기다리고 있을 정도로 성황을 이루었다. 10분쯤 밖에서 기다리다가 안을 들여다보니 바지런하게 일하던 여자 종업원들이 "어서 오세요"라며 한목소리로 말했다. 그중에는 코토미도 있었다. 지난번과 같은 데님 앞치마를 몸에 두르고 빠릿빠릿하게 움직이고 있었다.

"혼자 왔어요? 창가 자리에 앉으세요."

일흔이 넘어 보이는, 허리가 굽은 종업원이 내게 말했다. 마침 무라나카와 앉았던 자리다. 메뉴판을 펼치고 기다리자 코토미가 찬물을 들고 왔다.

"주문하시겠어요?"

"도리텐 정식 주세요, 코토미 씨."

이름이 불려 놀란 코토미가 나를 보더니 "아아, 전에 무라나카랑 오신 분?"이라고 물었다.

"맞아요. 기억하고 있었네요."

"그냥 어쩌다 보니. 저기……."

무언가 물을 듯 나를 쳐다봐서 먼저 입을 열었다.

"나중에 잠깐만 시간 내 줄 수 없을까요? 아주 잠깐이면 되는데."

"그럼 나갈 때 불러 주세요."

코토미에게 딱히 수상한 움직임은 없었다. 주문을 받고 음식을 나른다. 다른 종업원이나 손님과 미소를 띠고 대화하는 모습을 보고 있으니 이 사람이 정말로 52의 엄마가 맞는지 의심이 들었다. 자식이 어젯밤부터 없어졌는데 태연하게 일이 손에 잡힐까? 아이를 찾으러 돌아다닌다면, 얼굴에 근심이 서려 있다면 아직 희망이 있다고 생각하며 찾아왔는데.

나이를 물으니 52는 만으로 열세 살이라고 했다. 중학교 1학년이면 아직 어린아이다. 어디서 밤이슬을 맞지는 않았을

지 걱정도 되지 않을까?

잠시 뒤 도리텐 정식이 나왔지만 입 안이 써서 식욕이 없었다. 코토미가 아닌 다른 종업원에게 부탁해 일회용 포장 용기를 받아 집에서 기다리는 52에게 가져다주기로 했다. 밥과 된장국, 절임 반찬만 겨우 위에 밀어 넣고 계산을 마쳤다.

코토미는 곧바로 나를 쫓아 가게 밖으로 나왔고 나는 무슨 말을 어떻게 꺼낼지 생각에 잠겼다. 평소처럼 코토미가 아무렇지 않은 얼굴로 일하고 있다는 데 놀라서 그만 다짜고짜 시간을 내달라는 말부터 하고 말았다. 어떻게 해야 하나 고민하는데 코토미가 우후후 웃었다.

"저기, 아무 사이 아니거든."

내가 "네?" 하고 되묻자 코토미는 수줍은 듯 말을 이었다.

"무라나카랑 나 아무 사이 아니야. 걱정하지 마. 보나 마나 무라나카가 나에 대해 과장해서 떠들었을 거야. 그래 봤자 아무 사이도 아니니까 쓸데없는 걱정은 안 해도 된다고. 무라나카가 옛날부터 나를 좀 좋아했거든. 하지만 그뿐이야. 사귄 적도 없고."

우리 말이 맞나 싶을 만큼 코토미가 하는 말의 뜻을 알아들을 수 없었다. 코토미는 이어 미간을 확 찌푸리더니 "무라나카, 안 되겠네. 여자 친구를 불안하게 만들기나 하고"라며 입술을 삐죽였다. 그제야 코토미가 착각하고 있다는 것을 깨달았다.

"내가 무라나카에게 연락해서 한마디 해 줄까? 여자 친구를 불안하게 만들지 말라고. 아, 그치만 휴대폰 번호를 모르는구나. 가르쳐 줄래?"

"저, 저기. 잠깐만요. 전 무라나카의 여자 친구가 아니에요. 당신 아들 이야기를 하려고 보자고 했어요."

내가 서둘러 말하자 코토미의 얼굴에서 감정이 쓱 빠져나갔다. 무표정이 되고 팔자주름이 깊게 팼다.

"제가 그쪽 아들이랑 친하게 지내는데."

"나, 아들 같은 거 없는데."

조금 전과는 딴사람이 된 듯 낮은 목소리로 코토미가 내뱉었다.

"네? 하지만 저기……."

"정말로 없어. 다른 사람이랑 착각한 거 아니야?"

"하지만 무라나카가 있다고 했는데."

무언가 착오가 있는 걸까? 그때 코토미가 "재수 없는 새끼"라며 작게 혀를 찼다.

"뭐 됐어. 그래서 우리 애가 뭐?"

성가시다는 듯 물으며 보인 재빠른 태도 변화가 엄마를 연상시켰다. 이제는 상관없는 과거 일까지 떠올라 숨이 갑갑해지는 것을 느끼며 "그러니까 친하게 지내는데"라고 다시 말했다. 코토미가 한쪽 눈썹을 치켜세웠다.

"아아, 혹시 걔가 당신 집에 있어?"

"네. 그래서 저는 당신이랑 그 아이 이야기를 하려고."

"나는 할 이야기 없어. 걸리적거리면 쫓아내. 아, 감사합니다. 또 오세요."

가게 미닫이문이 열리고 손님이 나왔다. 만면에 미소를 머금고 인사하던 코토미는 손님이 시야에서 사라지자 냉담한 얼굴로 나를 쳐다보았다. 그러고는 도둑고양이, 라고 했다.

"도둑고양이한테 먹이를 줬다가 눌어붙으니까 난처해졌지? 그럴 거면 함부로 먹이를 주면 안 되지. 잠시 잠깐 응석을 받아 주는 것도 어떤 의미에서는 폭력이라고. 알아?"

발끈하며 도발하듯 말하는 건 조금은 켕기는 구석이 있기 때문일까? 씁쓸하지 않다고 한다면 거짓말이다. 하지만 결코 그뿐만이 아니다.

"아이는 내게로 도망쳐 왔어요. 케첩 범벅이 되어 벌벌 떨면서요. 아이한테 대체 무슨 짓을 한 거죠?"

내가 강한 어조로 따지자 코토미는 어깨를 살짝 움츠렸다.

"내가 먹으려고 놔 둔 피자에 허락도 없이 손을 대잖아. 그래서 버르장머리를 가르쳐 놓았을 뿐이야. 케첩이 아니라 타바스코로 할걸 그랬어."

시큰둥하게 말하는 얼굴이 무서웠다. 코토미는 자기가 한 일에 조금도 죄책감을 느끼지 않았다.

"친자식이잖아요. 어떻게 그런 짓을 할 수 있어요?"

내 목소리가 격앙되는 것을 느꼈다. 코토미는 눈에 호를 그리며 씩 웃었다.

"반대로 물어볼게. 왜 하면 안 되는데? 내가 낳고 내가 키운 내 자식이잖아. 어떻게 하든 내 마음이지. 그리고 나는 걔를 낳는 바람에 인생이 완전 꼬였어. 넌 날 가해자로 몰지만 나야말로 피해자라고."

"피해자라고요? 진심으로 하는 소리예요?"

"그럼 진심이지. 하지 않아도 될 개고생을 얼마나 했는데. 참지 않아도 될 것까지 참았어. 나는 괴로운 일 다 당하고 사는데 걔는 벌레처럼 멍청히 살 뿐이야. 그런 걸 어떻게 예뻐해? 불가능하잖아."

입술을 일그러뜨리며 코토미가 웃었다. 보탬이라곤 눈곱만치도 안 되고 거추장스럽기만 한 자식 따위 필요 없어. 그런 벌레 새끼 같은 거 낳지 말걸 그랬다고 매일매일 후회해. 아니지, 벌레 새끼였으면 확 내려쳐서 치워 버릴 수나 있지. 이건 벌레 새끼보다 더 악질이야.

귀를 틀어막고 싶어지는 코토미의 악담에 내가 눈물이 날 것 같았다. 그 아이는 이런 저주에 가까운 말을 줄곧 들으며 살았던 걸까?

"그만⋯⋯. 이제 그만해요!"

차마 끝까지 다 듣지 못하는 나는 나약한 인간인지도 모른다. 하지만 더 들었다가는 정신이 이상해져 버릴 것 같다.

"아이는 제가 돌보겠습니다. 그렇게 해도 정말 괜찮은 거죠?"

　내가 다짐을 받듯이 묻자 코토미가 소리를 버럭 질렀다.

　"거 되게 집요하네. 좋을 대로 하라니까. 나는 진심으로 필요 없어서 어떻게 되든 상관없으니까. 오히려 날 도와주는 거야. 나중에 귀찮아져서 돌려주겠다는 말만 하지 마. 그거야말로 민폐니까."

　눈에 눈물이 고여 코토미의 모습이 부예진다. 가슴속에 부풀어 오른 감정은 슬픔이 아닌 분노다. 거무칙칙한 폭풍우를 닮은 분노. 어째서 그런 칼날 같은 말을 아무렇지 않게 휘두를까? 그 칼에 사람은 상처 입고 피를 흘린다는 사실을 모를까?

　"그러면 당분간 아이는 제가 맡겠습니다. 전 미시마라고 해요. 일전에 당신 아버지께 자기소개도 했으니 물어보면 주소도 알 수 있을 거예요."

　내가 눈물을 꾹 참으며 아버지를 운운하자 코토미의 눈이 안절부절못하고 움직였다. 그러면서도 "흥, 내가 물어볼 줄 알고!"라고 했다.

　"그래요? 그럼 이만 가겠습니다."

　그렇게 말하고 자전거에 올라탔다. 페달을 밟으며 나보다 52가 현실을 더 직시하고 있었다는 생각이 들었다. 집을 나올 때 내가 엄마 동태를 살피고 오겠다고 해도 별 반응이 없었다. 아무것도 기대하지 않는 얼굴이었다. 그 아이가 그렇

126

게 단념할 때까지 대체 무슨 일을 얼마나 겪은 걸까?

그건 그렇다 치더라도 코토미의 면상을 한 대 후려칠걸 그랬다. 마귀라고 소리라도 지를걸 그랬다. 하지만 그렇게 하는 순간 그 인간과 똑같은 부류가 될 뿐이다. 화가 나 견딜 수가 없었다. 뭐 저런 악독한 인간이 다 있지? 땀범벅이 될 기세로 열심히 자전거를 몰아 집에 도착했을 때에는 가쁜 숨을 몰아쉬느라 온몸이 들썩였다. 오래간만에 안장에서 엉덩이를 떼고 서서 탔으니 분명 내일은 근육통에 시달릴 것이다. 호흡을 가다듬으며 자전거를 세우는데 현관 미닫이가 열리면서 52가 얼굴을 빼꼼 내밀었다. 조심조심 내 주변을 살피는 모습이 떨고 있었다. 엄마가 데리러 오기를 기다리는 아이의 태도가 아니다.

"나 왔어! 이거 선물."

도리텐이 든 비닐봉지를 들어 보이자 52는 안도한 듯 어깨로 숨을 내쉬었다.

52에게 코토미와 나눈 대화를 어디까지 들려줘야 할지 고민하는 사이에 밤이 되었다. 교대로 욕실을 쓰고 저녁을 먹었다. 활짝 열어 둔 창으로 벌레 소리가 들려 52와 귀를 기울였다. 그러면서 나는 52의 예쁜 옆얼굴을 바라보았다. 아이는 내게 어떻게 되었는지 전혀 묻지 않았다. 분명 알고 있으리라. 그랬기에 말하지 말자고 마음을 굳혔다. 그 인간이 휘두른 칼이 얼마나 예리했는지 굳이 알릴 필요는 없다.

아이는 이제 내가 돌보겠다고 코토미에게 호언장담했지만 어떻게 하면 좋을지 아직 갈피를 잡지 못했다. 이 아이의 마음에 어떻게 하면 부응할 수 있을까?

52가 불쑥 일어나 노트와 볼펜을 가지고 왔다. 사각사각 써서 내게 보여 주었다.

'52헤르츠 이야기해 줘.'

"어제 해 줬잖아."

그렇게 말하자 52는 다시 펜을 움직여 내 앞에 노트를 들이밀었다.

'키나코는 52헤르츠 고래를 어떻게 알았어?'

나도 모르게 입가에 미소가 걸렸다. 급하게 쓴 '키나코'라는 글자가 간질간질하다.

"이 MP3 플레이어는 미네코가 줬어."

엄마 집에서 나온 나는 스스로를 잘 절제할 수 없었다. 3년 동안 마비된 정신이 예전 상태로 되돌아가려고 해 늘 흥분 상태였다. 속사포처럼 떠들어 대다가 갑자기 나를 짓뭉개 버릴 듯한 공포에 휩싸여 울기도 했다. 미하루의 친구이자 룸메이트가 된 미네코는 그런 내게 싫은 내색 한 번 하지 않았다. 그보다 내게 좌지우지되지 않는 사람이었다. 아마도 사람 사이에 거리를 명확히 두는 타입이었던 듯하다. 내가 내이야기를 꺼내려 하면 재빨리 자기 방으로 들어갔고, 밤중에 내가 흐느껴 울면 냉장고에서 꺼낸 시원한 캔맥주를 문틈 사이로 굴려 주었다.

그런 미네코가 이것만은 꼭 지키라고 한 규칙이 두 개 있었는데 하나는 남녀를 불문하고 타인을 절대 집에 재우지 말 것, 다른 하나는 외박하지 말 것이었다. 미네코는 매번 다양한 유형의 남자를 집에 데리고 왔지만 그 누구도 재우지는 않았다. 그리고 미네코가 외박하는 일도 없었다. 미네코는 항상 깔끔하게 정돈한 자기 침대에 혼자 누워 잠을 잤다. 미네코에게도 그렇게 해야 할 사정이 있었을 것이다. 하지만 당시 나는 지금보다도 더 내 생각밖에 할 줄을 몰랐다. 안상은 힘들어도 미하루는 재워 줘도 될 텐데. 그게 안 되면 내 외박은 용인해 줘도 될 텐데. 그렇게 불만스럽게 여길 뿐이었다.

처음에는 여하튼 혼자 있는 것이 무서워 견딜 수 없었다. 의붓아버지의 가래 끓는 소리나 지팡이 휘두르는 소리가 들리는 것 같았고, 문이 열리고 엄마가 때리러 올 것 같은 착란에 시달렸다. 밤에 특히 심해서 불을 켜고 이불을 똘똘 만 상태로 떨면서 시간을 보냈다. 미네코가 준 맥주를 마시고 술에 취하면 일단 잠은 잘 수 있었지만 그런 만큼 악몽을 꾸었다. 그러고서 잠에서 깨면 기분은 바닥을 쳤고 침대에서 일어나는 일조차 버거운 날도 있었다. 천장을 바라보며, 제2의 인생이 어쩌고 했지만 그런 건 없고 내 정신은 지금도 그 집의 손님용 화장실에 갇혀 있다고 여겼다. 화장실에서, 그리고 엄마와 의붓아버지에게서 나는 아마 영영 도망치지 못하리라.

그런 상태라도 현실은 가차 없었다. 취직자리를 구하지 않으면 당장의 생활도 위태로웠다. 불안과 긴장으로 속이 울렁거리면서도 면접을 보고 떨어지기를 반복했다. 불합격 통보를 받을 때마다 역시 나 따위가 사회에 나가 무슨 일을 하겠느냐고 자포자기하는 심정이 팽배했고, 점점 줄어드는 통장 잔고가 그 감정을 부추겼다. 안상과 미하루가 기운을 북돋워 주었지만 내 마음은 위로 올라오기는커녕 곤두박질치기만 했다. 두 사람은 나를 위해 휴일을 반납하고 여기저기 뛰어다니며 내 생활이 안정을 찾게 도와주었다. 안상은 유급휴가까지 썼다. 그런 두 사람을 볼 낯이 없었다. 한시라도 빨리 사회에 나가 두 사람을 안심시켜야 한다는 압박감이 더욱 커졌다. 두 사람 앞에서는 밝게 행동하려고 애쓰다가도 집에 와 혼자가 되면 그 반작용으로 쓰러져 울었다. 엄마 집을 나왔을 때 안상의 말에서 얻은 행복은 이미 사라지고 없었다.

사람들 눈에 띄지 않는 곳에서 계속 토하는 나날을 보내던 어느 날 밤, 평소처럼 내 방문이 슬며시 열렸다. 또 캔맥주겠거니 했는데 미네코가 바닥에 쓱 던져 보낸 것은 작은 MP3 플레이어였다.

– 이거 들어 봐.

– 뭔데?

–52헤르츠 고래 소리.

문이 조용히 닫혔다. 눈물을 닦고 이어폰을 귀에 꽂았다. 플레이 버튼을 누르자 물 밑에서 나는 소리가 내게로 곧장 전해졌다.

52가 나를 올려다보고 있었다. 그 순진무구한 얼굴을 보며 말했다.

"밤에 잠을 못 잤거든. 옛날에 나는 혼자 있는 게 무서워서 잠을 잘 못 잤어. 남몰래 훌쩍훌쩍 울기도 하고. 그런데 미네코가 준 이 '52헤르츠 고래' 소리를 들으면 신기하게 잠이 잘 왔어. 나쁜 꿈도 꾸지 않고. 그래서 미네코에게 이게 뭐냐고 물었는데, 미네코는 말수가 적거든. 궁금하면 찾아봐, 그러더라. 그래서 도서관에 가서 찾아봤는데……. 충격이었어."

부드러운 햇살이 쏟아져 들어오는 도서관 창가에서 소리 내 울 뻔했다. 이건 나다. 내 목소리는 누구에게도 들리지 않는 52헤르츠 소리였던 것이다.

하지만 나는 내 목소리를 제대로 들어 준 사람을 만났다. 안상이 동료가 있는 세상으로 나를 구해내 주었다. 그것만으로도 행복이라고 여긴 그때를 잊어서는 안 된다. 목소리가 전해진 기쁨을 잊어서는 안 된다…….

"그 후로는 고래 소리를 들으면 마음이 편안해져서 잠을 푹 잘 수 있게 됐어."

마음이 안정된 것과 동시에 취직도 정해졌다. 전자기기 부

품을 납땜하는 공장 근로자가 된 것이다. 첫 출근한 날 저녁
은 미하루와 안상이 숯불고기를 사 주었다. 미네코도 취직
선물로 받고 싶은 물건이 없느냐고 해서 나는 그 MP3 플레
이어가 갖고 싶다고 했다. 미네코는 그렇게 낡은 물건도 상
관없으면 주겠다고, 돈 굳었다며 웃었다.

미네코와는 그 후로 1년 정도 함께 살았지만 관계가 더 돈
독해지지는 않았다. 미네코는 항상 자기가 그어 놓은 선을
넘어서는 행동을 하지 않았고 누가 그 선 안으로 침범하는
것도 허용하지 않았다. 방을 빼는 이유가 고향에 내려가기
때문이라고 했지만 나는 그 고향이 어디인지 지금도 모른다.
아는 것이라고는 미네코에게도 52헤르츠 고래 소리를 들으
며 잠든 밤이 있었으리라는 것 정도다. 지금 어디서 무얼 하
고 있는지도 모르지만 미네코에게는 그저 고마운 마음뿐이
다. 자상한 미네코가 있어 나는 잃어 가던 사회성을 다시 한
번 되찾을 수 있었고 둘도 없이 소중한 것을 알았다. 부디 미
네코가 지금 행복하기를 바란다.

"지금도 잠 못 드는 밤이나 외로워 죽을 것 같을 때에는 52
헤르츠 고래 소리를 들어. 그렇지만 옛날과 조금 다르게 내
가 낸 소리가 아니라 내게 향해진 52헤르츠 소리를 생각하
는데……."

고개를 갸웃거리는 52를 보고 나는 미소 지었다.

"그러니까 네 목소리를 들을 거야. 아 참, 우선은 아침에 말

한 스에나가 할머니에 대해 좀 더 알려줄래?"

아침에 자세히 물으려 했지만 52는 그 뒤로 펜을 잡으려 하지 않았다. 다시 한 번 물어보려고 펜과 노트를 내밀자 역시나 52의 얼굴이 흐려졌다.

"말하기 싫어? 하지만 이대로는 제자리걸음이야. 그러니 부탁할게."

그렇게 말하자 펜을 쥔 52는 주저하면서도 '아빠의 엄마'라고 썼다.

"친가 쪽 할머니라는 거네. 그 할머니가 널 돌봐 주셨다는 거고. 아빠는?"

'몰라.'

아빠를 모른다고? 무슨 사정이 있는 걸까?

"음, 그럼 아빠는 누군지 모르지만 친할머니가 보살펴 주셨다는 거지?"

그렇게 물으니 52는 '치호 고모도'라고 쓰고 '아빠 동생'이라고 덧붙였다.

"으음, 아빠 동생이면 치호 고모는 당연히 아직 살아 있겠네. 할머니랑 어디에 살았어? 이 근처야?"

'바샤쿠.'

"그게 어딘데?"

엉겁결에 말이 튀어나왔다. 이 부근 지명일까? 나는 마음이 다급해지고 52는 '기타큐슈'라고 이어서 썼다. 기타큐슈

면 이곳 오이타현 옆에 있는 후쿠오카현이던가? 지리는 젬
병이라 전혀 모르겠다.

'치호 고모 보고 싶어.'

52는 그 말을 마지막으로 펜을 놓았다. 왜 그러나 했더니
숨죽여 울고 있었다. 그 모습을 보기만 해도 치호 고모가 52
에게 얼마나 소중한 존재인지 알 수 있었다.

그 사람을 만나면 52의 그동안의 생활과 코토미에 대해 알
수 있을지도 모른다. 그렇게 되면 무언가 상황이 바뀔 수도
있다.

"……만나러 가 볼까?"

내가 중얼거리자 52가 고개를 들었다.

"찾으러 가 보자. 나도 너에 대해 잘 말해 줄 사람을 만나
고 싶어."

52가 눈물을 훔치고 내 손을 잡았다. 나도 그 가냘픈 손을
맞잡았다.

그러나 만나러 간다고 해도 내게는 정보가 너무 없었다.
다음 날, 툇마루에서 하늘을 올려다보며 어떻게 할지 생각했
다.

태블릿으로 검색하니 어찌어찌 '기타큐슈시 고쿠라키타구
바샤쿠'라는 지명이 뜨기는 했지만 이것이 어느 정도 범위를
가리키는지 도무지 감이 잡히지 않았다. 52도 바샤쿠에서 더
자세한 주소는 모르는 듯했고 할머니와 살았던 것은 2년쯤

전이라고 했다. 어쩌면 바샤쿠에 간 것까지는 좋았어도 이미 이사해 없을 가능성도 있었다. 여하튼 가서 생각해 볼까? 지금부터 짐을 챙기면 저녁 무렵에는 도착할 테고 호텔을 잡아 하나하나 찾아보는 수밖에 방법이 없다는 생각도 들었다.

골똘히 생각에 잠겨 있는데 현관에서 초인종이 울렸다. 마당에서 흙장난을 치던 52가 깜짝 놀라 실내로 뛰어 들어왔다.

"누구지?"

52가 방 안쪽에 숨는 것을 지켜본 뒤 현관으로 향했다. 혹 코토미가 아닐까 순간 생각했지만 올 리가 없다고 곧바로 그 생각을 지웠다. 택배 아저씨나 무라나카겠지.

"네, 누구세요?"

간유리를 끼운 미닫이에 대고 말을 걸자 "키코" 하는 소리가 들렸다.

"키코 맞지?"

에이, 말도 안 돼. 설마. 허둥지둥 현관 미닫이를 열었다. 그곳에 서 있는 사람은 미하루였다.

"여, 여기 왜……."

"당연히 널 찾으러 왔지, 바보야."

눈에 눈물을 머금은 미하루가 내 뺨을 때렸다. 찰싹, 하고 울리는 메마른 소리와 충격이 꿈이 아님을 일깨웠다. 미하루는 나를 연이어 때리며 "야, 이 바보, 멍청아"를 반복했다.

"어? 어떻게? 어떻게 여길 알았어?"

"당연히 너희 집에 갔지. 그 망할 아줌마, 똥 씹은 표정이었지만 집요하게 물고 늘어지니까 가르쳐 주더라. 거짓말이면 어쩌나 얼마나 조마조마하던지. 이렇게 봐서 다행이야."

설마 미하루가 엄마 집에 갔을 줄이야. 그렇게까지 할 줄은 생각도 못 했다. 할 말을 잃고 서 있는 나를 미하루가 끌어안았다. 그 힘에 나는 그저 놀랄 뿐이었다.

"왜 이런 짓을 하는 거야? 내가 걱정할 거라는 생각은 안 해?"

믿기지 않지만 그 온기는 미하루가 틀림없었다. 미하루는 몸을 떼고 내 양어깨를 잡았다.

"너 죽었을까 봐 아주 제정신이 아니었어. 말도 없이 사라져서 내가 얼마나 충격을 받았는지 알기나 해?"

잡힌 어깨가 아프다.

"이런 짓 다시는 하지 마. 내가 몇 번을 부탁해야 날 안심시켜 줄래?"

미하루의 눈에서 눈물이 떨어진다. 미하루를 울린 것은 이걸로 두 번째다. 두 번 다 내 잘못이다.

"죽을 마음은…… 없었어. 그냥 여기서 혼자 살고 싶었을 뿐이야."

"그게 뭐야? 비련의 여주인공 흉내라도 내는 거야!?"

미하루가 소리치듯 말하고 그 기세에 나는 몸을 움찔했다.

136

"제발 앞을 똑바로 봐. 부탁이니까!"

"미, 하루……."

덜컹, 하는 소리가 나 미하루가 내 등 뒤로 시선을 옮겼다. 그러더니 눈물을 닦고 "누구야?"라며 속삭이듯 물었다. 고개를 돌려보니 52가 부랴부랴 가까이에 다가와 있었다. 내 옷자락을 당기고 미하루에게 고개를 저어 보였다. 낯빛이 창백하고 떨고 있다. 혹 내가 혼나고 있다고 생각해 도와주러 왔을까?

"얘는 뭐야? 아는 애야?"

"아, 그게."

52가 계속 내 옷자락을 당겨서 나는 "괜찮아" 하고 웃어 보였다.

"이 사람은 내 친구야. 날 보러 일부러 여기까지 왔대."

52가 나와 미하루를 번갈아 보더니 슬며시 손을 놓았다.

"미하루, 일단 안으로 들어와. 시원한 거라도 내올게."

거실에는 에어컨이 없지만 창문을 활짝 연 툇마루에서 바닷바람이 불어와 선풍기만 돌려도 충분히 시원하다. 제일 먼저 거실로 들어간 52는 구석에 버티고 앉았다. 그러고는 내 뒤를 따라 들어온 미하루를 빤히 쳐다보았다. 미하루가 내게 고함을 지르지 못하게 감시할 모양인가 보다. 그런 사실을 깨닫지도 못한 미하루는 실내를 빙 둘러보며 말했다.

"흐음, 안은 제법 쾌적하네. 가전제품이랑 가구도 갖춰 있고 그럭저럭 쓸 만하네. 밖에서 보면 다 쓰러져 가는 집이라 제대로 살고 있을지 마음 졸였는데."

"외관이야 오랫동안 아무도 살지 않은 집이었으니까. 바닷바람 영향도 있고. 안은 업자에게 부탁해서 조금씩 손봤어. 침실에는 에어컨도 달려 있어. 아, 그쪽에 앉아."

부엌으로 가 아이스커피를 만들었다. 52가 마실 사과주스도 꺼내 쟁반에 올리고 거실로 갔다. 그런데 미하루가 보이지 않았다. 52가 세면실 쪽을 가리켜서 그리로 향했다. 이유는 모르겠지만 미하루는 욕실을 들여다보고 있었다. 유심히 둘러보고는 혼잣말을 중얼거렸다.

"역시 여기는 전반적으로 낡았어. 옛날 느낌 나는 타일이야 뭐 그런 대로 귀여워서 봐 줄 만은 한데."

"거긴 아직 손 안 댔어."

미하루는 쟁반을 든 내 옆을 그대로 지나쳐 이번에는 화장실을 들여다보았다.

"어? 여기도 같은 타일이네. 80년대 화장실 보는 것 같아. 아, 그래도 좌변기에 비데가 설치되어 있네. 오, 좋았어."

"오자마자 가택 수사야? 제대로 살고 있다니까."

어이없어 하는 내 얼굴을 돌아보며 미하루는 "그야 나도 당분간 살 곳이니까 확인해 둬야지"라고 아무렇지 않게 말했다.

"뭐? 일은 어쩌고?"

"관뒀어. 그러니까 내가 이해하고 받아들일 수 있을 때까지 너랑 같이 살 거야. 아, 남는 이불 있어? 없으면 이온에 가자. 여기 오는 길에 봐 뒀어. 거기라면 물건이 이것저것 있을 테니까 딱 됐다."

쉼 없이 재잘대던 미하루는 내가 들고 있는 쟁반에서 커피가 든 유리컵을 들고 선 채로 꿀꺽꿀꺽 마셨다. 절반쯤 마시고는 꺼억 숨을 내쉬었다. 그러고는 내게 선언하듯 말했다.

"나, 너랑 끝까지 함께하기로 마음먹었어. 안 그러면 넌 평생 제대로 못 살 것 같아서."

"함께한다니…… 왜 그렇게까지 하려고?"

미하루에게 그렇게까지 할 이유는 없다. 적당한 말을 골라 내가 묻자 미하루는 조금 곤혹스러운 듯 눈썹을 내려뜨리고 "나 나름대로 속죄가 하고 싶나 봐"라며 작게 웃었다.

"속죄라니…… 뭐야?"

"뭐, 신경 쓰지 마. 어쨌든 당분간 함께 있을 거야. 일단 얘가 누구인지부터 설명해 줘."

미하루가 손가락으로 가리켜서 고개를 돌려보니 52가 서 있었다. 불안해 보이는 52의 얼굴과 호기심 어린 미하루의 얼굴을 번갈아 보며 어떻게 할지 잠시 생각했다.

"어, 어? 잠깐만 기다려 봐. 무슨 말인지 모르겠어. 아니, 왜?"

거실로 돌아와, 우연히 알게 된 이 아이를 내가 돌보게 되어 함께 살기 시작했다고 하자 미하루는 혼란스러운 눈길로 52의 얼굴을 응시했다. 사과주스를 마시고 있던 52는 그 시선을 참기 힘들었는지 시부저기 일어나 마당으로 내려갔다. 그러고는 내가 텃밭으로 쓰려고 일구어 둔 땅 한 귀퉁이에 주저앉아 말없이 흙을 가지고 놀았다. 화분에 모종삽으로 흙을 퍼 담는 아이의 등을 바라보던 미하루가 내게로 시선을 돌렸다.

"네가 어떻게 지내고 있을지 나 나름대로 여러 가정을 세웠는데 이건 예상을 한참이나 빗나가는 상황이라 주눅이 드네. 일이 어쩌다 이렇게 된 거야?"

52가 등을 돌리고 있기는 해도 귀는 곤두세우고 있을 것이다. 그래서 나는 52에게 먼저 양해를 구했다.

"52, 이 사람은 미하루라고 해. 내 소중한 친구야. 그래서 말인데 네 얘기를 해도 될까? 해로운 일은 절대 하지 않을 사람이야."

잠시 틈을 두고 52가 힐끗 내 쪽을 향해 고개를 끄덕였다. 나를 믿어 준 데 고마워하며 나는 미하루에게 우리 둘 사이에 있었던 일의 경위를 설명했다. 52가 듣고 있어서 코토미와 직접 대화한 부분만은 말하기가 껄끄러웠다. 다소 부드럽게 돌려 말하기는 했지만 코토미가 자기는 자식 따위 필요 없다고 말한 사실은 결코 달라지지 않았다. 52가 다시 등을 돌리고 있어 어떤 표정을 짓고 있는지 알 수가 없다.

"그거 큰일이잖아."

이야기를 다 들은 미하루는 미간을 찡그리며 경찰에 신고하는 게 좋겠다고 했다.

"그 코토미라는 사람이 만약 아이가 유괴됐다고 난리법석이라도 떨면 너만 불리해져. 아이 몸에 멍이 있으면 멍이 사라지기 전에 경찰서에 데려가야지. 학대 증거가 있으니 엄마는 체포될 테고 쟤도 어디 시설 같은 데……."

쨍그랑, 하는 소리가 나서 보니 52가 우리 쪽을 향해 서 있었다. 화분이 둘로 깨져 흙이 새고 있었다. 52는 울 것 같은 얼굴로 고개를 휘저었다.

"괜찮아."

나는 52에게 웃어 보이고 시선을 다시 미하루에게 돌렸다.

"그건 안 돼. 나는 저 아이가 자기 목소리로 제대로 이야기할 수 있는 사람들이 있는 곳에 데려가겠다고 약속했어. 경찰에 넘기고 끝낼 수는 없어."

미하루가 하지만, 하고 입을 열려는 것을 막았다.

"내가 그렇게 하고 싶어. 그렇게 해야만 해."

미하루는 생각에 잠긴 듯 잠시 입을 다물었다가 닷새, 라고 했다.

"닷새 동안은 잠자코 있을게. 그동안 저 아이가 갈 만한 곳을 어떻게든 찾아내."

"응? 왜 닷샌데?"

어디서 그런 숫자가 나왔는지 묻자 미하루는 안상이 널 데리고 나온 데 걸린 시간, 이라고 했다.

"널 발견하고 그 집에서 데리고 나오기까지 그 정도 걸렸어. 그때까지는 나도 아무 말 안 하고 원한다면 적극 도와도 줄게. 하지만 닷새보다 더 시간이 소요된다면 경찰서에 갈 거야. 어영부영 시간만 보내서는 너나 저 아이에게 아무런 의미도 없어."

미하루가 하는 말은 분명히 옳다. 이 집에서 그저 지내기만 해서는 아무것도 해결되지 않는다. 그렇다고 해도 닷새는 너무 짧다.

"알았어. 그럼 일단 기타큐슈에 가자."

내가 그렇게 말하자 미하루가 영문을 모르겠다는 표정을 지었다.

"거기가 어딘데?"

그로부터 몇 시간 뒤, 우리는 고쿠라 역 플랫폼에 서 있었다.

집에서 역까지 택시로 이동하고 거기서 또 전철에 수 시간 몸을 실은 대이동이었다. 도쿄에서 도착한 지 얼마 안 되어 또 다시 움직인 미하루는 너무 앉아 있어 허리가 아프다고 볼멘소리를 냈다.

"야, 내 나이도 내일모레면 서른이야. 진짜 죽을 것 같아.

더 이상은 못 가."

"일단 오늘은 호텔부터 찾아보자."

하늘은 온통 오렌지색으로 물들어 있었다. 고쿠라 역은 상상했던 것보다 크고 주변에 높은 빌딩이 많았다. 플랫폼에서도 몇 군데 호텔이 보여 잠잘 곳은 걱정하지 않아도 될 것 같다.

"미하루, 스마트폰으로 잘 만한 데 검색해 봐."

"네네. 그런데 왜 휴대폰까지 해지했어? 전화 연결이 안 됐을 땐 정말 죽은 줄 알았다니까."

"그런 이야기는 나중에 하고 빨리."

플랫폼 벤치에 걸터앉은 미하루가 입술을 삐죽이며 휴대전화를 검색했다. 나는 거리를 쳐다보는 52에게 "이런 경치 본 적 있어?" 하고 물었다. 52는 역에서 조금 떨어진 곳에 보이는 관람차를 손으로 가리켰다. 석양빛이 빨간 관람차를 비추고 있었다.

"저기 갔었어?"

그렇게 물으니 52는 어딘지 쓸쓸한 표정을 지으며 고개를 끄덕였다. 누구랑 같이 탄 적이 있던 걸까?

"나중에 가 볼까?"

52는 고개를 저었다. 그러고는 등을 홱 돌렸다.

"숙소 잡았어. 여기서 도보로 5분이래. 빨리 가자. 내 허리도 이제 한계야!"

미하루가 비명을 지르듯 외쳤다.

고쿠라 역은 역사에서 툭 튀어나온 모노레일 선로가 곧장 뻗어 있어 만듦새가 독특했다. 공중에 뜬 선로를 따라 걷기 시작했다. 탁 트인 거리를 보고 미하루가 말했다.

"처음 와 보는데 꽤 번화가네. 52, 너 이런 곳에서 살았어? 그럼 그런 시골로 옮겨 와서 불편했겠다."

미하루는 몇 시간 만에 말을 하지 않는 52에게 완전히 익숙해져 있었다. 이 상황을 즐기는 것처럼도 보여서 미하루의 그런 유연하고 야무진 성격은 여전하다는 생각이 들었다. 강해지려고 해도 잘 되지 않고 버둥거리기나 하는 내게 미하루는 늘 눈부시게 보인다.

역 근처에 자리한 호텔은 예상과 달리 깔끔했다. 침대가 두 개, 소파베드가 하나인 트리플 룸은 실내가 널찍했다. 미하루는 창가 침대 위로 쓰러져 "피곤하다"라며 한숨을 쉬었다. 52는 소파베드에 다소곳이 앉았다.

"바샤쿠라고 했지? 거기는 내일 가 보자."

나도 다른 한 침대에 엉덩이를 붙이고 앉았다. 그러자 미하루가 몸을 벌떡 일으키고는 "체력이 남아 있을 때 저녁 사러 가자"라고 했다.

"가게는 많이 있으니까 먹을 것 좀 사 오자. 일단 맥주 마시면서 뒹굴고 싶어!"

"그러네. 밖에서 먹고 올 체력은 없다. 52는 어떻게 할래?

같이 갈래?"

52가 고개를 가로젓고 벌렁 누워 버려서 둘이서 방을 나왔다. 호텔 주변에는 음식점이 많아 테이크아웃 메뉴도 다양했다. 둘이서 이것저것 산 뒤 맥주를 사러 편의점에 들렀다. 곤도마트에는 없는 지역 특산 맥주를 살지 말지 내가 고민하는데 미하루가 깔깔 웃었다.

"뭐야, 왜 갑자기 웃고 그래?"

"아니, 조금 안심돼서. 제대로 살고 있으니까."

그거 사, 라며 지역 특산 맥주를 바구니에 담으며 미하루가 말을 이었다.

"네가 누군가를 도와주려 하는 것도 사실은 기뻐. 병원에 있을 때만 해도 당장이라도 죽을 사람처럼 보였거든."

아아, 하고 나도 작게 웃었다. 실제로 그때 죽어가고 있었다.

"키코, 왜 니나 씨를 찌르려 했어?"

미하루의 질문에 맥주 상표를 따라 움직이던 내 손이 우뚝 멈췄다. 미하루를 보지 않은 채 대답했다.

"전에도 설명했잖아. 그 사람이 나를 배신해서 찌르려 했다고."

"그건 진짜 이유가 아닌⋯⋯."

"52한테는 주스 사서 가야겠다."

큰 소리로 말하고 주스 선반으로 발을 옮겼다. 페트병을 몇 개 골라 담고 과자도 닥치는 대로 담았다. 미하루는 그런 내게 아무 말도 하지 않았다.

그날 밤은 작은 파티를 연 것 같았다. 다 먹지도 못할 만큼의 음식과 과자, 주스를 앞에 두고 52는 조금 행복한 표정을 지었고 미하루는 "재회 기념!"이라며 맥주를 진탕 마셨다. 나도 오래간만에 평소보다 맥주를 더 마셨고 잠깐 정신이 들었을 때는 침대에 쓰러져 누워 있었다.

다음 날, 우리 세 사람은 새벽같이 일어나 호텔을 나왔다. 하루 만에 해결할 수 있을 것 같지 않아 호텔 숙박을 연장했지만 어떻게 될지는 모르겠다. 미하루가 제시한 날짜를 헛되게 흘려보내는 일만은 피하고 싶은데 앞날이 보이지 않아 불안했다.

"벌써 덥네. 술에 찌든 몸이 감당하기에는 햇살이 따가운데."

전날 밤 알코올 기운이 남아 화장할 기력도 없다면서 맨얼굴에 선크림만 바른 미하루가 하늘을 우러러보았다. 나도 따라 파란 하늘을 올려다보았다.

태양이 바닷가 마을보다 더 따가운 느낌이다. 달궈진 아스팔트에는 아지랑이가 피어오르고 있었다. 미하루가 스마트폰으로 지도를 확인하더니 걸어갈 수 있을 것 같다고 해 그대로 걷기로 했다.

52는 말없이 우리 뒤를 따라왔다. 거리를 보고도 별다른 반응이 없어 52의 기억 속 장소를 걷고 있는지도 모르겠다.

"52, 할머니 성씨가 '스에나가'지?"

그렇게 묻자 52가 고개를 끄덕였다.

"52는 너랑 닮았어."

미하루가 52를 돌아보며 중얼거렸다.

"그래?"

"기대가 없어. 기대를 걸고 싶어도 순순히 걸지 못한다고나 할까? 기대를 걸었다가 계속 좌절만 맛본 얼굴이야."

무심코 내 얼굴에 손을 갖다 댔다. 그런 날 보고 미하루가 작게 웃었다.

"고모 이름이 치호라고 했나? 있으면 좋겠다."

"……그러게."

날이 무더워 땀이 분출했다. 도중에 녹차 페트병을 사고 그늘만 골라 걸었다. 술집이 즐비한 어수선한 거리를 빠져나오자 아무래도 아는 곳이 나온 듯 52가 우리보다 앞장서 걸었다. 넓은 도로에 상점이 나란히 있는 큰길에서 52는 곧장 뒷골목으로 들어갔다. 허름한 간판을 내건 러브호텔 옆 좁은 길을 빠져나가고 벤치밖에 없는 작은 공원을 지나 마침내 당도한 곳은 오래된 단독주택이었다. 썩어 들어가기 시작한 대문 너머에는 높이 자란 잡초가 무성했다. 세월의 흔적이 묻어 있었지만 나무로 된 명패에서 '스에나가'라고 적힌 글자를 읽을 수 있었다.

"여기야?"

그렇게 묻자 52가 고개를 끄덕이며 풀을 밟고 현관까지 갔다. 초인종을 계속 눌렀다. 고장이 났는지 전혀 소리가 나지 않았다. 할 수 없이 52 옆에 서 있던 내가 문을 두드렸다.

"실례합니다. 아무도 안 계세요?"

인기척이 없었다. 가까이 있는 창문을 보니 색이 바랜 커튼이 처져 있어 안이 보이지 않았다.

"누구 없어요?"

계속해서 말을 거는데 미하루가 말했다.

"아무도 안 사나 봐. 풀을 밟은 흔적도 없고. 사람이 없는 것 같아."

땀을 닦고 집을 올려다보았다. 어떻게 하면 좋을지 생각하는데 "잇짱, 아이가?" 하는 소리가 들렸다.

돌아보니 허리가 굽은 할머니가 "잇짱 맞제?"라며 다가왔다.

"아이고마, 그단새 이마이 컸나? 근데 니 와 여 있노?"

"5…… 이 아이를 아시나요?"

미하루가 물으니 할머니는 얼굴을 찌푸리며 수상쩍은 눈으로 우리를 보았다.

"거는 눈데?"

"저휜 사정이 있어서 이 아이의 친척을 찾는 중인데요. 그래서……."

"그 어마이가 기어코 아를 버린 기가! 내 그랄 줄 알았다."

할머니가 내뱉듯 말했고 나는 그 날카로운 목소리에 움찔했다. 할머니는 52의 손을 잡고 "천벌 받을 년. 그라이까 내 그마이 경찰서 끌고 가자 캤는데"라며 불호령을 내릴 기세로 말했다. 그러고는 52의 몸을 둘러보며 자상하게 물었다.

"잇짱, 인제 말은 하나? 치호가 얼매나 걱정한 줄 아나? 니가 어데로 가뿟는지 모르겠다고 내도록 울고."

"저, 저기. 죄송하지만 이야기 좀 들려주세요."

내가 허둥지둥 할머니에게 달려가 말했다.

"전 아이 엄마를 대신해 이 아이를 돌보고 있는 사람입니다. 어찌된 사정인지 전혀 모르고 있다가 아이가 이곳을 가르쳐 줘서……."

할머니가 52를 보았다. 52가 긍정하듯 고개를 끄덕이자 온몸으로 깊은 한숨을 내쉬었다. 그러고는 우리를 보고 말했다.

"마카다 우리 집에 가자. 바로 자테다. 잇짱도 퍼뜩 온나. 잇짱 좋아하던 매실주수, 할매가 또 담갔는데 무 봐야지."

나는 미하루와 눈을 맞추고 고개를 끄덕였다. 어쩌면 일이 잘 풀릴지도 모른다. 52를 사랑해 주는 사람들 곁에 아이를 데리고 갈 수 있을지도 모른다.

그러나 그것이 얼마나 헛된 생각이었는지 깨닫는 데는 그리 오랜 시간이 걸리지 않았다.

"세상을 떠났다는…… 말씀인가요?"

"졸음 운전하는 차에 치가 고마 그 자리에서 그리 됐다 아이가."

52의 고모인 치호 씨는 작년에 교통사고로 세상을 떠났다. 그 전해에 어머니인 스에나가 마키코 씨가 병으로 돌아가시고 홀로 그 집에서 살았다고 한다.

"잇짱 아바이, 그라이까 치호 오래비 되는 타케히코라고 있는데 망내이도 그런 개망내이가 읎다. 농탕치다 여학생 임신이나 시키가 결혼하겠다고 집에 델꼬 온 것꺼진 좋았는데 맨날천날 일은 안 하고 여자애들 끼고 놀고 처자뻐졌으니 누가 좋다 하겠노? 즈그 아바이가 살아 있었으믄 따끔하게 혼구녕이라도 냈을 긴데 일찍 세상 뜨고 읎다 아이가. 잇짱이 두 돌 됐을 제 결국 타케히코가 집을 나가뿟다. 어데 나카스 (후쿠오카에 있는 환락가—옮긴이) 여자한테 빠져가 동거한다 카더라는 소문을 듣고 마키코 씨랑 며느리랑 둘이서 찾으러 안 갔나. 근데 얼매나 사람을 두들겨 패가 내쫓았는지 아이고마, 얼굴이 팅팅 부가꼬 왔더라."

할머니, 즉 후지에 씨는 괴로운 얼굴로 우리에게 이야기해 주었다. 코토미는 밖으로만 겉도는 남편이 돌아오길 기다리며 스에나가 집안에서 아들을 키웠다. 처음에는 시어머니인 마키코 씨나 시누이인 치호 씨와도 사이가 좋았고 마트 계산원으로 시간제 일을 하며 생활비를 보탰다고 한다.

코토미도 처음에는 열심히 노력했다고 생각한다. 남편과 자식을 위해 최선을 다한 시절이 없지 않았다. 그러나 그런 코토미도 남편에게 배신당하고 심한 폭행을 당한 뒤로 사람이 180도 바뀌었다.

"마트 일 관두고 유흥업소 댕깄는데 얼굴이 곱상하이 거서 어지가이 예쁨 받았을 기라. 결국 어마이도 집에 안 와뿌고 가물에 콩 나듯이 머스마 차 타가 와서는 모가지 빳빳하게 쳐들고 돈 내려놓더라카이. 양육비라 카면서. 마키코 씨랑 치호는 아가 뭔 죄냐믄서 쎄가 빠지게 잇짱 키우고 내도 가끔 돌봐 주고 안 그랬나."

후지에 씨는 스에나가 집에 이웃한 목조 건물 빌라에 살고 있었다. 남편을 먼저 떠나보냈는지 좁은 집 안 구석에 작은 불단이 있었다. 52는 그 불단 옆에 앉아 매실주스가 든 유리컵을 만지작거리고 있었다. 그런 52를 보며 후지에 씨가 흐뭇하게 웃었다.

"자가 말이 늦어가 당췌 주께지를 않더라꼬. 마키코 씨가 걱정이 돼가 안 가 본 병원이 읎다카이. 세 돌 지나가 그제야 '함미' 하는디 마카다 얼싸안고 얼매나 좋아했다꼬. 근데 어마이란 년이 썽을 내는 기라. 왜 '엄마' 소린 안 하냐믄서. 집 구적에는 코빼기도 안 비치는 사람을 누가 부르겠노? 미친 년 맹쿠로 지 혼자 길길이 날뛰다가…… 잇짱 혀를 담뱃불로 지지더라카이."

힉, 하고 미하루가 작게 비명을 질렀다. 나는 그 끔찍함에 아무런 반응도 보일 수 없었다. 눈만 움직여 52를 보니 컵에 든 얼음을 입에 넣어 굴리고 있었다.

"마키코 씨는 불붙은 담배꽁초를 재떨이에 놔 났는데 잇짱이 놀다가 입에 대가 그리 됐다고 병원에서 그짓말을 하더라꼬. 뭐 한다고 그런 그짓말을 하는가 몰라. 내가 경찰서 끌고 가자 캐도 아 어마이를 범죄자로 맨들어가 쓰겠냐고 울드라카이. 그 담부터 잇짱이 입을 꾹 다물어뿟어. 다 그 어마이 때문이다. 고년이 잇짱헌테서 소중한 말을 뺏어간 기라."

후지에 씨는 감정이 격해졌는지 주름진 눈에서 눈물이 줄줄 흘렀다. 미하루가 내민 손수건을 마다하고 테이블 위에 있던 갑티슈에서 휴지를 뽑아 눈물을 닦았다.

"지 딴에도 이건 심했다 싶었는가 그 뒤로 어데 가뿌고 마키코 씨랑 치호 둘이서 내도록 잇짱을 안 키웠나. 그러다 고마 마키코 씨가 저작년에 암으로 죽었지. 직장 댕기던 치호가 그래도 혼자 해 보겠다고 캤는데 그 어마이가 난데없이 나타나가 잇짱을 데리고 갔다카이. 마키코 씨가 잇짱 앞으로 남긴 코딱지만 한 돈이랑 아동 수당이 탐났겠제. 치호가 새 언니는 아 몬 키운다고 두고 가 캤는데 그짝에서 사내를 달고 오니께 당해낼 재간이 읎었다 카더라."

그 후로 치호 씨는 모든 방법을 강구해 52의 행방을 수소문하다가 그만 사고를 당해 목숨을 잃었다.

후지에 씨가 장롱에서 사진 한 장을 꺼내 우리에게 보여주었다. 행복해 보이는 가족사진이었다. 기품 있는 초로의 여성과 20대 초반의 여성, 그리고 입을 크게 벌리고 웃고 있는 지금보다 앳된 52. 빨간 관람차 앞에서 서로를 끌어안은 세 사람의 정다운 모습을 보고 있노라면 절로 미소가 떠오른다.

"어, 이건……."

관람차를 어디서 본 기억이 있어 후지에 씨를 쳐다보니 "저짝 차차타운 관람차"라고 했다. 상업 시설의 상징물이라고 한다.

어제 52가 쓸쓸하게 관람차를 바라보았던 것은 다시 돌아갈 수 없는 행복을 떠올렸기 때문일까? 지금의 52에게서는 상상도 할 수 없는, 아이다운 순진무구한 사진 속 미소를 바라보았다.

"뒤에 함 봐라."

후지에 씨의 말을 듣고 사진을 뒤집어보니 뒷면에 달필인 여성 글씨체로 '스에나가 치호'란 이름과 휴대전화 번호, 사랑 애愛 자가 쓰여 있었다.

"이 아를 보면 연락 좀 달라고 치호가 그 사진을 사람들에게 안 돌렸나. 내야 잘 모르지만서도 인트넷인가 무신가에도 부탁했다 카대."

죽은 치호 씨의 가방 안에는 52와 함께 찍은 이 사진이 몇

장이나 들어 있었다고 한다. 휘갈기지 않고 정성 들여 쓴 글씨를 보며 나는 치호 씨를 상상했다. 틀림없이 기도하는 마음으로 썼으리라. 사라진 아이에게까지 잘 전해지도록.

"좀만 일찍 오지. 그라믄 치호도 얼매나 좋아했겠노?"

후지에 씨가 흐느껴 울었다. 52는 조용히 앉아 그 소리를 듣고 있었다.

치호 고모가 보고 싶다고 썼을 때 아이는 몸을 들썩이며 울었다. 그 치호 씨의 죽음을 아이는 말없이 받아들이려 하고 있다. 그 가냘픈 몸에 나는 상상조차 할 수 없는 슬픔을 끌어안고 있다. 이대로 두었다가는 펑, 하고 터져 죽지는 않을지 무서워진다.

"……저기, 여기 적힌 사랑 애 자가 혹시 아이 이름인가요?"

치호 씨 이름 옆에 있는 한자를 가리키며 내가 물으니 후지에 씨는 눈물을 닦으며 말했다.

"이토시. 사랑 애 자를 써가 이토시라 읽는다 아이가. 얄궂제. 사랑 겉은 말 입에 올릴 줄도 모르는 부모 겉지도 않은 인간들인데."

돌대가리, 하고 미하루가 작게 중얼거렸다. 자식을 자기 소유물이라고 여기는 전형적인 돌대가리들이야. 나는 이토시라는 이름조차 부르지 않게 된 코토미에게 화가 났다. 처음에는 사랑을 담아 지어 준 이름이었을 것이다. 그런 이름을 제 손으로 버리다니 얼마나 가엾은 사람인가.

"저, 스에나가 집 묘소는 어디에 있나요? 가서 인사라도 드리고 싶은데."

미하루의 질문에 후지에 씨가 고개를 저었다.

"타케히코랑 아는 사이라 카는 작자가 와가꼬 마카다 해치우고 가삣다. 어데 절에 있는 합동 묘역에 안장했다 캤나 뭐라 카던데. 마키코 씨랑 치호는 마 내가 여서 멋대로 공양 올리고 안 있나. 죽은 영감도 복작복작하이 좋다 할 기라."

후지에 씨가 불단을 가리켜서 나는 자리에서 일어나 그쪽으로 발걸음을 옮겼다. 거기에는 찻잔이 세 개 놓여 있었다. 위패가 하나 있고 그 옆에는 방금 전 본 사진이 액자에 끼워져 있었다. 내 옆으로 온 52가 액자를 들어 멀뚱히 쳐다보았다. 유리알 같은 눈동자가 있는 그대로를 투명하게 비추고 있었다.

"어르신, 조금 전 사진을 저희가 받아 가도 될까요?"

내가 묻자 후지에 씨는 "그라믄 물론이제"라며 고개를 끄덕였다.

후지에 씨와는 연락처를 주고받고 헤어졌다. 미하루가 만일의 경우 코토미의 학대 사실을 증언해 달라고 하자 후지에 씨는 당연히 그래야 한다며 고개를 끄덕였다.

"잇짱이 혓바닥 데여가 갔던 병원도 내 똑똑히 기억하고 있다. 아직 치매에 안 걸렸으니께 언제든지 말만 해라."

후지에 씨는 52를 끌어안으며 "미안허다"라는 말을 반복했다. 미안허다, 사실은 할매가 잇짱 거다가 키우고 싶은데 연금 생활하는 늙은이라 쉽지가 않다. 참말로 미안허다. 52는 자기를 끌어안고 우는 후지에 씨의 등을 가만히 어루만졌다. 마치 괜찮다고 말하듯이.

호텔로 돌아가는 길에 아무도 입을 열지 않았다. 줄줄 흐르는 땀도 닦지 않고 그저 호텔을 향해 걸을 뿐이었다. 나는 52의 손을 꽉 쥐고 걸었다. 무슨 말을 하려는 듯 나를 올려다보는 52에게 짤막하게 말했다.

"난 52라고 부를 거야."

내게 본명을 알려주지 않은 까닭은 아이가 자기 이름을 받아들이지 못했기 때문이다. 그런 이름을 내가 함부로 부를 수는 없다. 그러니 지금은 그 이름으로 부르지 않을 거다. 52는 살짝 망설이는 표정으로 고개를 끄덕였다.

"그리고 지금은 이 손 안 놔 줄 거야."

손을 놓아 버리면 눈물 한 방울 흘리지 않는 아이가 죽어 버릴 것만 같았다.

호텔로 돌아오고 52가 내게 손을 내밀었다. 내가 "뭐?" 하고 묻자 이어폰을 귀에 꽂는 동작을 해 보여서 MP3 플레이어를 건넸다. 이어폰을 귀에 꽂은 52는 소파베드에 누워 후지에 씨에게 받은 사진을 가만히 쳐다보았다.

"하다못해 산소에라도 갔으면 좋았을 텐데."

땀범벅이 된 얼굴을 씻고 나온 미하루가 작게 말했지만 나는 고개를 끄덕일 수 없었다. 죽음을 받아들이지 못한 상태로 묘비 앞에 서서 무슨 말을 할 수 있을까? 절망만 늘어날 뿐이다.

"키코, 이제부터 어떻게 할 거야?"

미하루가 소리 죽여 묻는 질문에 나는 고개를 저었다. 치호 씨를 찾겠다는 일념만으로 여기 왔다. 설마 이 세상 사람이 아니라고는 생각도 못 했다. 후지에 씨가 들려준 이야기대로라면 살아 있을 친부에게도 기대를 걸기 힘들었다.

"일단 내일 오이타로 돌아가자. 뒷일은 그때 생각할래."

아무리 해도 우울한 기분이 떨쳐지지 않았다. 한숨을 내뱉는데 미하루가 냉장고에 남아 있던 캔맥주를 던졌다. 미하루가 자기 캔맥주를 따는 것을 보고 나도 땄다. 피식, 하고 경쾌한 소리가 울리며 거품이 올라왔다.

차가운 액체가 약간의 자극과 함께 목을 통과해도 아무런 맛이 느껴지지 않았다. 그래도 천천히 마시는데 미하루가 "좋은 사람이었네"라고 중얼거렸다. 내가 쳐다보자 "우리 엄마" 하고 덧붙였다.

"어릴 때는 용서가 안 되더라고. 갑자기 모르는 외간 남자랑 함께 살더니 태연하게 여동생을 낳았어. 엄마라는 인간이 남자 앞에서 다리를 벌렸다는 게 역겹다고 생각한 적도…… 아니, 대놓고 말도 했을 거야. 그런데도 그 인간은 나랑 으르

렁대며 싸워도 제대로 키워 줬구나 싶어. 물론 싫었던 적도 있지만 나는 말을 잃을 만큼 슬픈 일은 겪지 않았으니까."

미하루가 52를 보았다. 이어폰 소리가 커서인지, 사진에 몰두해서인지 52는 그 사실을 전혀 깨닫지 못한 모습이다.

"나는 복 받았다고 생각해. 엄마 말고도 좋은 사람을 많이 만나서 지금 이렇게 웃으며 살고 있으니까. 그래서 나도 최소한 좋은 사람이고 싶어. 저 애가 어른이 되었을 때 웃으며 살 수 있도록 좋은 사람이 되고 싶어."

진지하게 말하는 미하루를 보며 그러게, 하고 맞장구를 쳤다. 그리고 나도 저 아이가 행복해지는 데 작은 일부가 되면 좋겠다고 생각했다.

"안상은 너한테 그런 '좋은 사람'이었어?"

나는 목소리 톤이 바뀐 미하루를 보았다.

"넌 니나 씨를 운명의 사람이라고 했잖아. 영혼의 짝은 그 사람이라고. 그럼 안상은? 그저 '좋은 사람'이기만 한 존재였어?"

"분명히 말해. 무슨 말이 하고 싶은 거야?"

침대 위에서 책상다리로 앉아 있는 미하루는 캔을 살짝 핥고는 마음을 굳힌 듯 나를 보았다.

"안상이 죽었다는 소식을 들었어. 넌 알고 있었어?"

커튼을 반쯤 친 방은 조금 어둑했다. 각자의 침대 위에 앉은 우리는 서로를 응시했다. 내 대답을 기다리듯 내게서 1밀

리미터도 눈길을 떼지 않는 미하루를 보며 미하루는 그 질문을 하기 위해 나를 찾아왔다는 걸 깨달았다. 그건 내게 내 죄를 인정하라고 하기 위해서일까? 단죄라는 말이 순간 머리를 스쳤다. 죄는 누군가에게 털어놓고 제대로 심판받지 않으면 안 된다.

"……알고 있었어."

거기까지는 미하루도 짐작하고 있었을 것이다. 눈동자가 전혀 동요하지 않았다. 그래서 뒤이어 말했다.

"발견한 사람이 나야."

미하루가 숨을 삼키는 소리가 들리는 것 같았다.

안상은 헤엄치고 있는 듯 보였다. 새빨간 욕조에서 한들거리는 얼굴이 평온해 보여서 흔들어 깨우면 눈을 뜰 것 같았다. 물이 맑고 투명했다면 분명 잠들어 있다고만 생각했을 것이다. 하지만 그는 붉은 바다에서 숨을 쉬고 있지 않았다.

붉은색은 분노를 담은 색이라고 한다. 안상이 분노 속에서 죽었다면 그것은 전적으로 나 때문이다.

5. 씻을 수 없는 잘못

엄마 집을 나와 생활이 정상적으로 돌아가고 있다고 느낀 것은 계절이 한 바퀴를 돌았을 즈음이었다. 미네코와의 관계도 익숙해지고 공장에서는 또래 친구도 몇몇 생겼다. 눈물 젖은 밤이 줄어들고 웃는 일이 많아졌다. 수첩에는 향후 일정과 약속으로 채워지고 휴일이면 누구를 만날지 선택해야 할 때도 있었다. 알차다는 단어를 피부로 느꼈다.

그런 와중에도 안상과 미하루, 나 이렇게 우리 세 사람은 변함없이 사이가 좋았다. 그러나 학원에서 근무하는 두 사람은 밤늦게까지 일할 때가 많아 저녁에 퇴근하는 나와는 웬만해서 시간이 맞지 않았다. 근무 형태도 달랐던지라 한 달에 한 번이라도 얼굴을 보면 그나마 다행이었다. 그래도 취직을 계기로 구입한 스마트폰으로 자주 문자를 보내 줘서 나는 항상 두 사람이 곁에 있다고 느꼈다. 게다가 내가 외로움에 빠져 힘들어하면 둘 중 한 사람은 무리를 해서라도 시간을 내

보러 왔다.

여름이 끝나갈 무렵이었다. 여름방학 특강으로 안상이 눈 코 뜰 새 없이 바빠 좀처럼 만나지 못하다가 두 달 만에 셋이 서 뭉쳤다.

"키나코는 처음과는 몰라보게 밝아졌는데."

"얘는 이게 본모습이야. 독설가라서 항상 반 남학생들 찍 소리도 못 하게 했어."

"잠깐만. 그건 너잖아. 기억을 날조하지 마."

장소는 처음 셋이서 함께 갔던 술집이었다. 저렴한 가격치 고 음식이 맛있어서 자연스레 이 가게만 애용하게 되었다. 가게 안은 시끌벅적해서 말소리가 잘 들리지 않았고, 그래서 다들 큰 소리로 떠드는 점이 나는 좋았다.

"그러고 보니 미네코가 방을 빼게 됐다며?"

"응. 고향에 내려간대."

공장 친구가 자기와 룸메이트를 하자고 했지만 거절했다. 사람은 좋은데 구속이 심한 친구였기 때문이다. 일하는 중이 라도 식당이나 화장실에 함께 가지 않으면 기분 나빠했다. 사생활에서까지 무엇이든 함께해야 한다고 강요받는 것이 내키지 않았고, 그런 그녀와는 미네코와 같은 안정된 생활을 기대하기 힘들 것 같았다. 그럴 바에는 혼자 사는 게 좋겠다 고 결정을 내린 터였다.

"돈도 좀 모았으니까 어디 저렴한 빌라가 없는지 알아보는 중이야."

"오, 키코도 드디어 본격적으로 독립하네."

미하루가 맥주잔을 기울이며 감개무량하다는 듯 말해서 나는 웃었다.

"그동안 이래저래 미네코에게 의지한 부분이 커서 나 혼자 독립해 잘 살 수 있을지 솔직히 걱정이야."

처음에는 약 올린다고도 느꼈던 캔맥주가 더는 굴러 오지 않는다고 생각하면 허전했다. 정신적으로 흔들리지 않게 중심을 잘 잡아야 한다고 마음을 다잡았다.

"그럼 안상이랑 살든지?"

미하루가 빙긋이 웃으며 한 말에 나는 "잉?" 하고 얼빠진 소리를 냈다.

"보통은 안상이 아니라 네 이름을 넣어야 하는 거 아냐?"

"난 타쿠미가 먼저거든."

미하루가 우후후 웃었다. 몇 달 전부터 미하루는 학원 근처 미용실에서 일하는 남자 직원과 사귀기 시작했다. 퇴근하고 집에 가는 길에 커트 헤어모델이 되어 달라는 부탁을 받고 관계가 발전했다고 한다. 우리보다 한 살 어린 타쿠미와 한 차례 밥을 먹으러 갔었는데 몰티즈 같은 분위기의 귀여운 사람이었다. 그리고 미하루에게 아주 홀딱 빠져 있었다.

"타쿠미가 오면 언제든 자고 가라고 하고 싶은데 키코랑 룸메이트라니 안 될 말이지."

"우정보다 사랑이다, 이거지?"

빈정대며 말해도 사실은 미하루가 행복해서 기쁘다. 그런 내게 미하루가 또 안상을 들먹였다.

"안상이랑 살라니까. 나랑 다르게 안상은 네 말이라면 당장이라도 들어 줄걸. 그렇죠, 안상?"

미하루는 안상에게 물었지만 내가 바로 맞받아쳤다.

"쓸데없는 소리 하지 마. 안상한테 어리광도 정도껏 부려야지. 민폐야."

안상은 웃으며 하이볼을 마셨다. 맞다고도 아니라고도 하지 않았다.

"그런가?"

미하루가 입술을 삐죽이며 안상을 보았다. 안상은 그 시선을 받고 태연하게 입을 열었다.

"키나코랑 살면 술값이 너무 많이 들어서 살림이 거덜 날지도 몰라."

"하, 너무하네. 나 술 그렇게 많이 안 먹거든!"

"아니거든. 이 정도로 주당일 줄은 몰랐어. 처음에 맥주 반 잔 마시고 얼굴이 빨개지던 때가 그리워. 그때의 키나코였으면 생각해 봤을 텐데."

"와, 진짜 너무해! 저기요, 여기 생맥주 한 잔 더요!"

"이 타이밍에 주문하면 어떡해!"

미하루가 타박을 주고 나는 페코짱(혀를 한쪽으로 삐쭉 내밀고 있는, 일본 제과업체의 마스코트 캐릭터-옮긴이) 흉내를 냈다. 그걸 보고 안상이 "크크, 귀여워"라며 웃었다. 여느 때와 마찬가지로 헤어지기 전부터 다음 만남이 기다려지는 즐거운 시간이었다.

식사를 하고 안상이 나와 미하루를 집 근처 역까지 바래다주었다. 나와 미하루의 집은 비교적 가까워 나란히 걸어 집으로 향했다. 술을 왕창 먹고 기분이 들뜬 나는 공장에서 같이 일하는 약간 별난 아저씨 이야기를 미하루에게 했다. 평소라면 웃으며 들어 주었을 미하루가 오늘따라 표정이 어둡다. 다른 생각에 잠겨 있는 듯해 "왜 그래?" 하고 물었다. 미하루는 진지한 얼굴로 나를 보았다.

"안상이랑 너, 어떻게 된 거야?"

"어떻게 되다니? 두 달 만에 얼굴 본 건 너도 알잖아."

"그게 아니라 안 사귀어?"

여전히 진지한 어조로 묻는 미하루의 말에 나는 웃음을 풋 터트렸다. 안상과 내가 사귀느냐고?

"무슨 말 하는 거야? 네가 지금 타쿠미랑 행복하다고 우리까지 이어 주려는 거야? 안 됐지만 나랑 안상은 그런 사이가 아닙니다요."

안상은 특별한 존재다. 존경하는 사람이고 무슨 일이 생기면 가장 먼저 의지한다. 좋아하느냐고 묻는다면 정말 좋아한다고 대답할 테고 그 대답으로 부족하다면 사랑한다고 해도 좋다.

하지만 연애 감정과는 다르다. 연애처럼 손바닥 뒤집듯 쉽사리 변하는 못 미더운 것이 아니다. 굳이 비유하자면 자식이 부모를 생각하는 마음에 가깝다. 더 과장되게는 신을 숭배하는 느낌이라고 해도 좋다.

"안상도 날 연애 상대로는 생각지 않을걸. 애당초 안상보고 사람이 정말 착하다고 한 건 너잖아? 안상은 착해서 날 구해 줬어. 그리고 착해서 지금도 내가 자립하는 모습을 지켜봐 주는 것뿐이야."

미하루는 이해가 되지 않는다는 표정을 지었다.

"정말로 그럴까? 나도 처음에는 그런 줄 알았어. 그렇지만 널 위해서 그 사람이 지금껏 얼마나 뛰어다녔는지 생각해 보면 연애 감정이 있지 않고서는 불가능해."

"안상은 호빵맨이니까."

안상을 처음 보았을 때 느낀 호빵 영웅의 이미지는 단 한 번도 깨진 적이 없다. 안상은 한결같이 착하고 강한 사람이었다.

"그리고 안상이 날 여자로 본다는 느낌도 없어."

내가 술에 취해 껴안아도, 술김에 뺨에 뽀뽀를 해도 안상은 그저 온화하게 웃을 뿐이다. 내가 안으면 내 몸에 팔을 두르기는 해도 그 손길은 부드러운 물체를 만지듯 한없이 자상하다. 미하루의 말대로 안상에게 연애 감정이 있다면 다른 반응, 가령 팔에 힘이 더 들어간다든지 하지 않을까? 남자 경험이 없어서 어디까지나 내 상상에 불과하지만.

"우리가 어엿한 성인 남녀다 보니 네가 뭘 걱정하는지는 알겠어. 하지만 안상 앞에서 그런 말은 하지 말아 줘. 괜히 안상이 신경 써서 우리 사이만 어색해질 수도 있잖아."

"응, 알겠어. 그런데……. 이건 그냥 가정인데, 예를 들어 안상에게 여자 친구가 생기면 어떻게 할래? 그때 가서 실은 내 감정이 사랑이었다고 후회하지 않을까?"

"후회하지 않아. 뭐, 속상하긴 하겠지. 내 소중한 사람에게 나보다 더 소중한 사람이 생기는 거니까."

잠깐 상상했을 뿐인데도 가슴 한편이 헛헛하다. 그래도 만약 그런 날이 온다면 진심으로 축하해 줄 것이다.

"흐음, 그래? 넌 정말 안상을 남자로는 아예 안 보는구나."

"어휴, 그런 레벨의 존재가 아니라니까."

왜 몰라주느냐고 나는 부루퉁하게 볼을 부풀렸다. 내게 안상은 너무나 특별해서 되레 그런 세속적인 눈으로 쳐다보는 게 싫다. 미하루는 알았다며 마지못해 웃고는 다시는 그런 말 하지 않겠다며 어깨를 으쓱했다.

"너흰 그런 사이가 아냐. 오케이?"

"오케이, 오케이."

여름이 끝나갈 무렵의 밤은 후텁지근하고 어딘가에서 폭죽 냄새가 났다. 위를 쳐다보니 배롱나무의 빨간 꽃이 밤에도 선명하게 보였다. 그 너머에는 작은 별들이 반짝이고 내일도 날이 맑다고 말하고 있었다.

술김에 내처 미하루의 손을 잡고 아이처럼 앞뒤로 흔들며 걸었다. 콧노래를 흥얼거리자 미하루가 웃었고 나도 웃었다. 그런 시답잖은 여름의 어느 날이었다.

*

니나 치카라와 만난 것은 그 여름으로부터 2년이 지나서였다. 치카라는 내가 일하던 회사의 전무였다. 할아버지가 회장이고 아버지가 사장인 가족 기업의 상속자이자 일 잘하는 유능한 남자로 알려졌다.

직원이 이백 명 남짓인 회사에서 치카라는 젊은 황태자로 통했다. 학창 시절에 럭비를 했다고 하는 다부진 체구에, 소싯적에 미스 무슨 대회에 결승까지 올랐다는 어머니를 닮은 곱상한 얼굴. 성격은 보스 기질이 강했는데 그걸 보여 주듯 듣기 좋은 소리로 호탕하게 웃었다. 나이는 나보다 여덟 살 위였다. 회사 여직원 대부분이 그에게 호감을 품지 않았을까?

치카라는 늘 회사 밖을 바삐 돌아다녔다. 그렇다 보니 공장 구석에서 납땜만 죽어라 하는 나와는 접점이 아예 없었다. 이름과 얼굴만 어렴풋이 아는 전무에게 딱히 관심도 없었고 본래라면 내 인생이 치카라의 인생과 만나 교차하는 일은 한순간도 없었을 것이다.

그런데도 교차한 것은 말 그대로 '사고'에 가까운 한 사건 때문이었다.

하루는 식당에서 점심을 먹고 있는데 나와 같은 팀인 젊은 두 남자 직원 사이에 별안간 싸움이 붙었다. 평소에도 장난처럼 옥신각신하곤 했는데 그날따라 누구 한 명의 심기가 불편했는지 서로 고성이 오가는 큰 싸움으로 번졌다. 때마침 다른 테이블에서 식사를 하던 치카라가 중재하려고 끼어들었지만 두 사람은 흥분을 가라앉히지 못하고 결국 치카라에게까지 대들었다. 그러다 한 명이 "댁은 좀 빠져!" 하고 외친 것과 동시에 파이프 의자를 치카라를 향해 집어 던졌다. 주변에서 비명이 터져 나왔다. 치카라는 파이프 의자를 가뿐히 피했지만 하필 그 뒤에 내가 있었다. 허공을 날아온 파이프 의자는 내 관자놀이에 명중했다.

눈을 뜨니 병원이었고 미하루가 울먹이는 얼굴로 나를 들여다보고 있었다.

"정신이 들어? 너희 회사에서 연락받고 심장 멎는 줄 알았어."

순간 어찌된 영문인지 몰랐다가 차츰 기억이 났다. 머리에 파이프 의자를 직격으로 맞고 쓰러졌던 것이다. 다행히 관자놀이는 몇 바늘 꿰맨 수준에 그쳤지만 식당은 피바다가 되어

난리가 난 모양이다.

"머리가 찢어져서 피가 꽤 흘렀나 보네. 아야, 아프긴 하다."

쓰러질 때 잘못 쓰러졌는지 머리 말고도 몸의 마디마디가 욱신거렸다. 내가 얼굴을 찡그리자 미하루가 "타박상도 입은 것 같은데 부러진 데는 없대"라고 말했다.

"그래? 그럼 다행이고. 그나저나 네가 왜 여기 있어?"

"뭔 소리야? 내가 너 비상 연락처잖아!"

그러고 보니 입사할 때 미하루의 휴대전화 번호를 비상 연락처에 적어 회사에 제출했었다. 지금껏 까맣게 잊고 있었다.

"아, 그랬구나. 미안. 나 때문에 네가 고생이네."

"우리 사이에 그런 말이 어디 있어? 참, 간호사 불러 올게. 너 깨어나면 알려달라고 했어."

안심한 얼굴로 미하루가 병실을 나갔다. 그때 미하루와 엇갈려 들어온 사람이 치카라였다. 치카라는 내가 깨어난 것을 몰랐던 모양이다. 나를 보고 화들짝 놀라더니 "미안!" 하며 머리를 숙였다.

"뒤는 전혀 생각을 못 했어. 정말 면목 없다."

"전무님 잘못이 아니에요. 그 사람들 걸핏하면 싸우고 아주 피가 끓어 넘치나 봐요."

그렇게 말하자 치카라가 머리를 들었다.

"그 사람들한테 이번 벌로 헌혈 좀 하고 오라고 해 주세요. 다른 사람에게 도움도 되게."

농담처럼 던진 말에 치카라가 웃었다. 주름이 잡힐 정도로 환하게 웃는 그 얼굴에 나도 모르게 가슴이 콩닥거렸다.

"알겠어. 회사로 헌혈차 부를까?"

"좋은 생각인데요."

"그놈들한테 1리터씩 할당량을 줘야겠어."

털털한 사람이라고는 들었지만 정말이지 스스럼없이 대화를 나누었다. 둘이서 웃고 있는데 미하루와 간호사가 들어왔다. 조금 있으면 의사도 와서 내 상태를 설명해 준다고 한다.

"키코, 난 밖에 있을게. 안상에게 연락해 줘야지. 걱정하고 있을 거야."

"미안, 고마워."

미하루가 치카라에게 목례를 하고 병실을 나갔다. 그 뒷모습을 지켜보던 치카라가 "언니야?" 하고 물었다.

"친구예요. 사정이 있어서 집에는 연락할 수가 없어요. 그래서……."

"흐음, 그래?"

그 후 의사가 와서 48시간은 안정을 취해야 하며 며칠 뒤에 실밥을 뽑을 거라고 설명해 주었다. 입원은 하지 않아도 된다고 해서 한시름 놓았다.

"그럼 이번 주는 그냥 푹 쉬어. 업무 중에 다친 거니까 아무 걱정하지 말고. 그리고 미안하지만 나는 선약이 있어서 이제 가 봐야 해. 연락할게."

치카라는 그렇게 말하고 서둘러 나갔고 나는 미하루의 부축을 받아 집으로 왔다. 그날 밤 안상이 달려왔다. 머리에 붕대를 감은 나를 보고는 아연실색했다.

"저, 정말로 괜찮은 거야?"

"겉만 요란할 뿐이야. 그리고 미하루가 혹시 모른다고 자고 간다고 했으니까 괜찮아."

내가 씩 웃어 보이자 안상은 다리에 힘이 풀려 주저앉았다.

"걱정했어. 여자한테 의자를 던지다니 그런 정신 나간 놈들이 다 있네."

"어쩌다 의자가 날아온 방향에 있었을 뿐인데, 뭐. 그건 그렇고 상처가 아물 때까지 맥주는 물 건너갔다는 게 제일 고통이야. 의사 선생님이 마시지 말래."

내가 어깨를 으쓱하자 안상이 "다 나으면 실컷 마시게 해 줄게"라며 자상하게 말했다. 그러고는 내 방을 둘러보며 빙긋 미소 지었다.

"키나코 집에 처음 와 봤네."

"남자가 온 것도 처음이야. 앞으로도 안상이 유일하지 않을까?"

내가 아무렇지 않게 말하자 안상이 "그래?"라며 작게 웃었다.

다음 주 월요일이 되어 출근하는데 치카라가 싸움을 한 두 사람을 대동하고 통용문에 서 있었다.

"이건 뭐 색다른 환영식이에요?"

내가 묻자 치카라보다도 두 사람이 먼저 미안하다며 머리를 숙였다.

"회사에서 영락없이 잘리겠구나 했는데 전무님 말씀이 미시마 씨가 그렇게까지 안 해도 된다고 말려 줬다고……."

"말렸다고 할 정도는 아닌데."

쉬는 동안 치카라에게 전화가 한 번 걸려 와 두 사람을 어떻게 징계하면 좋겠느냐고 물었다.

– 한 팀에서 일하기는 겁나지? 그놈들, 부서를 제조에서 출하 쪽으로 바꾸거나 아는 지인의 공장에 전근 형태로 내보낼까 싶은데.

– 지금 이대로도 괜찮아요.

그 사람들 나한테 파친코 경품이라며 작은 과자도 종종 갖다 줘서 그 은혜도 있고, 라고 덧붙이자 치카라가 전화기 너머에서 큰 소리로 웃었다. 순간 귀가 먹먹했지만 싫지 않았다.

"고마우면 앞으로도 과자 챙겨 줘."

"다음엔 고디바 사다 줄게."

"하하, 됐어. 비싼 초콜릿 먹었다가는 배탈 날 거야."

웃으며 대화하는 우리를 치카라는 흐뭇하게 지켜보았다. 그리고 며칠 뒤 내게 고디바가 든 큼직한 상자를 내민 사람은 다름 아닌 치카라였다.

"이게 뭐예요?"

"아니, 어떤 식으로 좋아하는지 보고 싶어서."

비싸 보이는 상자를 앞에 두고 생각에 잠긴 나를 치카라가 재미있다는 듯 쳐다보았다.

"천진난만하게 기뻐하는 얼굴이 보고 싶어서 샀어. 그냥 웃어 줘."

내 관자놀이에는 4센티미터 정도 붉고 긴 선 모양의 상처가 생겼고 어쩌면 흉이 질 수도 있다고 의사가 말했다. 머리카락으로 가리기는 했지만 언뜻언뜻 보이는 듯 사정을 아는 동료들이 여자 얼굴에 상처가 생겨 어쩌느냐며 안쓰러워했다. 이 사람은 그 일에 죄책감을 느끼는지도 모른다. 이 사람 잘못이 아닌데. 그렇지만 사과하는 방법이 참 세련되었다고 조금 감격하며 미소 지었다.

"배탈이 나는 한이 있어도 다 먹을게요. 감사합니다."

치카라는 "좋아"라며 고개를 끄덕였다.

"웃는 얼굴이 예쁘네. 다 먹으면 말해. 또 사 줄 테니까."

"그렇게 받으면 입이 고급스러워져서 안 돼요. 다음에는 그냥 싼 초콜릿이 좋겠어요."

"에이, 그게 뭐야."

치카라는 즐거운 듯 말했고 나는 초콜릿을 받은 것으로 이번 일은 모두 해결되었다고 생각했다. 그러나 치카라는 내 어디가 마음에 들었는지 그 후로 뻔질나게 공장에 나타나 내게 말을 걸었다. 그리고 사람들이 보는 앞에서 부끄러움도 없이 같이 식사 한번 하자고 했을 때에는 거기 있는 사람 모두가 놀랐다. 착한 사람은 "꼭 할리퀸 소설에서 보던 세계 같아서 멋지다"라고 했고, 남 험담하기 좋아하는 사람은 "전무님은 결점이 없는 줄 알았는데 여자 보는 눈이 없다는 게 큰 감점 요소네"라며 비웃었다.

그때까지도 나는 남자 경험이 전혀 없었다. 고등학교 때 딱 한 번 반 남학생에게 고백받은 적이 있지만 그마저도 어머니가 손수 싸 준 도시락에 싫어하는 반찬이 들어 있다는 이유로 짜증을 내는 남자여서 점잖게 거절했다. 그 후로는 이렇다 할 경험이 일절 없어서 치카라의 식사 권유에 어떻게 대답해야 할지 몰랐다.

"좋겠다. 전무님 잘생겼잖아. 부러워."

"난 사무실 여직원들 분해하는 얼굴 보는 게 고소해. 걔들 알게 모르게 우리 깔보잖아."

"맞아. 키코, 빼지 말고 전무님이 하자는 대로 해."

공장 친구들은 나 못지않게 흥분해 들떴다. 파스텔핑크빛으로 물든 분위기는 순진한 고등학생이었던 때를 떠올리게 해 즐거웠다.

"그럼 나, 전무님이랑 식사하러 갈까?"

그렇게 말한 건 나도 핑크빛으로 물들어 보고 싶어서였지, 치카라가 진심으로 내게 반했다는 생각은 하지 않았다. 틀림없이 이색적인 여자에게 잠깐 흥미가 생겼을 뿐이리라. 게다가 치카라가 내게 식사 이야기를 꺼낸 첫마디가 "너 너무 말랐어. 밥은 제대로 먹고 다니는 거야?"였고 "내가 자주 가는 숯불구잇집 가자. 거기 곱창이 맛있어"로 이어졌기 때문에 그저 내가 안쓰러워 보였을 가능성도 버릴 수 없었다.

하지만 치카라는 한 번 같이 밥을 먹은 것을 계기로 나를 다양한 곳에 데리고 갔다. 초밥집에 철판구이 가게, 영업 중에 반드시 들린다는 우동집, 잡지에 소개되었다는 이탈리안 레스토랑까지. 내가 먹는 모습을 보고 "맛있어?"라며 물었고 내가 고개를 끄덕이면 "내 말이 맞지?"라며 눈가에 주름을 만들고 웃었다.

그런 일이 되풀이되던 어느 날, 처음으로 큰 건의 계약을 따낸 날에 이용했었다는 고급 요릿집에 나를 데리고 갔다. 아리따운 여주인이 마중을 나오고 일본식 정원이 보이는 별채로 안내받았을 때에는 나도 모르게 내 옷차림을 확인했다. 이런 몰골로 여기 오면 실례지 않을까? 마시는 데 익숙하지 않은 식전 술에 가슴이 울렁거리고 나 같은 사람이 이런 데 있어도 되는지 좌불안석이었다. 정갈하게 차려진 음식을 앞에 두고 너무 긴장해 굳어 버린 나를 보고 치카라가 유쾌하게 웃었다.

"그냥 밥일 뿐이야. 하지만 맛은 끝내주지. 자, 입 벌려 봐."

상석에 있던 그가 몸을 내밀어 나무 수저로 떠 내 입에 넣어 준 것은 누에콩을 갈아 만든 수프였다. 영양이 풍부한 누에콩의 달달함과 따뜻함, 입에 넣은 순간 사르르 녹는 부드러움에 내가 깜짝 놀라자 치카라는 "그렇게 맛있어?"라며 쾌활하게 말했다.

"이런 거 처음 먹어 봐요. 엄청 맛있어요."

"키코는 아는 게 진짜 없네. 하지만 그래서 좋아. 너한테는 내가 이것저것 알려줄 수 있으니까. 앞으로도 기대하라고."

치카라는 입을 크게 벌리고 웃었다. 그 박력에 온몸이 전율했다. 이 사람이라면 내가 지금껏 몰랐던 세상을 알려줄 것이라고 확신했다. 손님용 화장실에서 벗어난 내 세상은 여전히 좁았지만 이 사람이라면 틀림없이 내 세상을 넓혀 줄 것이다.

그날 밤, 나는 그가 요구하는 대로 입을 맞추고 몸을 맡겼다. 침대에서 치카라는 나를 아주 부드럽게 안으며 내가 들을 평생의 분량이 아닐까 싶을 만큼 사랑한다는 말을 되뇌었다. 병원 침대에서 깨어난 널 봤을 때 갖고 싶다는 생각이 들었어. 그냥 갖고 싶었어. 이제 넌 영원히 내 거야.

마치 장난감을 갖고 싶어 하는 아이 같은 말투였다. 그러나 내게는 그 어떤 말보다 몸이 뜨겁게 달아오르는 주문의 말이었다. 치카라에게 그런 마음을 들게 했다는 게 자랑스럽기까지 했다. 장소는 어디든 흔하게 있는 비즈니스호텔이었고, 무미건조한 천장이 펼쳐져 있었다. 하지만 내게는 한없이 아름다운 밤하늘로 보였다. 지금 나는 나를 위한 세계에 안겨 있다. 드넓게 펼쳐지는 세계의 중심에 있다. 너무 행복해 머리가 어질어질했고 지금 죽어도 여한이 없다고 생각했다.

치카라와의 교제는 새로운 발견으로 가득했다. 모르는 땅, 모르는 맛, 모르는 분위기. 그 하나하나가 다 신선했다. 그 속에 있는 스스로에게 긴장하고 도취되었다. 치카라도 그런 나를 사랑스럽다고 하며 부정하지 않았다.

"네가 자주 말하던 친구들과 자리 한번 마련해 줘. 회사 밖에서는 키코가 어떤 표정을 짓는지 보고 싶어."

사귄 지 반년이 지났을 무렵, 치카라에게 그런 말을 듣고 나는 잠시 생각했다. 회사 밖 친구라고 하면 미하루와 안상, 타쿠미밖에 없었다.

생각해 보면 미하루도 타쿠미와 사귀기 시작했을 때 제일 먼저 우리에게 소개해 주었다. 타쿠미는 우리 세 사람의 관계를 자기 눈으로 보고 이해해 주었고 여기에 끼게 되어 영광이라며 싱글벙글 웃었다.

나도 이제 세 사람에게 슬슬 치카라를 소개할 때가 온 걸까? 아니, 특히나 안상은 내게 아주 특별한 사람이니 오히려 너무 늦었는지도 모른다. "만나 볼래?"라고 묻자 치카라는 "당연하지"라며 웃었다.

치카라가 예약한 가게는 치카라의 친구가 셰프로 있는 스페인 음식점이었다. 개별 룸에서 치카라가 좋아하는 와인과 고기 요리를 맛보았다. 다섯 명이 함께한 식사 자리는 처음에는 평화롭게 흘러가는 듯 보였다.

"이야, 그렇지만 놀랐어. 키코가 자주 안상, 안상 해서 나는 틀림없이 여자일 거라고 생각했거든요. 설마 남자일 줄이야."

취기가 돈 치카라가 안상에게 시비를 걸었다. 서로 떨어져 앉아 있었는데 일부러 옆자리로 옮겨 와 몇 번이나 "남자일 줄이야"라는 말을 반복하고는 안상의 등을 세게 쳤다. 내가 안상의 성별을 굳이 언급하지 않고 그저 '특별한 사람'이라고만 한 것이 좋지 않았던 모양이다. 웃음을 짓는 치카라의 얼굴에는 불쾌한 기색이 어른거렸다.

"키코랑 안상은 남녀를 초월한 관계예요. 예전에 저도 둘이 이어 보려 했는데 잘 안 되더라고요. 서로 그런 감정은 안 드나 봐요."

분위기를 눈치챈 미하루가 "그렇죠, 안상?" 하며 웃어 보였다. 안상은 치카라의 집요함에 질렸는지 평소의 차분함은 온데간데없고 귀찮다는 듯 말했다.

"글쎄, 그런 식으로 구태여 생각해 본 적이 없을 뿐이야."

"······하하하. 그 말인즉슨 생각해 보면 그럴 가능성도 있다, 그 뜻입니까?"

"글쎄요, 모르죠."

치카라는 평소 사람을 성가시게 하지 않는다. 그러니 어지간히도 안상이 눈에 거슬렸던 것 같다. 나는 내 멍청함에 치를 떨었다. 치카라는 내가 공장 남자들과 담소를 나눠도 신경 쓰는 기색이 없었고 직원들끼리 술을 마시러 가도 싫은 티를 내지 않았다. 그랬기에 남자와 친하게 지낸다는 데 이처럼 혐오를 드러낼 줄은 생각도 못 했다. 게다가 안상은 미하루의 말대로 내게 성별을 초월한 사람이라 안상의 성별이 문제가 될 줄은 꿈에도 몰랐다. 그렇게 나 좋을 대로 일이 풀릴 리 없다는 것을 나는 나중에서야 깨달았다. 멍청한 짓을 한 스스로에게 어이가 없지만 당시만 해도 나는 소중한 안상과 사랑하는 치카라가 친해지는 멋진 장면을 상상하며 감격까지 했었다. 이런 바보가 또 어디 있을까?

레드와인을 단숨에 들이켠 치카라가 안상에게 말했다.

"그러고 보니 '영혼의 짝'이란 말을 키코에게 해 준 사람이 오카다 씨라면서요? 영혼의 짝을 만날 때까지 지켜 주겠다고도 했다던데. 감동적인 이야기입니다."

조마조마한 마음에 움츠려 있던 나는 가슴이 뜨끔했다. 언제였더라, 잠자리에서 그런 말을 한 것이 떠올랐다. 그때 치카라는 "그 짝은 바로 날 말하는 거야"라며 웃었는데 지금은 그 이야기를 꺼낼 분위기가 아니었다.

"키코의 영혼의 짝은 접니다."

선언하듯 말하는 치카라에게 안상은 아무런 반응도 보이지 않았다. 맥주가 쓰다는 듯 홀짝이고 "그렇군요"라고만 중얼거렸다.

"그럴지도 모르겠습니다. 하지만 아닐 수도 있지요."

나는 기분이 언짢은 안상에게도 눈물이 날 것 같았다. 안상의 축복을 받고 싶었다. 축하해, 키나코. 그렇게 말하며 웃어 주기를 바랐다. 그랬는데 내 생각이 짧아 소중한 두 사람을 화나게 하고 말았다.

미하루와 타쿠미가 화제를 돌리려고 열심히 웃어 보였다. 그런 두 사람에게도 면목이 없었다. 나는 사회에 융화되었다고 마음 놓고 있었지만 아직 멀었다. 다른 사람의 마음을 헤아리거나 상황을 판단하는 능력이 부족했다. 가시방석에 앉아 있는 것만 같고 스스로가 창피해 울적한 상태로 모임이 파했다.

"그 남자 만나지 마."

치카라의 좋은 점은 무슨 말이든 똑 부러지게 한다는 것이었다. 널 갖고 싶다, 좋아한다는 말을 아무런 망설임 없이 하는 대신 불만을 말하는 데도 거침이 없다. 미하루와 헤어지고 우리 집에서 나를 평소보다 거칠게 안은 치카라는 안상이라는 존재가 불쾌하다고 딱 잘라 말했다.

"남자라고 처음부터 말할걸 그랬어……."

그의 품에서 절망에 가까운 감정을 느꼈다. 지금까지처럼 안상을 만나지 못한다니, 무슨 실수를 저지르고 만 걸까?

"남자라서 꼭 그런 것만은 아니야."

천장에 시선을 고정한 채 치카라가 말했다. 왠지 기분 나빠. 그놈은 널 좋아해. 확신에 찬 말투에 내가 놀라서 부정했다.

"그건 아니야. 오늘 안상의 태도가 공격적이었던 건 자기가 안상한테 화내니까 그에 대한 반발심 같은 거야."

"무슨 말하는 거야? 그놈은 가게 들어올 때부터 계속 나를 노려봤는데."

나도 모르게 "어?" 하는 소리가 나왔다. 안상은 그럴 사람이 아니다.

"나를 관찰하듯 뚫어져라 쳐다봤어. 이래 봬도 나 영업하는 사람이야. 상대방이 나한테 어떤 감정을 품고 있는지 정도는 알아. 그건 날 미워하는 얼굴이었어."

기억을 떠올리듯 말하는 치카라의 목소리에 소름이 돋는다. 그건 내가 아는 안상이 아니다. 그러나 치카라가 일부러 악의에 찬 거짓말을 한다고도 생각되지 않았다.

"아무튼 만나지 마. 피치 못하게 만날 때는 나한테 먼저 연락해. 그리고 미하루 씨나 타쿠미 씨 없이 둘만 만나는 건 절대 용납 못 해."

"……알았어."

내가 마지못해 고개를 끄덕이자 치카라가 나를 끌어안았다. 다부진 품속에서 치카라의 냄새와 온기에 감싸인다.

"미안해. 오늘 친구들이랑 좋은 시간 보내게 해 주고 싶었는데."

"아니야. 바쁜데 시간 내 줘서 고마워."

치카라에게 안겨만 있어도 내 마음은 황홀해졌다. 그리고 무슨 일이든 잘 풀릴 것 같은 기분에 빠졌다. 안상이 신경 쓰였지만 오늘은 컨디션이 좋지 않았거나 그렇게 할 수밖에 없는 무슨 이유가 틀림없이 있었을 것이다. 그렇다면 나중에 분명 연락이 올 테고 치카라와의 관계도 회복할 수 있을 것이다. 괜찮다. 오늘은 그냥 어쩌다 삐끗했을 뿐이다. 치카라의 몸에 팔을 두르고 힘주어 끌어안았다. 그런 내 팔을 치카라가 슬며시 풀었다.

"이제 그만 집에 가야겠다."

치카라는 우리 집에서 자고 가지 않는다. 아무리 늦은 시각이라도 꼭 집에 간다. 함께 사는 어머니의 건강이 좋지 않아 걱정이라고 했다.

재빨리 갈 채비를 마친 치카라가 택시를 부르고 나더러는 침대에서 그대로 자라며 머리를 쓰다듬었다. 이제는 정해진 하나의 패턴이 되었다.

"잘 자, 키코."

사실은 아침까지 함께 있고 싶지만 떼를 쓸 수는 없었다. 대신 웃는 얼굴을 만들어 "조심해서 가"라고 했다. 아쉬워하는 내 마음을 알아차렸는지, 우연이었는지 치카라가 문 쪽으로 향하다가 고개를 돌려 말했다.

　"이제 슬슬 이사해야 하지 않겠어? 방범 확실히 되고 좀 더 큰 침대를 둘 수 있는 집으로 말이야. 둘이서 마음 편하게 잘 수 있는 정도가 좋겠어. 물론 이사 비용은 내가 댈게."

　지금 그 말은 설마 완곡한 프러포즈일까? 얼굴이 대번 환해지는 내게 치카라가 말을 이었다.

　"내 손이 닿는 곳에 널 살게 하고 싶어. 여기는 다니기가 영 불편해. 주변이 시끄러워서 편하지도 않고. 오래 있고 싶지가 않아."

　프러포즈는 아닌 것 같다. 실망해서, 그리고 그 말투가 조금 야속해서 나는 "애완동물이 따로 없네"라고 하며 볼을 뽀로통하게 부풀렸다. 이 집이 단순히 치카라를 맞이하기 위해 있다는 듯한 말투였다.

　"애완동물이긴. 내 소중한 여자지."

　치카라는 웃으며 "택시 올 때 다 되었으니까 갈게. 문은 내가 잠근다" 하고 나갔다. 문이 닫히고 열쇠가 돌아가는 소리가 들렸다.

　창문으로 밖을 내다보면 택시에 오르는 치카라의 모습을 볼 수 있었다. 침대에서 꼬물꼬물 기어 나와 커튼 틈새로 몰래 배웅했다. 전에 창가에 반나체로 서서 배웅했다가 들켜서 경계심이 없어도 너무 없다고 한 소리 들었기 때문이다. 치카라는 내가 보고 있다는 사실도 모른 채, 하지만 내 방의 창문을 한 번 돌아본 뒤 택시를 타고 사라졌다.

"나도 그만 잘까?"

침대로 돌아가려다가 그 자리에 우뚝 섰다. 안상을 얼핏 본 것 같았다.

"에이, 말도 안 돼."

커튼을 확 젖히려다 반나체로 있다는 걸 떠올리고 멈췄다. 커튼 틈새로 조심조심 살폈지만 안상의 모습은 어디에도 없었다.

"잘못 본 거겠지."

신경이 예민해져 헛것을 보았나 보다. 한숨을 내쉬고 침대 속으로 들어갔다.

그날 이후로 안상은 나를 피했다. 문자의 답장도 없고 전화도 받지 않았다. 미하루와 술 마시러 가자고 문자를 보내도 역시 답이 없었다. 미하루가 학원에서 말을 걸어도 안상은 "바빠서"라며 볼퉁스레 말했다고 한다. 금방 관계를 회복할 줄 알았는데 생각이 안이했다.

"잃은 뒤에 처음으로 자신의 연정을 깨달은 사람은 안상이었네."

늘 가는 저렴한 술집에서 미하루가 단호하게 말했다. 결국 미하루와 타쿠미 이렇게 셋이서 술을 마시러 왔다. 맥주잔의 절반을 단숨에 들이켠 미하루가 말을 이었다.

"키코 옆에 있는 니나 씨를 보고 질투한 거야."

"그런가?"

타쿠미가 고개를 갸웃거렸다.

"내 눈엔 처음부터 안상이 키코를 한 여자로 보고 있었는데."

"잉? 뭘 보고?"

미하루가 묻자 타쿠미는 "일부러 거리를 둔다고나 할까?" 하고 잠시 말을 고르더니 설명하기 힘든 듯 "기다리고 있는 느낌?" 하고 덧붙였다.

"뭘 기다리는데? 말뜻을 모르겠어."

"그러니까 안상은 키코가 고백해 주기를 기다리고 있었던 게 아닐까 하는 거지."

삶은 풋콩을 까 입에 던져 넣던 나는 그 말에 깜짝 놀랐다. 그럴 리 없다. 하지만 타쿠미는 "전부터 그런 생각이 들었어. 이 사람은 고집스럽게 기다리는 스타일을 고수하는구나, 하고"라며 확신에 찬 어조로 말했다.

타쿠미는 자칭 공격적으로 연애하는 스타일이다. 그래서 연상의 미하루를 설득해 승낙을 받을 때까지 맹렬히 밀어붙였다고 한다. 이전에도 그런 이야기를 해서 오, 하고 감탄하는 내게 "여자는 아름다운 성이야. 난 바로 정면에서 돌파해 들어가는 센고쿠 시대(15세기 말부터 16세기 말까지 내란이 끊이지 않던 시기-옮긴이) 무장이고"라며 가슴을 당당히 폈다. 그랬던 타쿠미가 "안상은 무장은 아니야"라고 했다.

"굳이 말하자면 공략되기를 바라는 성이지. 무장이 공격해 오기를 기다리는 거야."

"하하하. 그런 거라면 좀 알 것도 같다."

미하루가 맥주잔을 기울이며 끙끙 소리를 냈다.

"안상과 알고 지낸 지 오래됐지만 누가 미팅이나 맞선을 주선하려 하면 다 거절하더라고. 그런 만남은 원치 않는다면서. 운명은 그런 자리에 주우러 가는 게 아니래."

"로맨틱한 남자가 의외로 많아."

타쿠미가 고개를 끄덕이며 "나도 한눈에 반한 미하루에게 운명을 느꼈어"라며 진지하게 말했다. 그러고는 내게 말했다.

"처음에 길에서 키코를 발견한 사람이 안상이라며? 분명히 안상은 키코한테 한눈에 반해서 운명을 느꼈어."

미하루와 얼굴을 마주 보았다. 그때 안상은 의심의 눈초리를 보내는 우리에게 불순한 생각으로 도와줬다고 농담처럼 말했지만 실은 진담이었던 걸까? 에이, 설마.

동요하는 우리에게 타쿠미가 자기 견해를 계속 피력했다.

"하지만 안상은 자기 입으로는 말을 꺼낼 수 없어서, 그래서 키코가 먼저 고백해 줄 날을 기다리고 있었던 거야. 아마 내 말이 맞을걸."

자신만만해 하는 타쿠미의 눈을 피하듯 시선을 손으로 떨구었다. 풋콩의 꼬투리를 만지작거리며 생각했다. 운명이라는 표현을 쓴다면 나는 확실히 안상과 운명적으로 만났다. 그 만남이 없었다면 지금의 나도 없다. 하지만 내가 안상에게 품는 감정은 남녀 사이의 그런 게 아니다. 나를 제2의 인생으로 이끌어 준 안상을 나는 진심으로 애틋하게 생각하지만 거기에 성별의 구분은 전혀 필요치 않다. 하지만 안상은 그런 내 감정이 바뀌기를 기다리고 있었을까?

생각에 잠긴 내게 미하루가 말했다.

"넌 아무 잘못 없어. 너희를 쭉 지켜봐 온 내가 보기에 타쿠미의 말대로라면 안상이 나빠. 널 그 집에서 데리고 나와서 마음의 안정을 찾을 때까지, 이런 표현은 좀 그렇지만 안상은 얼마든지 키코에게 들이댈 수 있었어. 당시 키코는 심적으로 쇠약했고 사람의 온기를 절실히 원했어. 그때 안상이 키코에게 좋아한다고 고백했더라면 키코는 기뻐하면서 받아들였을 거야."

그건 미하루의 말이 맞다. 안상이 남자 친구라는 형태로 곁에 있겠다고 그때 말했다면 나는 뛸 듯이 기뻤을 것이다. 기꺼이 그 손을 잡았을 것이다.

"하지만 안상은 그렇게 하지 않았어. 자기는 가만히 있으면서 어떻게든 키코의 고백을 받고 싶었다고 하는 건 지나치게 수동적이야."

나는 콩꼬투리를 접시에 던지고 물방울이 맺힌 맥주잔을 들어 입으로 옮겼다. 탄산의 자극이 약해진 것 같다.

"안상이랑은 이걸로 끝일까?"

지금의 나는 치카라를 사랑한다. 그의 옆에 계속 있고 싶다고 기도한다. 하지만 치카라의 옆자리를 선택하면 안상은 이제 나를 만나 주지 않을 것 같다.

"그거야 어쩔 수 없지."

미하루가 아쉬운 듯 말했다. 너도 남자 친구쯤은 만들어. 그동안 자기가 방관자로 있어 놓고 남자 친구는 용납할 수 없다고 하는 건 안상이 나빠. 하지만 안상이라면 나중에 연락 주지 않을까? 그땐 미안했어, 하고.

타쿠미도 미하루의 말에 고개를 끄덕였다.

"그래그래, 괜찮아. 두 사람이 그렇게 딱딱하고 인색한 사이는 아니잖아."

나를 생각해 주는 두 사람의 마음이 고맙다. 지금은 안상과 사이가 벌어졌어도 언젠가 다시 예전처럼 얼굴을 마주하고 웃을 수 있으면 좋겠다. 그때는 키나코가 니나 씨 앞에서 헤벌쭉해서 정신을 못 차리니까 그만 열 받아서 그랬어, 라고 안상이 웃으며 말한다면 나도 웃으며 칠칠맞지 못해 미안하다고 말할 수 있으리라.

그날 밤, 안상이 전화를 걸어 왔다. 술기운이 올라 침대에서 꾸벅꾸벅 졸던 나는 순간 꿈인지 생시인지 분간하지 못하고 전화를 받았다.

－키나코, 잘 지냈어?

다정한 목소리가 귓속으로 흘러 들어왔다. 그 목소리가 너무 다정해 눈물이 흘렀다. 손등으로 눈물을 훔치며 그동안 마음이 퍽 쓸쓸했다는 걸 깨달았다.

"안상, 안상. 저기, 있잖아."

하고 싶은 말이 산더미처럼 많아 무슨 말부터 해야 할지 모르겠다. 북받쳐 오르는 울음을 꾹 참으며 말을 찾는 내게 안상이 나직이 말했다.

－그 니나라는 남자는 키나코를 울릴지도 몰라. 키나코는 많이 울게 될지도 몰라. 그게 키나코의 행복이야?

"무슨 말 하는지 모르겠어. 치카라 씨는 좋은 사람이야. 정말로 좋은 사람이야."

술에 취하면 똑같은 말만 바보처럼 내뱉는 나는 안상에게 치카라가 좋은 사람이라고 반복해 말했다. 그러면서 타쿠미가 한 말을 떠올렸다. 안상이 나를 아끼고 사랑해서 이런 말을 한다는 건 알겠다. 하지만 안상을 향한 내 '사랑'과 안상이 내게 주는 '사랑'이 같은지는 역시나 잘 모르겠다.

－좋은 사람이라고 하는 키나코의 마음은 알겠어. 그럼 키나코는 그 사람의 어떤 점이 좋아?

안상의 부드러운 질문에 잠시 생각했다. 안상의 진의를 전혀 모르겠다. 하고 싶은 이야기가 더 있는데 어쩐된 영문인지 아무 말도 나오지 않았다. 술 따위 마시지 말걸 그랬다.

– 어떤 점이 좋은데?

"음……. 나를 넓은 세상으로 이끌어 주는 강인함?"

안상은 나를 새로운 세상으로 데리고 나와 주었다. 그 세상의 문을 한껏 밀어젖혀 이곳은 내 상상 이상으로 넓고 멋진 곳이라고 알려주고 이끌어 준 사람은 치카라라고 생각한다. 그런 말을 어물거리며 하는 내게 안상은 그렇구나, 라며 작게 웃었다. 겨우 웃음소리를 들었다는 데 나는 안도했다. 하지만 안상이 내게 왜 그런 질문을 하는지는 통 모르겠다.

"안상. 저기…… 있잖아, 날 좋아해?"

남자와 여자로서, 라는 말은 차마 꺼낼 수 없다. 안상은 잠시 침묵한 뒤 입을 열었다.

– 소중해. 키나코가 행복하기를 항상 기도할 만큼.

기도한다는 것은 안상 스스로가 나를 행복하게 해 주겠다는 뜻은 아니다. 나는 그런 식으로 받아들였다. 그랬기에 안상이 나와 치카라가 잘되기를 바라며 걱정한다고만 생각했다. 처음에 치카라를 노려보았다는 것도, 나와 사이를 벌린 것도 치카라에 대한 불신 때문이리라. 자의식 과잉인지도 모르지만 나를 맡겨도 될 만한 인물인지 어떤지 평가했을 것이라고도 생각했다. 마음속으로 타쿠미에게 '거봐, 역시 아니잖아'라고 면박을 주었다. 다음번에 만나면 타쿠미 때문에 착각해서 쓸데없는 소리를 해 버렸다고 따져야겠다.

"에헤헤, 나도 안상이 좋아. 그러니까 또 예전처럼 술 마시러 가고 그러자. 미하루랑 타쿠미랑 넷이서."

잘되면 치카라도 같이. 그렇게 말하려다가 역시 지금은 때가 아닌 생각에 입을 다물었다.

─그런 날이 오면 좋겠네. 이만 끊을게.

안상은 일방적으로 통화를 끝냈다.

"이상해."

전화를 다시 걸려다가 시간이 너무 늦었다는 걸 알고 관뒀다. 안상에게서 또 연락이 오겠지. 휴대전화를 꼭 안고 잠에 빠졌다.

그러나 안상은 그 이후로 연락이 없었다. 내가 전화를 걸어도 받지 않는 날이 이어졌다. 무슨 일이지, 라며 슬슬 불안해지기 시작했을 때 안상은 갑자기 미하루에게도 알리지 않고 학원을 관뒀다.

그 연락을 받았을 때 나는 친구들과 점심을 먹고 있었다. 햇살이 비쳐 들어오는 식당은 환하고 활기가 넘쳤다. 멀리 떨어진 임원용 자리에서 치카라가 손님과 함께 있는 모습이 보였다. 몸짓을 섞어 이야기하는 손님에게 치카라는 기분 좋은 웃음으로 맞장구를 치고 있었다.

"관뒀다니 무슨 소리야?"

－어디 다른 학원에서 스카우트해 가지 않았겠느냐고 그러긴 하는데 자세한 사정을 아는 사람이 아무도 없어. 다들 아닌 밤중에 홍두깨라고 놀라고 있다니까. 원장 선생님이야 알고 있겠지만 개인 정보에 민감한 시대잖아. 물어 봐도 안 알려줄 것 같아.

전화기 너머로 미하루가 잔뜩 화가 나 있는 것이 전해졌다. 짜증이 밴 어조로 미하루가 말을 이었다. 안상은 학원에서도 나를 피하더라고. 키코 일 때문이겠거니 했어. 난 아무래도 키코 편이니까 안상이 무슨 말이든 하면 맞받아치려고 벼르고 있었단 말이야. 그런데 설마 학원을 관둘 줄은 생각도 못 했어.

망연자실한 나와 어쩌다 시선을 돌린 치카라의 눈이 마주쳤다. 아무도 알아채지 못할 만큼 아주 짧은 순간이었지만 내게 미소를 지어 보였다. 평소였다면 더없이 기뻤을 행동이지만 지금은 조금 흐릿하게 보인다.

－동료 중 한 사람이 나중에 안상이 사는 아파트에 찾아가 보겠대. 설마 집까지 이사 간 건 아니겠지만⋯⋯.

나는 왠지 안상이 그 집에 더는 없다는 느낌이 들었다. 그렇다면 어디로 갔을까? 고향집? 아아, 하지만 나는 안상에 대해 잘 모른다. 생각해 보면 안상은 가족이나 과거의 추억 이야기를 전혀 하지 않는 사람이었다. 가족의 사랑을 받지 못한 날 배려해서라고 생각했을 뿐, 왜 진즉 물어 봐 두지 않았을까? 이래서는 안상을 찾으러 갈 수도 없다.

─ 뭐든 알아내면 또 전화할게. 만일 안상이 너한테 연락하면 알려줘. 학원 사람들 모두 걱정하고 있어.

미하루와의 통화를 마치고 곧바로 안상에게 전화를 걸었다. 전원이 꺼져 있다는 안내 음성만 흘러나왔다.

"키코, 왜 그래?"

친구들이 창백해진 나를 들여다보았다. 그중에는 지난번에 싸웠던 두 사람도 자리에서 걱정스레 쳐다보고 있었다.

"어디 몸이라도 안 좋아? 오후에 조퇴할래?"

"무리하지 마, 미시마."

나를 걱정하는 사람들에게 둘러싸여 생각했다. 나는 어떻게 여기 왔지? 손님용 화장실에서 나와 어떻게 여기까지 왔지? 누가 데리고 와 주었지?

눈물이 나오려는 것을 꾹 참았다. 안상, 왜 아무 말도 없이 내 곁을 떠나려는 거야?

다음 날 저녁, 미하루가 전화를 걸어 와 안상의 아파트가 텅 비어져 있더라고 전해 주었다. 마음 한편으로 역시 내 예감이 맞았다고 생각하는데 미하루가 말하기 껄끄러운 듯 뒷말을 이었다.

─ 아파트까지 찾아간 동료가 집주인한테 이것저것 물어 봤나 봐. 그랬더니 안상이 방을 빼겠다고 말한 시기만 알려줬대. 그날이…… 니나 씨랑 식사한 이후였어.

"내가 원인이구나."

틀림없다. 안상의 갑작스러운 변화는 나 때문이다. 내가 멍하게 있자 미하루의 말이 드세졌다.

– 좀 너무해. 그렇게 생각할 정도로 널 아끼고 사랑했으면 제대로 말을 했어야지. 짜증 나. 키코, 죄책감 가질 필요 없어. 진짜 기가 막혀서.

신경 쓰지 말라고 몇 번이나 말하고 미하루는 전화를 끊었다. 휴대전화의 주소록을 열자 제일 위에 '안상'이 있었다. 그 것을 바라보고 있는데 등 뒤에서 뻗어 나온 손이 내 손에서 휴대전화를 가로챘다. 뒤를 돌아보니 우리 집에 놀러 온 치카라였다. 치카라는 버튼 몇 개로 안상의 이름을 지웠다. 무미건조한 작업 종료음이 울리고 치카라가 내게 말했다.

"이제 잊어."

"그래도……"

"네 과거가 어땠는지는 전에 다 들었어. 그놈이 너한테 소중한 은인이라는 것도 잘 알아. 하지만 그놈과 만나지 않았으면 내가 널 만났을 거야. 그래서 내가 널 구해냈을 거야. 그 뿐이야."

그렇게 단언하고 치카라는 나를 끌어안았다. 누구에게서든 무슨 일에서든 지켜 줄 것 같은 강인한 팔이 나를 감싼다.

"그저 만나는 순서가 달랐을 뿐이야. 나는 어디에 있든 결국엔 널 찾아냈을 거야. 내가 널 먼저 만났다면 그놈이 한 것보다 더했을 거야. 그러니까 그놈이랑 만난 걸 기적이니 뭐니 하지 않아도 된다고."

나를 다독이는 치카라의 말에 진정을 되찾았다. 눈을 감고 상상한다. 평소 보여 준 강인함으로 엄마 집으로 가 엄마에게서 나를 떼어 놓는 치카라를. 과거가 그랬다면 더 행복했을까? 지금보다 더 치카라를 영혼의 짝이라고 생각했을까? 하지만 과거를 되돌릴 수는 없다. 나를 구해 준 사람은 안상이고 그 사실은 결코 변함이 없다.

치카라가 약혼했다는 소문을 내게 전해 준 사람은 파이프 의자를 던졌던 남자, 시미즈였다.

"약혼녀가 사장님 지인의 딸이라던데 동거한 지 5년 정도 됐나 봐. 전에 전무님이 미시마한테 같이 밥 먹자면서 말 걸고 했잖아. 그거 솔직히 바람피우려는 수작이었어."

관계가 깊어졌을 때 치카라는 우리 사이를 회사 사람들에게 말했느냐고 내게 확인한 적이 있었다. 친구들에게는 사실대로 가끔 전무님이 식사 권유는 하지만 관계가 더 발전하고 그러지는 않다고 이야기했었다. 내가 그렇게 말하자 치카라는 앞으로도 쭉 비밀로 하자고 했다.

— 밥 먹으러 가는 것 정도야 괜찮지만 공개적으로 사귀게 되면 아버지나 할아버지가 잔소리하거든. 물론 언젠가는 말해야겠지만 지금은 아직 이른 것 같아. 게다가 회사 사람들

에게 이러쿵저러쿵 말 듣는 것도 번거롭고.

치카라의 말이 지당하다고 생각했다. 같이 식사 한번 하자는 말 한마디에도 회사 안은 한바탕 시끄러웠다. 그중에는 그 말에 진짜로 밥을 먹으러 갔다고, 다친 걸 빌미로 전무님의 죄책감을 이용하다니 낯짝도 두껍다고 비난한 사람도 있었을 정도다. 우리가 사귄다는 걸 알면 더 시끄러워질 게 뻔했다. 사람들이 있지도 않은 사실까지 뒤에서 떠벌릴 생각을 하면 나도 싫었기 때문에 고개를 끄덕였다. 그 후 회사 친구들에게는 전무님이 이제 나한테 흥미를 잃은 모양이라고 말해 두었다. 친구들은 실망스럽다는 듯 입술을 삐죽였지만 그 이상은 캐묻지 않았다.

그렇구나. 나는 치카라의 내연녀였구나.

너무 놀라 말이 나오지 않는데 시미즈가 "피는 못 속이나 봐"라고 의기양양하게 말했다. 내가 말뜻을 몰라 고개를 갸웃거리자 실실 웃으며 설명해 주었다.

"사장님도 애인이 있잖아. 그 왜, 회사의 잘나신 분들이 죄다 이용하는 고급 요릿집의 여주인. 그 사람이 옛날부터 사장님 애인이라는 얘기는 유명했어."

치카라가 나를 데리고 간 고급 요릿집을 말하는 게 분명했다. 마중 나온 여주인에게 치카라는 나를 자신이 예뻐하는 애라고 소개했고 아리따운 여주인은 그 말을 웃으며 듣고 있었다. 그것은 아버지의 애인 가게에 내연녀를 데리고 간 꼴이었다. 아무것도 모르고 굽실굽실 허리를 숙인 나는 얼마나 웃긴 여자였을까?

"회장님한테도 그런 여자가 있다던데 뭐랄까, 윤리관이 이상한 집안이야. 미시마는 전무님이랑 관계가 깊어지지 않아서 다행이야."

시미즈는 재미있다는 듯 말하고 화제를 돌렸다. 그보다 나랑 둘이서 밥이라도 먹으러 안 갈래? 그때 일 제대로 사과도 못 했잖아. 어때?

나는 그 말을 나름 정중히 거절한다고 했지만 모르겠다. 머릿속이 새하얘져서 어떻게 일을 마치고 퇴근했는지도 기억나지 않았다. 정신을 차리고 보니 컴컴한 방안에 넋 놓고 앉아 있었다. 얼마나 그러고 있었을까, 갑자기 문이 열리고 치카라가 들어왔다. 여벌 열쇠를 가진 사람은 치카라와 미하루뿐이고, 나는 미하루에게 오늘 들은 이야기를 알릴 기력도 없었기 때문에 집에 올 사람은 치카라밖에 없다는 것을 문이 열리기 전부터 알고 있었다.

"소문 들었어?"

바닥에 주저앉아 있는 나를 내려다보며 치카라가 물었다. 내가 고개를 끄덕이자 이런 식으로 알릴 마음은 없었다며 억울하다는 듯 말했다.

"키코한테는 상황 봐서 확실하게 말할 생각이었어. 그런데 어째서인지 소문이 막 나돌아서."

"……그 말은 소문이 진짜라는 거네."

치카라는 어딘지 차가운 표정으로 고개를 끄덕였다. 잘못된 소문도, 허황된 소문도 아니었다. 치카라는 내 앞에 앉아 내 손을 잡았다. 그러고는 나를 똑바로 쳐다보았다. 눈동자가 진지했다. 이렇게 말하면 바보 같겠지만 어떤 '성의'가 느껴져 이별 이야기를 하리라고 예감했다. 이렇게 된 이상 치카라는 나와 헤어질 생각인 것이다.

"우리 관계를 지속하고 싶어."

이별의 말을 기다린 내게 치카라는 단호하게 말했다.

"키코, 넌 나한테 둘도 없이 소중한 존재야. 아무에게도 주고 싶지 않아. 하지만 나는 너 말고 다른 여자와 결혼해야 해. 마미코와의 결혼은 도저히 무를 수 없어."

"뭐? 지금 무슨 소리야?"

결혼도 하고 나와도 관계를 유지하겠다고? 말뜻을 머리로는 이해했어도 가슴으로는 받아들여지지 않았다. 여전히 자리에서 꼼짝 않고 있는 나를 치카라가 끌어안으며 행복하게 해 주겠다고 했다. 더 좋은 집을 구해 줄게. 거기서 날 기다리며 살았으면 좋겠어. 난 언제든 네가 기다리는 집에 갈 거야. 지금처럼 변함없이, 아니 지금보다 더 널 아끼고 사랑할 거야.

치카라의 품에 안겨 시미즈의 말을 떠올렸다.

–피는 못 속이나 봐.

아아, 정말로 '피'는 속일 수 없는 걸까? 내게는 첩의 피가 흐르고 있다. 할머니는 그 피를 양식으로 꿋꿋이 살았고 엄마는 그렇게 싫어했으면서도 한 번이기는 하나 그 피를 거역하지 못했다. 나 역시도 그 피를 따라 살게 될까?

그럴지도 모르겠다. 왜냐하면 가슴이 찢길 듯 슬프고 아파서 뿌리쳐야 한다고 생각하면서도 내 마음은 기뻐하고 있다. 버림받지 않아 다행이라고 울고 있다.

"……생각할 시간을 줘."

간신히 그렇게 말할 수 있었던 것은 엄마의 등이 떠올랐기 때문이다. 정에 얽매이면 안 돼. 그때 내 의지만 강했어도 이렇게 되지는 않았을 거야. 그렇게 한탄하는 엄마의 등이 순간 눈에 보였던 것이다.

"시간이 필요하다는 거 알아. 잘 생각해 보고 말해 줘. 그리고 이것만은 알아 둬. 네가 나를 따라와 준다면 난 평생 널 지킬 거야. 여자로서 누릴 수 있는 행복을 줄 거야."

그게 가능할까? 약혼한 여자와 나 양쪽 모두에게 행복을 준다는 게 정말로 가능할까? 치카라의 약혼녀가 이 사실을 알면 비탄에 빠질 것이고, 나는 그 여자를 버리고 나한테 오라며 언젠가 치카라를 원망할 것이다.

그러나 며칠 뒤, 집에 온 치카라에게 나는 계속 옆에 있게 해 달라고 했다.

"난 역시 자기 없이는 안 돼."

말하면서 눈물이 나온 것은 나 역시도 첩의 인생을 걷게 되었다는 데 따른 슬픔이었던 것 같다. 첩의 자식으로 태어났다는 이유로 나는 엄마의 사랑을 받지 못했는데. 그래 놓고 첩으로 살려고 하다니 바보가 따로 없다. 하지만 죽어도 치카라를 잃고 싶지 않았다.

치카라는 몸을 떨며 우는 나를 끌어안고 "고마워"라고 했다. 때론 널 힘들게 할 때도 있을 거야. 하지만 내 마음은 항상 네 옆에 있어. 내가 진심으로 생각하는 사람은 언제 어느 때든 너뿐이야.

입에 발린 거짓말이 분명했다. 약혼녀에게도 똑같은 말을 했을 것이다. 머리 한구석에서 그런 생각이 들자 질투가 나 미칠 것 같았지만 애써 모르는 척했다. 치카라를 잃는 공포보다 내 안에서 제어할 수 있는 아픔을 참는 편이 낫다. 치카라는 나를 조심스럽게 안고 행복하게 해 주겠다고 연신 속삭였다. 결혼반지 대신 커플링을 사자. 언제든 끼고 다닐 수 있게 심플한 디자인이 좋겠어. 네가 좋아하는 걸로 고르면 되겠다.

치카라의 품에서 그러자고, 좋다고 말하면서도 결혼 전부터 애인을 둘 생각이나 하는 이 남자는 얼마나 성실치 못하고 나쁜 사람인지를 생각했다. 그러나 치카라는 자신이라면 두 여자를 동시에 행복하게 해 줄 수 있다는 자신감으로 가득 차 있었다. 시미즈의 말대로 윤리관이 이상한 것이리라.

애당초 아버지의 정부와 웃으며 대화하는 사람이었다. 그리고 멍청한 나는 거기서 강인함을 느꼈다. 치카라라면 분명히 나를 어떤 형태로든지 평생 사랑해 주리라고 믿었던 것이다.

치카라가 권한 대로 치카라와 약혼녀가 사는 아파트 근처에 집을 구해 이사했다. 이전에 치카라가 말했듯이 그동안 살았던 집보다 넓고 방범이 잘되는 곳이었다. 치카라가 선물이라며 둘이 나란히 눕고도 남을 만큼 큰 침대를 보내 왔을 때에는 정말로 이래도 되는지 머리가 어지러웠다. 내가 사람으로서 지켜야 할 도리를 저버리려 한다는 자각은 있어서 죄책감이 파도처럼 밀려왔다가 빠져나갔다. 지금이라면 아직 늦지 않았다고 몇 번이나 생각했다. 하지만 멈출 수 없었다. 내가 택한 길은 아무에게도, 미하루에게조차도 말할 수 없었다.

치카라는 조만간 회사도 관두라고 했다. 고급 요릿집에서 일하는 것도 좋지 않겠느냐고 했을 때는 그만 소름이 끼쳤다. 아버지와 아들이 애인을 같은 장소에 함께 둘 작정일까? 내 힘으로 새 직장을 찾겠다고 거절했더니 그러면 자신이 찾아 주겠다는 말이 돌아왔다. 이상한 남자라도 있으면 안 되니 자신이 먼저 잘 살펴보겠다고.

내가 내연녀가 되자마자 치카라는 지금껏 이상으로 더 나를 구속하려 했다. 구속이라기보다 소유권을 주장하는 느낌이었다. 이전에 '애완동물'이라며 농담 삼아 말했지만 역시나 치카라는 나를 그렇게 보고 있는 듯했다. 아니, 이것이 '내 연녀'라는 범주에 들어갔다는 뜻일까? 아무에게도 말할 수 없고 어디서도 증명할 수 없는 관계로 형체를 갖출 수 없기에 더욱 옭아맨다. 눈에 보이지 않는 족쇄에 묶여 옴짝달싹 못 하는 나를 상상했다. 점점 더 되돌릴 수도 없이 멀리 와 버렸다는 생각이 들었다.

"키코, 요즘 왠지 이상해. 무슨 일 있어?"
우리의 술자리는 아이러니하게도 안상이 사라지고 횟수가 늘었다.

매번 가는 술집에서 매번 먹는 안주를 주문한 우리 세 사람은 맥주잔을 부딪쳤다. 이어 미하루가 아주 걱정스럽게 입을 열었다.

"니나 씨랑은 잘 지내는 거지? 어째 만날 때마다 표정이 그늘져 보여."

미하루와 타쿠미가 근심 가득한 얼굴로 나를 보았고 그 시선을 받은 나는 "별일 없어"라며 웃어 보였다. 치카라가 나 말고 다른 여자와 식을 올릴 준비를 하느라 바빠서 최근에 얼굴 보기 힘들다는 말을 어떻게 하겠는가.

귀를 틀어막고 지내려 해도 공장에 가면 치카라 이야기를 듣게 된다. 웨딩드레스는 이미 3년 전부터 유명 디자이너에게 주문했다더라, 아버지인 사장님이 특히 약혼녀를 마음에

202

들어 해 친딸처럼 예뻐한다더라, 게다가 약혼녀는 예쁘고 가
정적이며 치카라와의 결혼식을 고대하고 있다더라 하는 이
야기까지.

그런 행복한 이야기를 들을 때마다 이제 그만 관계를 정리
해야겠다고 생각했다. 치카라에게 이별을 통보하자고 마음
먹었다. 하지만 치카라가 밤중에 불쑥 찾아와 보고 싶었다며
입술을 포개면 말은 목구멍에 달라붙어 나오지 않았다. 치카
라를 기다리는 용도의 집에서 나는 매일 밤 그가 마음을 바
꿔 날 보러 오기를 기다렸다. 창문을 열고 멍하니 있다 보면
공연히 슬퍼졌고 어느샌가 52헤르츠 고래 소리를 듣는 시간
이 늘어나 있었다. 그러나 나처럼 양심도 없는 사람의 목소
리 따위 아무도 들어 주지 않으리라. 아니, 이런 목소리는 아
무에게도 닿지 않는 편이 낫다.

"그러고 보니 안상 말이야."

갑자기 생각난 듯 미하루가 말을 꺼내서 흠칫했다.

"우리 학원 강사가 안상을 봤다나 봐."

"정말?"

내가 놀라서 묻자 미하루는 "얼핏 봤을 뿐이라고 하는데
초췌하거나 막 삶에 찌든 모습은 아니었대"라고 했다. 안상
을 떠올리면 가슴이 아팠는데 다행이다. 미하루가 "안상에게
서 또 연락이 오면 좋겠다"라며 부드럽게 말해서 나는 고개
를 끄덕였다. 그러나 연락이 오지 않는 편이 낫다고도 생각

했다. 안상에게 지금 내 처지를 들려주고 싶지 않았다.

미하루랑 타쿠미와 헤어져 집에 오니 치카라가 있었다.

"어라, 어쩐 일이야? 오늘 저녁은 미하루하고 약속 있다고 했잖아."

온다고 연락 줬으면 빨리 일어나 왔을 텐데. 그렇게 말하려다가 입을 다물었다. 치카라의 얼굴이 아주 섬뜩했다. 내가 치카라의 약혼 소식을 알았던 밤과 똑같은 얼굴이다.

"……무슨 일이야?"

"아버지 앞으로 너와의 관계를 적은 편지가 왔어."

술이 확 깼다. 체온이 소리를 내며 내려가는 것 같았다.

"우리 사이가 언제부터였는지, 하물며 이 집에 대한 것까지 다 적혀 있었어."

"거, 짓말……. 나, 나, 난 그런 짓 안 했어."

혹시 날 의심하는 걸까? 허겁지겁 부인하자 치카라가 말했다.

"알고 있어. 내가 왜 널 의심해? 보낸 사람이 정성껏 자기 이름을 적어 놓았더라고. '오카다 안고'라고."

눈앞이 아찔했다. 서 있을 힘도 없어 그 자리에 주저앉았다. 아마 새파랗게 질렸을 내 얼굴을 보고 치카라가 말을 이었다.

"그놈 처음부터 영 별로였어. 혹시나 싶어 묻는데 그놈이랑 연락 안 하지?"

나는 천천히 고개를 끄덕였다.

"미하루나 타쿠미도 안상과 연락 안 할 거야. 그리고 이 집은 아직 아무한테도 말 안 했는데."

"그렇다는 건 그놈이 혼자서 우리 주변을 냄새 맡고 다닌다는 소리네."

치카라가 크게 혀를 찼다.

"다행히 편지가 아버지 앞으로 와서 아버지만 봤어. 처신 잘하라고 꾸지람 듣는 선에서 끝났지만 저쪽 집이나 마미코 귀에 들어가면 지금은 곤란해."

안상은 무슨 생각일까? 혼란스러운 머리로 고개를 끄덕였다.

"그놈이 접촉해 올지 모르니까 몸조심해. 미하루 씨네 집에 묵든가 뭣하면 호텔로 잠시 피해 있어도 돼. 아니다. 집에서 안 나가는 게 제일 안전하겠어. 관리인에게 주변을 잘 살피라고 일러둬야겠네."

치카라의 목소리가 점점 멀어진다. 안상이 이 집의 존재도 알고 있다. 어쩌면 내가 알아차리지 못했을 뿐 아주 가까이에 있을지도 모른다. 안상은 왜 내게 직접 말하지 않았을까?

"나한테 앙심을 품은 거야."

치카라가 불쾌하다는 듯 내뱉은 말에 나는 숙이고 있던 고개를 들었다.

"아마도 네가 자기가 아닌 나를 선택한 게 분했겠지. 그리고 내가 결혼한다는데도 여전히 우리가 연인 사이를 유지하니까 용서할 수 없는 거야."

"나한테 화가 났다는 소리야?"

말하면서도 그럴 거라고 생각했다. 분명 어처구니가 없어서 내게 화가 나 있는 것이다. 그러는 것도 당연했다. 스스로도 어리석은 줄 알면서 어리석은 행동을 하고 있으니.

"나에 대한 질투겠지. 그냥 당분간 집에서 나오지 말고 있어. 필요한 게 있으면 인터넷으로 사고. 회사는 내일부터 당장 쉬어도 돼."

치카라의 말에 나는 고개를 끄덕일 수밖에 없었다. 안상이 화가 났다. 그렇게 생각하는 것만으로 마음이 안절부절 어쩔 줄을 몰랐다.

"빨리 해결할게. 문단속에만 신경 좀 써."

치카라는 그렇게 말하고 내 이마에 입술을 갖다 댔다. 그러고는 서둘러 나갔다. 문을 잠근 나는 온기가 남아 있는 이마를 문지르며 현관에 주저앉았다. 타일을 붙인 바닥은 냉랭했지만 거기서 한 발짝도 움직일 수가 없었다.

6. 전해지지 않은 목소리의 행방

에취, 하고 귀여운 소리가 나서 얼굴을 마주하던 나와 미하루가 화들짝 놀랐다. 52가 재채기를 한 모양이다. 놀란 얼굴의 나와 미하루를 보고는 무안한 듯 머리를 숙였다.

"에어컨을 너무 세게 틀었나? 온도를 조금 올려야겠다."

나는 일부러 웃어 보이며 말했다. 표정이 굳어진 미하루에게 대화를 중단하자고 눈짓했다. 역시나 아이 앞에서 할 이야기는 아니라고 여겼는지 미하루도 고개를 끄덕였다.

"52, 내일 오이타로 돌아가자. 그래서 말인데 기왕 기타큐슈까지 왔으니까 저녁에 선선해지면 밖에 산책하러 나갈까? 호텔 주변에 음식점도 많으니까 유명한 이곳 음식도 먹어 보고 싶어. 같이 가자."

그렇게 말하자 52는 고개를 끄덕였다.

땅거미가 지기를 기다렸다가 셋이서 호텔을 나왔다. 한낮의 열기가 남은 거리는 여전히 무덥고 빌딩 사이를 지나는 바람도 뜨거웠다.

"나, 가고 싶은 데가 있는데 같이 가 줄래?"

그렇게 묻자 52가 고개를 끄덕였다. 미하루도 "그래, 좋아"
라고 했다. 그러한 반응에 나는 걸음을 뗐다.

어디를 가려는지 알아차린 사람은 역시나 이곳에 살았던
52였다. 표정이 딱딱해진 52에게 나는 "타 보고 싶어"라고
했다.

"저거 같이 타자."

내가 가리킨 손끝에 빨간 관람차가 있었다.

차차타운이란 이름의, 아기자기하고 발랄한 컬러로 꾸민
쇼핑타운은 생각보다 활기가 넘치는 곳이었다. 영화관과 오
락실도 있어서 젊은 사람이 많았다. 나는 52를 데리고 관람
차 타는 곳으로 향했다.

관람차에 타고 있는 사람은 없었다. 관람차는 커다란 조형
물인 양 서 있었지만 밑에 있던 직원이 우리가 다가가자 "타
시겠어요?"라며 웃었다. 세 사람 요금을 내고 관람차에 탑승
했다. 52는 말없이 따라왔다.

"우와. 나, 관람차 타 본 지 10년도 더 된 것 같아."

미하루는 약간 신이 나 말하더니 꼭대기에 도착하면 셋이
서 사진을 찍자며 스마트폰을 꺼냈다. 52는 점점 넓게 펼쳐
지는 경치를 가만히 바라만 보았다. 석양에 비친 거리는 멀
어질수록 쓸쓸해 보였다.

"할머니랑 고모랑도 탔었지?"

내가 물으니 52가 고개를 끄덕였다.

"좋았겠다."

또 한 번 고개를 끄덕인다. 그 눈가가 조금 젖어 있었지만 못 본 척했다.

"아! 이제 곧 정상이야! 찍는다!"

맞은편에 앉아 있던 미하루가 다급하게 소리치며 일어나더니 우리 쪽으로 스마트폰을 향한 채 걸음을 내디디며 왔다. 갑자기 한쪽으로 사람들이 쏠린 탓에 관람차가 크게 기우뚱거렸다. 그런데도 미하루는 우리 사이에 비집고 앉아 스마트폰을 들어 올렸다.

"자자! 두 사람 다 이상한 얼굴 만들어!"

"잠깐만, 미하루! 흔들리잖아! 그리고 이상한 얼굴은 또 뭐야!"

"그거야, 그거. 키코가 잘하는 페코짱! 52도 더 크게 웃어야지! 치아가 보이게!"

뒤뚱뒤뚱 흔들리는 관람차 안에서 미하루는 계속 촬영 버튼을 눌러 댔고 나와 52는 그 기세에 눌려 열심히 표정을 만들었다. 몇 번이고 사진을 찍던 미하루가 "이만하면 되겠지"라며 카메라 앱을 껐을 때에는 지상이 가까워져 있었다.

"진짜 어이가 없어서. 이게 내일모레 서른인 사람이 할 짓이야?"

"어머, 아직 만으로 스물여섯이거든. 그리고 적절히 속도를 조절하는 게 얼마나 중요한데."

미하루는 만족스럽게 스마트폰을 이리저리 만지더니 나보다 더 기진맥진해 있는 52에게 "이게 제일 잘 나왔지?"라며 화면을 보여 주었다. 나도 슬쩍 화면을 들여다보니 거기에는 억지로이긴 해도 입을 크게 벌리고 웃으려는 52가 있었다.

"키코의 페코짱이 못생기게 나왔지만 좋네."

미하루가 웃으며 말하고 나는 "너 좀 맞아야겠다"라며 주먹을 휘두르는 시늉을 했다. 52는 기묘한 것이라도 본 듯한 얼굴로 스마트폰을 쳐다보고 있었다. 나는 그 옆얼굴을 향해 "더 많이 웃게 될 거야"라고 했다.

"다음은……. 그렇지. 친구! 52는 친구들과 이렇게 웃을 거야, 꼭."

52가 나를 보았고 나는 페코짱 흉내를 냈다. 52는 조금 웃을 듯한 표정을 짓다가 고개를 옆으로 흔들었다. 이제 그만되었다는 듯이.

"정말이야. 웃을 수 있어."

내가 거듭 말하자 52는 마지못해 고개를 끄덕였다. 하지만 그 표정이 한없이 쓸쓸해 체념한 듯 보였다. 내 말은 52의 마음에 조금도 위안이 되지 못했다. 아아, 어떻게 하면 이 아이를 웃게 할 수 있을까?

"알았다. 52, 너 배고프지? 밥 먹으면 기분도 좋아질 거야!"

52의 표정을 눈치챘는지 미하루가 나와 52의 등을 탁, 하고 쳤다.

"맛집 정보도 확인했겠다, 우리 아주 비싼 저녁 먹으러 가자. 이제부터는 내가 안내할게."

씩 웃는 얼굴에 인정이 넘친다. 여기에 미하루가 있어 다행이다.

"맡길게. 맥주가 죽여주는 가게로 부탁해!"

내가 억지로 웃는 얼굴을 만들어 말하자 미하루가 더욱 웃어 보였다.

그 후 우리는 고쿠라에서 유명한 음식이라는 철판 군만두를 먹고 닭꼬치집에도 갔다. 역시 마지막은 이거지, 라며 미하루가 엄선한 라면 가게에 가서는 돼지 뼈를 우려 만든 돈코츠 라면과 각종 재료가 들어간 탕을 먹었다. 탕에 든 꼬들꼬들한 닭껍질도, 국물이 잘 밴 무도 맛있었다. 그리고 어느 건더기든 맥주와 잘 어울려서 미하루와 경쟁하듯 마셨다. 맥주잔 너머에 미하루가 있다. 익숙하면서도 내 손으로 포기한 그 풍경이 어여쁘다. 52는 한껏 고조된 우리를 신기한 듯 쳐다보았다.

"미안미안, 지루해?"

미하루가 묻자 52는 고개를 저었다. 그러고는 편의점에서 산 수첩에 볼펜으로 '그냥 놀라서'라고 썼다. '이런 거 처음이라'라고 덧붙였다.

"그렇구나."

미하루는 52의 머리를 쓰다듬고 기분이 좋은 듯 맥주잔을
기울였다.

"미하루, 계속 물어보려 했는데 나 있는 데 간다고 타쿠미
한테 말은 했어?"

그렇게 묻자 미하루는 아무렇지 않게 대답했다.

"말했어. 당연하잖아. 너한테 전해달라는 타쿠미의 메시지
도 받아 왔어. '배신자'."

그 짧은 단어에 가슴이 아렸다. 내가 고개를 떨구자 미하
루가 "하지만 건강히 잘 지내고 있으면 뒷말도 전해달라고
했어. '친구는 버릴 수 있는 게 아니야. 난 여전히 키코의 친
구야'래"라며 웃었다.

"타쿠미도 나랑 같이 너희 엄마 집에 갔었어. '키코만큼 착
한 사람은 없어요!'라고 그 망할 아줌마한테 퍼부었을 때는
어우, 야 내가 또 홀딱 반했잖아."

"······고마워."

눈물이 나려는 것을 꾹 참았다.

"넌 너무 많은 걸 혼자 끌어안고 있어. 나도 타쿠미도, 어쩌
면 공장 친구들도 네가 의지하고 기댔다면 다 받아 줬을 거
야. 네가 벌인 일에 잔소리는 해도 싫어하거나 사이가 멀어
지지는 않았을 거야. 좀 더 믿어 주길 바랐어."

큰소리를 치지도, 화를 내지도 않고 담담히 말하는 미하루에게 진심으로 미안했다. 그때 나는 누구를 생각할 겨를이 없었다.

내가 고개를 숙이자 미하루가 목소리 톤을 바꿔 말했다.

"그렇지만 지금 넌 이 아이만 생각하고 있어. 똑바로 살고 있어. 그래서 기뻐. 타쿠미에게도 너의 이런 모습 보여 주고 싶어. 52, 이거 맛있으니까 먹어."

미하루는 부드럽게 웃으며 우리를 이상한 눈으로 쳐다보는 52의 입가에 탕에서 꺼낸 소힘줄 꼬치를 가져갔다. 스스로 먹을 수 있다고 말하듯 꼬치를 쥐고 먹는 아이의 얼굴을 바라보았다. 이 아이를 만나고 나는 변하려 하고 있을까?

배가 터질 정도로 먹고 호텔로 돌아왔다. 52는 소파베드에 풀썩 엎드리더니 배를 쓰다듬으면서 눈을 감으려 했다. 미하루가 "양치해야지"라고 하자 어기적어기적 세면실로 향했다. 미하루가 잔뜩 먹여서 몸이 무거워진 모양이다. 양치질을 끝낸 52가 "샤워는?" 하고 묻는 내 질문에는 고개를 가로젓고 침대에 파고들었다. 잠시 뒤 고른 숨소리가 들려왔다.

"낮에 했던 이야기 계속해 줄래?"

미하루가 조용히 말했고 나는 고개를 끄덕였다. 내 죄의 고백은 아직 시작도 하지 않았다. 하지만 어디서부터 이야기해야 할까?

"……안상은 날 좋아했어. 사랑했다고 생각해."

천천히 이야기를 꺼내는 내게 미하루가 귀를 기울였다.

"이 부분은 내 상상이지만 처음 만났을 때 치카라가 탐탁지 않았던 안상이 치카라 주변을 조사한 것 같아. 그리고 그 사람에게 약혼녀가 있다는 걸 알았어."

회사에 퍼진, 치카라가 약혼했다는 소문의 발신지는 안상이라고 생각한다. 그때 나와 치카라가 헤어졌더라면 좋았겠지만 우리는 헤어지기는커녕 관계가 더 깊어졌다.

그래서 안상은 치카라의 아버지에게 편지를 보내 아버지가 아들을 바로잡도록 하려 했다. 그러나 거기서도 원하던 반응은 얻을 수 없었다.

"안상은 이어 회사로, 그 다음에는 약혼녀 집으로 똑같은 편지를 보냈어. 처음에는 좋게 말로 하던 치카라 아버지도 더는 참을 수 없었겠지. 당장 여자를 버리라고 회사에서 고래고래 고함쳤다고 해."

그러나 치카라는 그렇게 하지 않았다. 아버지와 장인어른에게 나와 헤어지겠다고 했으면서 나를 버리지 않았다.

"나는 아무리 해도 이해가 안 돼. 그렇게까지 너한테 집착했으면서 안상은 왜 마음을 전하지 않았을까?"

미하루가 도무지 이해할 수 없다는 듯 머리를 가로저으며 말했다. 안상도 참 답답해.

나는 짜증 섞인 그 얼굴을 보며 말을 이었다.

"치카라의 분노도 극에 달해서 옆에서 보고 있기만 해도 몸이 덜덜 떨렸어. 안상의 신상을 털어 보라고 흥신소에 의뢰한 치카라가 안상이 왜 그렇게 우회적인 방법을 택했는지 그 이유를 알아냈어."

조사서를 들고 집에 뛰어 들어온 치카라는 평소와 달리 흥분으로 얼굴이 상기되어 있었다. 이봐, 키코. 그놈이 너한테 손가락 하나 대지 못하는 이유를 알았어.

"안상은…… 트랜스젠더였어."

방울이 떨어지듯 미하루의 입에서 작은 소리가 새어 나왔다.

"등본상으로는 여전히 여자였지만 남자 몸으로 전환하려고 호르몬 주사를 맞고 있었어. 네가 일한 학원 원장 선생님은 그런 사정을 다 알고서 '오카다 안고'로 고용해 준 것 같아."

안상의 본명은 오카다 안즈. 대학 졸업과 동시에 고향인 나가사키에서 도쿄로 올라왔다. 새로운 곳으로 터전을 옮긴 것을 계기로 '오카다 안고'로서 새 인생을 살기 시작했다고 한다. 애인은 쭉 없었던 것 같다. 오카다 안고로서 안상은 조용한 삶을 살았다.

치카라는 조사서로 눈길을 떨어뜨리고 코웃음 쳤다. 자기가 가진 핸디캡 때문에 화가 나서 날 공격한 거였어. 꼴같잖은 게 진짜. 나는 치카라가 읽어 내려가는 안상의 숨은 진실을 망연히 들으며 생각했다. 나는 안상의 무엇을 보고 있었던 걸까?

안상은 모자 가정에서 자랐고 그의 어머니는 바닷가 마을에서 조용히 살고 있었다. 치카라가 그 어머니에게 연락했다. 그 집 따님, 아니 아드님이라고 해야겠네요. 네? 모르셨어요? 아드님, 아니 따님이 지금 도쿄에서 남자로 살고 있어요. 못 믿으시겠어요? 하지만 틀림없는 남자입니다. 그런데 그 집 따님이 내 여자 친구에게 스토커 짓을 하고 있어요. 남의 사생활을 멋대로 캐내고 다니는 통에 나도 피해가 이만저만이 아니라고요. 여자 친군 무서워서 밖에 나가지도 못하고 울면서 지내요. 어머니가 따님 좀 말려 주시죠.

아무리 그래도 부모에게까지 연락할 필요는 없지 않으냐고 말리는 내게 치카라는 자신이 무슨 꼴을 당했는지는 생각하지 않느냐며 내 말을 일언지하에 잘랐다. 남에게 칼을 휘두르고 있잖아. 지는 멀쩡하게 있을 줄 알았다면 각오가 덜 된 거지.

"치카라 전화를 받고 안상 어머니는 굉장한 충격을 받으셨어. 연신 죄송하다고 말씀하시는데 수화기에서 떨어진 곳에 있는 나한테도 크게 동요하는 게 전해졌어."

전화기 너머의 비통한 목소리와 치카라의 고압적인 목소리를 들으며 절망에 가까운 감정을 느꼈다. 어쩌다 이렇게 되어 버렸을까?

나는 안상을 만나고 싶다고 치카라에게 말했다. 안상과 충

216

분히 이야기를 나누지 않았잖아. 안상과 마주 보고 제대로 대화하면 풀리는 부분도 있을 거야. 하지만 치카라는 그건 절대로 안 될 소리라고 했다. 그렇지 않아도 상대는 이성을 잃은 상태야. 그놈 부모에게까지 연락한 마당에 앞으로 무슨 짓을 할지 몰라. 알겠어? 그놈은 괴물이야. 지 콤플렉스를 방패 삼아 우리를 공격해 오는 정신 이상자라고.

"치카라도 그때는 이성을 잃었다고 생각해. 안상이 치카라의 약혼녀에게도 편지를 보내서 그 약혼녀가 뒤도 안 돌아보고 자기 집으로 가 버렸거든. 그 얘기는 주변에까지 다 퍼졌어. 나와 헤어지지 않는 아들에게 머리끝까지 화가 난 아버지는 치카라를 현장직으로 돌렸어. 치카라는 회사에서도 집에서도 바늘방석이 따로 없었을 거야."

상황이 그러했는데도 치카라가 여전히 나를 손에서 놓지 않은 까닭은 나에 대한 애정도 있었겠지만 안상에 대한 증오가 컸기 때문이라고 생각한다. 키코랑 헤어지면 그 불완전한 여자가 의도한 대로 되는 거잖아. 나는 절대로 너랑 안 헤어져. 그놈에게 내가 당한 것 이상의 고통을 맛보여 줄 거야. 지금껏 보인 적 없는 핏발 선 눈으로 치카라가 말했다.

실제로 치카라가 무슨 짓을 했는지는 알지 못한다. 그 이후에 일어난 일을 생각하면 무자비한 짓을 저질렀을 것이라고 추측할 뿐이다.

집에서 연금된 상태였던 나는 치카라가 무엇을 하는지, 안상과는 어찌 되어 가고 있는지 전혀 이야기를 들을 수 없었다. 그저 집에 있으면서 치카라가 오기만을 매일 기다려야 했다. 회사는 예전에 퇴사 처리되고 치카라의 허락 없이는 외출도 할 수 없었다.

그러던 어느 날, 미하루가 타쿠미와 함께 술 한잔하자고 해서 바람도 쐴 겸 나갔다 오겠다고 했다가 치카라에게 빰을 맞았다. 이럴 때 무슨 말 같지도 않은 소리를 하는 거야. 내가 얼마나 힘든지 알기나 해. 커다란 손바닥이 거침없이 날아와 빰을 쳐서 나는 바닥에 쓰러졌고 그 때문에 머리를 세게 부딪쳤다. 눈앞이 어지럽게 흔들리고 순간 무슨 일이 벌어졌는지 알지 못했다. 치카라는 바닥에 나동그라진 나의 옷깃을 부여잡고 난폭하게 일으켜 세우더니 잠자코 좀 있으라고 윽박질렀다. 내가 너 때문에 얼마를 쓴 줄 알아? 분수에 걸맞게 여기서 나를 가만히 기다리기나 해.

치카라는 빰이 부어오른 나를 못마땅하다는 듯 힐끔 보고는 돌아갔다. 문 잠그는 소리를 들은 후 나는 비틀비틀 일어나 주방으로 향했다. 수건을 물에 적셔 빰에 댔다. 차가운 수건에 눈물이 스며들었다.

치카라와 이제 헤어지지 않으면 안 된다. 자상했던 치카라는 사람이 변했다. 그를 이렇게 만든 사람은 다름 아닌 나다. 내가 그 누구에게도 축복받을 수 없는 사랑을 손에 넣으려 했기 때문이다. 설령 안상이 가만히 있었다 해도 제2의 안상이 나타나 내 죄를 문책했을 게 틀림없다.

치카라와 만나지 않았다면, 하다못해 조금 더 일찍 헤어졌더라면 일이 이 지경까지는 안 되지 않았을까?

─그 니나라는 남자는 키나코를 울릴지도 몰라.

문득 안상의 말이 생각났다. 그랬다. 그 말은 안상과 나눈 마지막 대화였다. 그때 안상은 이미 치카라에게 약혼녀가 있다는 사실을 잡은 것이다. 그래서 내게 충고했다. 나는 뭐라고 대꾸했더라? 아아, 그래. 좋은 사람이라고, 정말로 좋은 사람이라고, 나는 술에 취해 바보처럼 그 말만 반복했다. 그때 내가 맨정신으로 안상과 더 많은 대화를 나누었다면 일이 이 지경까지 안 되지 않았을까? 그러고는? 그러고는 무슨 이야기를 했더라?

─안상. 저기…… 있잖아, 날 좋아해?

─소중해. 키나코가 행복하기를 항상 기도할 만큼.

까맣게 잊고 있었던 대화가 선명하게 불쑥 되살아나 나는 숨을 삼켰다. 그리고 갑자기 그 모든 말이 이해되었다. 아아, 그랬다. 안상은 그렇게 말했다. 그렇다면 안상의 이 일련의 행동은 안상 나름의 내 행복을 바라는 기도가 아닐까? 내 죄를 문책하는 게 아니다. 나를 행복하게 해 주기 위해 안상은 남들은 아랑곳하지 않고 이런 일을 하고 있는 것이다.

싱크대 앞에 주저앉았다. 발에서 일어난 떨림이 멈추지 않았다. 나는 엄청난 일을 저지른 게 아닐까?

"치카라는 서류가방에 늘 안상의 조사서를 넣고 다녔어. 그래서 치카라의 눈을 피해 조사서를 꺼내 봤어. 역시나 거기엔 안상이 살고 있는 주소지까지 적혀 있었어."

몰래 휴대전화로 사진을 찍고 아무것도 모르는 척 서류를 제자리에 돌려놓았다. 안상의 거처는 조금 멀리 떨어져 있긴 했어도 못 갈 거리는 아니었다. 연금 상태라고는 해도 치카라가 일하러 나간 동안에는 밖에 나갈 수도 있었기 때문에 나는 안상을 만나러 가기로 했다. 만약 치카라에게 외출 사실을 들켜 맞는다 해도 상관없었다. 한시라도 빨리 안상을 만나야 한다.

"안상을 만나서 그동안의 잘못을 사죄하고 싶었어. 그리고 치카라와 헤어질 생각이라고 말하려 했어. 이제 와 늦었다고 안상이 화가 나 소리친다고 해도 꼭 그렇게 해야 한다고 생각했어."

안상은 오래된 빌라에 살고 있었다. 용기 내 초인종을 눌렀지만 반응이 없었다. 귀를 기울이자 희미하게 물소리가 들려서 목욕하는 중이라고 여겼다. 일단 문밖에서 기다렸는데 한참이 지나도 물소리가 멎지 않았다. 이상하다는 생각이 들 무렵, 머리가 희끗희끗한 여성이 왔다. 안상의 어머니였다. 관계가 어떻게 되느냐고 아주 조심스럽게 물어서 친구라고 하니 안도한 표정을 지었다.

"안상 어머닌 근처 호텔에 묵고 계셨는데 오늘 안상이랑 나가사키로 내려갈 거라고 하셨어. 딸이 도시에서 혼자 지내다 보니 지친 것 같다면서, 바다를 보며 요양시킬 생각이라고 주저하듯 말씀하셨어."

어머니는 가지고 있던 여벌 열쇠로 문을 열었다. 희미하게 들리던 물소리가 커지고 어머니가 방에다 대고 안즈, 하고 이름을 불렀지만 대답이 없었다.

– 씻고 있나? 이맘때 무슨 목욕을 한다고. 잠시만 기다려주세요.

어머니는 한숨을 쉬며 욕실로 향했고 나는 좁은 실내를 별 생각 없이 둘러보았다. 짐은 나가사키로 보냈는지 세간살이가 하나도 없었다. 포장된 박스가 몇 개 굴러다니고 있을 뿐이었다. 많지 않은 가구 중에서도 오래된 사무용 책상 위에 새하얀 봉투 두 개가 정갈하게 나란히 놓인 것이 조금 마음에 걸렸다. 그쪽으로 발을 한 걸음 디뎠을 때 비명 소리가 들렸다.

"욕실에 간 어머니가 비명을 질러서 뛰어가 보니까…… 안상이 욕조 안에 죽어 있었어."

따뜻한 물이 계속 나오고 있어서인지 욕실 안은 김이 자욱하게 끼어 시야가 부옜다. 피로 붉게 물든 욕조 안에 안상이 있었다. 멍하게 선 내 앞에서 정신이 반쯤 나간 어머니가 안상을 끌어올리려 했다. 피가 계속 흐르는 손이 힘없이 축 늘어졌다. 안즈, 왜? 그렇게 괴로웠니? 엄마가 병원 가서 치료

하면 된다고 했잖아. 왜 이런 짓을 한 거야? 안상의 피로 붉게 젖은 어머니가 울부짖었다.

그 후 경찰관과 구급대원이 와서 그곳은 한바탕 소란이 일었다. 안상의 어머니는 "딸아이니까 보지 말아 주세요. 여자 대원은 어디 없나요?" 하고 안상을 목욕수건으로 감싸며 소리쳤다. 시신을 건드리면 안 된다고 경찰이 계속 주의를 줘도 안상을 품에 안고 놓지 않았다.

미하루가 크게 한숨을 내쉬었다. 천천히 일어나 냉장고 안을 들여다보았다. 어젯밤에 사서 이제 딱 하나 남은 캔맥주를 미하루는 호텔 방안에 구비된 유리컵 두 개에 반반씩 따랐다. 내게 컵 하나를 내밀고 말없이 옆자리에 앉았다. 나란히 붙어 앉은 열기가 따스하다.

"안상 어머니는 지극히 보통의 상냥한 분이었어. 그저 딸이 스스로를 남자로 인식한다는 걸 받아들일 수가 없어서……. 그보다는 정신질환 같은 병이라고 생각하신 것 같아. 시골에서 맘 편히 지내면서 약 먹으면 나을 수 있는데, 라는 말씀을 몇 번이나 하셨어."

소중한 친구의 마지막 가는 길을 배웅하고 싶다고 말씀드려 나는 어머니 곁에 잠시 머물렀다. 안상의 시신은 부검을 하느라 이틀간 오지 않았고 그동안 나는 장례업체를 수소문했다. 안상의 어머니는 혼이 나간 사람처럼 있으면서도 이사실을 아무에게도 알리고 싶지 않다고 울면서 말해 간소하게 가족장으로 치르기로 했다.

"부검을 마친 안상의 시신을 인계해 나와 어머니 둘이서 안상의 장례를 치렀어. 어머니가 안상 얼굴에 정성껏 화장을 하시는데……."

그때를 떠올리기만 해도 가슴이 미어질 것 같다. 어머니는 안상의 얼굴에 거뭇거뭇하게 남은 턱수염을 면도하고 파운데이션을 곱게 발라 면도 자국을 감췄다. 눈썹을 그리고 볼터치를 하고 립스틱을 발랐다. 그리고 짧게 자른 머리를 보이지 않게 해 달라고 장례업체 직원에게 부탁해 관을 흰 백합으로 채웠다. 어머니는 흰 면사포를 쓴 신부가 된 듯한 안상을 보고 울음을 터뜨리며 절규했다. 이런 모습을 왜 죽어서야 보여 주는 거야? 왜, 왜?

"그 모습을 보니까 안상이 커밍아웃을 하지 못한 이유를 쓰라릴 정도로 알겠더라. 안상은 분명 많이 괴로웠을 거야."

시신을 화장하기 전날 밤, 어머니는 안상의 관 옆에서 울다 지쳐 잠들었다. 며칠 만에 부쩍 초췌해져 잠든 얼굴이 애처로웠다. 어머니에게 담요를 덮어 주고 관을 들여다보았다. 어머니와 용모가 닮은 어여쁜 여자가 누워 있어서 안상이라는 생각이 들지 않았다. 안상은 이런 모습을 내게 보이기 싫겠다는 생각도 들었다. 그래서 아주 잠시만 안상의 얼굴을 본 뒤 관 뚜껑에 달린 여닫이문을 닫았다. 그리고 관 위에 놓인 봉투 두 개를 집었다.

안상의 집 사무용 책상 위에 놓여 있던 것은 유서였다. 한 통은 어머니에게 쓴 것이었는데 허락을 구하고 내용을 읽어 보니 몇 번이고 미안하다는 말이 적혀 있었다.

불초한 딸이라 죄송합니다. 그동안 많이 힘드셨죠? 여자로 살 수 없는 저 때문에 흘리지 않아도 될 눈물을 얼마나 흘리게 했는지 이루 헤아릴 수 없을 정도입니다. 어머니는 저 같은 딸을 낳아 괴로우셨겠지만 저는 어머니의 자식으로 태어나 행복했습니다. 바라옵건대 다음 생에도 어머니의 자식으로 태어나고 싶습니다. 부디 또 저를 낳아 주세요. 하지만 그때는 남자로 태어날게요. 어머니의 버팀목이 될 수 있게 큰 체구에, 어머니가 안심할 수 있는 굳건한 마음을 가지고 태어날게요. 다시는 어머니를 눈물짓게 하지 않겠다고 약속할게요. 그러니 이번 생은 이 불효자를 용서해 주세요.

안상은 고통스러워하고 있었다. 정신과 육체의 괴리로, 그 사실을 어머니에게 털어놓지 못하는 속앓이로 줄곧 고통스러웠을 것이다. 반복되는 사죄의 말에는 지지받지 못한 안상의 마음이 흘러넘치고 있었다.

피를 토하는 심정으로 썼을 글 앞에서 어머니는 거듭 말했다. 이건 내가 얘를 제대로 낳아 키우지 못했다고 나무라는 거야. 내 잘못이야. 아아, 얘를 한 번 더 낳을 수 있다면 얼마나 좋을까. 그러면 이렇게 키우지 않을 텐데.

나는 그 모습을 보고 아무런 말도 할 수 없었다. 안상이 짊어진 고통의 파편도 알지 못한 내가 뭐 잘났다고 입을 나불댈 수 있을까?

다른 한 통은 치카라에게 쓴 유서였다. 그러나 그것은 경찰이 조사한다고 이미 예전에 뜯겨 있었다. 읽어 볼 용기가 없다고 어머니가 방치해 둔 봉투를 내가 조심스럽게 열었다.

니나 치카라 씨께

왜 당신께 이 글을 쓰는지 의아하고 놀라겠죠? 송구스럽지만 죽어 가는 사람의 목소리에 잠시만 귀를 기울여 주길 부탁드립니다.

키코와 헤어져 주세요. 그렇게 하지 못하겠다면, 지금도 자신을 키코의 영혼의 짝이라고 한다면 키코만을 보고 키코만을 지켜 주세요. 당신도 알고 있겠지만 키코는 무척 힘든 과거를 살아 왔습니다. 사랑받은 기억이 너무 없습니다. 키코에게는 누군가가 몸과 마음을 다해 안아 주고 채워 주는 그런 소중한 기억이 필요합니다. 그렇지 않으면 키코의 마음속 바다는 아무리 시간이 흘러도 빈곤할 것입니다.

당신이 지금처럼 불성실하게 짬날 때만 키코에게 쏟는 사랑은 잠깐의 갈증을 해소하는 데 지나지 않습니다. 키코의 내면 깊숙한 곳에 자리한 외로움은 결코 사라지지 않을 것입니다. 어쩌면 외로움을 증폭시킬 뿐일지도 모릅니다.

그러니 부탁드립니다. 키코와 마주 보고 가장 좋은 행복을 주세요. 진짜 영혼의 짝이 되든지, 영혼의 짝과 만나게 해 주든지 둘 중 하나를 선택해 주세요. 당신이 어떤 선택을 하든지 전 당신께 감사할 겁니다.

당신 말대로 저는 불완전한 인간입니다. 당신처럼 키코를 안을 만큼 몸이 늠름하지도 않고, 키코를 감쌀 만큼 힘도 세지 않습니다. 넓은 세상을 보여 줄 도량도 없을 겁니다. 키코의 몸과 마음 모두를 채워 줄 자신도 없는 제가 그녀를 갖고 싶어 한다면 그건 결국 그녀를 고통에 빠지게 할 뿐이겠죠. 키코 옆에는 결함이 없는 사람이 있어야 한다는 당신 말에 크게 동의합니다. 여전히 불안정한 그녀를 받쳐 주려면 심신이 충실한 사람이어야 합니다.

저는 예전에 키코를 구한 데 만족합니다. 이제 그만 그녀의 새 인생에서 과거의 등장인물이 되어야겠습니다. 그러니 키코에게는 아무 말 하지 않고 떠나겠습니다. 만약 키코가 제 죽음을 알게 되면 어리석은 저는 나약해서 죽었다고 말해 주세요.

키코를 행복하게 해 주세요. 그동안의 결례에 대한 사죄까지 모두 포함해 제 목숨을 걸고 부탁드리겠습니다.

한 치의 흐트러짐도 없이 쓴 편지에 할 말을 잃었다. 치카라에게 쓴 이 유서에는 나를 향한 안상의 애정이 흘러넘치고 있었다. 안상은 그 누구보다 나를 사랑하고 있었다. 죽음 앞에서조차 내 행복만 기도하고 있었다.

"안상이 내게 별말 하지 않고 그저 기다리기만 했던 건 내가 내 의지로 안상을 알아봤을 때 커밍아웃할 마음이지 않았을까? 내가 스스로 안상을 영혼의 짝으로 선택했을 때에는 분명 모든 사실을 고백했을 거야."

컵을 든 손이 떨린다. 그런 내 손을 미하루가 잡아 주었다.

"그렇지만 안상은 줄곧 내게 자신의 목소리를 전하려 했다는 생각이 들어. 알아 달라고, 이쪽을 봐 달라고 계속 말하고 있었어. 그런데 나는 전혀 깨닫지 못하고…… 안상을 상처입히고 죽게 했어."

실없는 대화와 한밤중의 전화. 그 모두에 안상의 외침이 있었다.

안상 역시도 52헤르츠 소리를 내는 한 마리의 고래였다. 필사적으로 소리 내 노래했을 텐데 나는 그 목소리를 듣지 못했다. 안상이 데리고 나온 세상에서 나는 크고 알기 쉬운 목소리를 좇아 가 버린 것이다.

"말해 주길 원했어. 키나코의 영혼의 짝은 나라고 안상이 말해 줬더라면 나는 당장 그 품에 안겼을 거야. 안상의 신체가 어떻든 그건 나중 문제고 나란히 누워 함께 잠만 자도 행복했을 거야. 정말로 그렇게 생각해. 하지만 그때 난 새로운데 정신이 팔려서 안상이 필사적으로 내는 목소리를 듣지 못

했어. 왜 그렇게 멍청했을까······."

울며 소리치고 싶은 것을 참는다. 미하루의 손에 한층 힘이 실렸다. 입술을 깨물고 숨죽여 우는 내게 미하루가 말했다. 안상은 그런 식으로 널 울리고 싶지 않아서 말없이 떠나려 했을 거야. 안상은 너와 자신의 행복 모두가 성립하려면 그게 최선의 방법이라고 생각했을 거야.

"그런 데서 혼자 죽는 게 무슨 행복이야?"

작은 욕조에서 죽음을 맞이하고 고작 두 사람의 배웅만 받으며 떠나는 게 무슨 행복일까? 어머니를 눈물짓게 하고 진짜 자기와는 다른 모습을 하고 떠난 게 안상의 바람일 리 없다.

입술을 너무 깨물었는지 피 맛이 났다. 미하루가 숨을 쉬라고 했다.

"지금 숨을 안 쉬고 있잖아. 그러면 안 돼."

숨을 후우 내쉬자 갑자기 갈아들인 공기가 목에 턱 걸렸다. 내가 기침을 콜록콜록하자 52가 몸을 뒤척였다. 아이를 깨우지 않으려고 호흡을 가다듬고 눈물을 닦았다. 미지근해진 맥주로 목을 축이고 심호흡을 했다.

"안상을 떠나보내고 안상이 치카라에게 쓴 유서를 들고 집으로 갔어. 집에 있던 치카라가 나를 보자마자 덤벼들어 때렸어."

치카라의 손에 죽겠구나 싶었다. 관자놀이에 주먹을 맞고 쓰러졌다. 바닥에 코를 박아 코피가 터졌다. 치카라는 내 옷 깃을 부여잡고 나를 일으켜 세우더니 어디 갔었느냐고 가라 앉은 목소리로 물었다.

- 집에 있으라고 했잖아. 안 봐도 뻔해. 그놈한테 갔겠지.

관자놀이와 코가 욱신거렸다. 코피가 입속으로 들어가 비 릿한 피 냄새로 숨이 막혔다. 치카라는 내 귓가에 대고 고함 을 질렀다. 귀가 쩌렁쩌렁 울렸다. 꼭 경적 소리 같다고 머리 한구석에서 생각했다.

- 네 처지를 알긴 해? 멋대로 나가서는 며칠 동안 연락 한 통도 없이 내가 같잖다, 이거야?

이 씨발년이, 라고 내뱉고는 손을 놓았다. 아프고 무서워 온몸을 떨던 나는 피가 흩뿌려진 바닥에 도로 쓰러졌다.

- 아아, 그런 거야? 그렇게 그 새끼가 좋아 죽겠든? 하하, 불완전품이랑 섹스는 어떻게 했어? 여자들끼리 하는 그 짓 거리가 좋아 죽여줬나 보지.

치카라가 기분 나쁘게 웃으며 이죽거리는 말에 다 마른 줄 알았던 눈물이 또 다시 흘렀다. 내가 사랑한 남자는 이런 말 을 하지 않는다. 하지만 그를 이렇게 만든 사람은 나다. 그리 고 그 사람을 죽인 것도 나다.

- 안상, 죽었어.

내가 피 맛을 느끼고 기침을 하며 말하자 치카라가 진짜냐 며 놀란 듯 되물었다.

－자살했어. 내가 발견했어.

큭큭, 하는 소리가 나서 눈만 움직여 살펴보니 치카라가 웃고 있었다. 볼썽사나운 얼굴로 몸을 꺾어 유쾌하게 웃고 있었다. 나는 악몽이라도 꾸고 있는 걸까?

"안상이 쓴 유서를 줬어. 치카라는 유서를 받자마자 주방으로 가서 가스레인지를 켰어."

믿을 수가 없었다. 왜 읽지도 않고? 허둥지둥 말리는 나를 밀치고 치카라는 가스레인지 불에 안상의 유서를 갖다 댔다. 그러고는 불이 붙어 활활 타오르는 봉투를 싱크대에 던졌다. 은색 싱크대 안에서 안상의 마지막 호소는 눈 깜짝할 새 사라져 재가 되었다. 내가 달려가 들어 올리자 아직 뜨거운 부스러기가 무참히 바스러졌다.

"속 시원하다며 치카라가 웃었어. 이걸로 다 끝났다면서. 그 얼굴이 무서워서 내가 죽여야겠다고 생각했어. 그래서 부엌칼을 뺐어."

칼끝이 뾰족한 부엌칼을 빼 든 나를 보고 치카라의 얼굴이 굳어졌다. 치카라가 무슨 짓이냐며 손을 뻗기 전에 배 앞에 칼을 겨누었다. 내 얼굴에서 진심을 보았는지 치카라가 한 발 물러섰다.

"죽이겠다고 칼을 휘두르고 난동을 피웠어. 치카라는 얼굴이 새파래져서 당장 그만두라고 하고. 그렇게 겁에 질린 얼굴을 본 것도 그때가 유일했어. 기필코 죽여 버리겠다고 생각했는데 그렇게 하지 못했어."

한때 럭비 선수여서일까, 아니면 내가 느려 터져서일까? 치카라는 내 빈틈을 노려 내 손에서 칼을 빼앗으려 했다. 한창 실랑이를 벌인 끝에 칼은 치카라의 손에 넘어갔고 어쩌다 보니 내 배에 쑥 들어왔다.

"치카라가 비명을 지르고 나는 '아, 죽는구나' 생각하면서 그대로 쓰러졌어."

"……그러고 보니 니나 씨는 찰과상 하나 입지 않았네."

미하루가 못내 분하다는 듯 말하고 나는 하하, 하고 작게 웃었다.

"당연하지. 내가 죽이고 싶었던 사람은 나였으니까."

칼끝은 치카라가 아니라 나를 향하고 있었다.

내 손에 포개져 있던 미하루의 손이 움찔 떨렸다.

치카라가 변한 것도 안상이 죽은 것도 전부 내 탓이다. 그래서 나는 나를 죽이겠다고 생각했다. 이 멍청한 년, 죽어 버려.

"그때 그렇게 안 했으면 결국 난 어딘가에서 자살했을 거야. 죄책감에 짓눌려서 살 수가 없었거든. 그런데 한 번 죽을 뻔하고는 죽어야 한다는 강박관념 같은 게 거짓말처럼 사라졌어."

일순간 죽음을 눈앞에서 느꼈기 때문일까? 눈을 떠 병원 천장을 올려다보았을 때에는 죽음을 갈망하던 마음이 어디에도 없었다. 그저 감정의 한 부분이 죽은 듯했다.

"그 뒤로는 네가 아는 대로야. 사람들에게 진실을 말하는 게 내키지 않았어. 그래서 치카라가 나와 결혼할 듯이 굴면서 날 계속 속여 오다가 내연 관계를 맺자고 한 데 내가 그만 욱해서 소동을 피우다가 오히려 찔린 걸로 하기로 했어."

옆집 사람이 치카라가 내게 고함치는 소리며 때리는 소리를 모두 듣고 있었다. 하지 말라고, 태우지 말라고 하는 내 비명 소리를 듣고 부랴부랴 경찰에 신고했고 내가 쓰러진 것과 거의 동시에 경찰이 집에 도착했다고 한다. 치카라는 자기가 찔렀다고 말하고 그 자리에서 경찰에 연행되었다.

내가 의식을 되찾고 곧바로 치카라의 아버지와 변호사라는 사람이 함께 찾아와 합의해 달라고 했다. 두 눈이 휘둥그레질 만큼 어마어마한 합의금을 제안 받고 나는 알겠다며 서류에 사인했다. 다만 돈은 필요 없다고 했더니 큰 체구가 아들과 쏙 닮은 아버지가 이 돈으로 될 수 있는 한 멀리 떠나 달라며 머리를 숙였다. 다시는 우리 아들과 마주칠 일 없는 곳으로 가 주게. 아가씨를 만나고 우리 아들은 변했어. 지금도 아가씨와 다시 한 번 잘해 보겠다며 말을 듣지 않아. 이대로 가다가는 또 험한 꼴을 볼 것만 같네. 그러니 부디 멀리 가주게.

죽음을 갈망하던 마음과 더불어 치카라를 향한 애정도 깨끗이 사라졌다. 예전에 정신없이 빠져 모든 것을 바친 기억만 드라이플라워처럼 가슴 한편에 있을 뿐이었다. 치카라와 또 다시 만난다 해도 마른 꽃잎을 흩뜨리는 행위밖에 되지 않을 것이다. 그러느니 아버지 말씀대로 하자 싶어 나는 그 돈을 받았다.

"그 돈을 밑천으로 할머니가 살던 오이타로 왔어. 안상이 죽은 걸로 제2의 내 인생도 끝났어. 그래서 제3의 인생을 아무도 모르는 곳에서 내 의지로 시작하고 싶은 마음도 있었는데……."

말을 너무 많이 해서인지 목이 바짝바짝 탔다. 나는 컵에 남은 맥주를 들이켜고 작게 숨을 내뱉었다.

"내 손으로 안상을 떠나보냈으면서 이 세상에 안상이 없다게 지금도 믿기지 않아. 안상을 거들떠보지도 않았으면서 무슨 일이 있으면 역시 안상부터 찾아. 안상이 없다는 사실만으로도 이렇게 고통스러운데 난 왜 안상을……."

그동안 몇 번이고 스스로에게 던진 질문이었다. 나는 왜 안상을 죽게 내 버려뒀을까? 왜 내 목소리를 들어 준 사람의 목소리를 듣지 못했을까? 안상을 실망 속에서 죽게 한 것은 내 죄다. 내가 평생 짊어지고 가야 할 씻지 못할 죄.

미하루가 나를 끌어안았다. 숨쉬기 힘들 만큼 세게 끌어안으며 말했다. 힘들었지? 혼자 많이 힘들었지? 이렇게 이야기해 줘서 고마워. 네가 안고 있는 고통의 절반을 내게 줘. 나도 너랑 안상이랑 항상 셋이서 즐겁게 웃고 떠들었는데 아무것도 하지 못했다는 게 괴로워. 아무것도 모르고 책망만 한 걸 내내 후회했어. 그러니까 네가 안고 있는 고통의 절반을 줘. 네가 그걸 죄라고 한다면 내게도 그 죄를 반씩 나눠 짊어지게 해 줘.

우리 두 사람은 서로를 부둥켜안고 울었다.

7. 세상 끝에서의 만남

다음 날, 고쿠라를 뒤로했다. 전철을 갈아타고 오이타로 향했다. 눈이 조금 부은 미하루는 차창 밖 바다와 커다란 적란운을 바라보며 "여름이네" 하고 웃었다. 똑같이 눈이 부은 나도 "그러네" 하고 웃으며 고개를 끄덕였다.

미하루에게 모든 걸 고백하고 왠지 개운해졌다. 그때 일이 내 안에서 점점 곪아 터지려던 것을 미하루 덕분에 적당히 짜낼 수 있었다. 죄의식도 상실감도 사라지지는 않았다. 다만 내가 안고 갈 수 있는 크기가 되었다.

게다가 지금은 무엇보다 52의 일을 생각하지 않으면 안 된다. 치호 씨도, 의탁할 수 있는 친척도 없다. 안심할 수 있는 사람들이 있는 곳으로 52를 데리고 가기가 상당히 어려워졌다. 경찰이나 행정기관에 상담해 보호를 부탁할 수밖에 없을까? 이제 그것 말고는 방법이 없을까?

역에서 택시를 타고 집으로 돌아왔다. 고작 이틀 외출했을 뿐인데 집에 왔다는 말이 절로 나올 만큼 나는 이 오래된 집에 애착을 느끼게 된 모양이다.

"일단 환기부터 하자. 52, 돌아다니면서 창문 좀 열어 줘."

미하루가 지시를 내리고 52가 말없이 움직였다. 나는 우편함을 열어 보았다가 안에 든 명함을 발견했다. 꺼내서 보니 무라나카의 명함이었다. 명함 뒷면에 '빨리 연락 줘'라고 적혀 있었다.

"무슨 일이지?"

연락 달라고 해도 내게는 연락할 수단이 없다. 잠시 생각하다가 미하루에게 "휴대폰 좀 빌려줘"라고 했다. 전화 걸 데가 있다고 하자 미하루는 스마트폰을 내게 내밀며 "휴대폰 정도는 개통해"라며 생각났다는 듯 화를 냈다. 요즘 세상에 휴대폰을 해지하는 사람이 어디 있냐? 너무 불편하잖아!

불편하기는 하다. 미하루에게 미안하다고 사과하고 명함에 적힌 번호로 전화를 걸었다. 신호음이 몇 차례 울리고 무라나카의 목소리가 들렸다. 내 이름을 대자 지금 어디냐는 질문이 날아들었다.

– 집에 없던데. 밖이야?

"뭐야, 그거 물으려고 전화하라고 했어?"

놀러 왔다가 내가 집에 없어서 메시지를 남겼을 뿐인가. 그런 거라면 '빨리'라는 말은 붙이지 말라고 내가 어이없어 하며 말하자 무라나카가 빠르게 말했다.

– 미시마 씨가 아이를 납치한 걸로 소문이 났어. 시나기 선생님이 손자가 유괴됐다면서.

"하아, 그렇게 나오시겠다?"

마음속 생각이 그만 밖으로 튀어나왔다. 예상했던 일이냐고 한다면 그렇다고 할 수 있다. 이렇게 되리라는 느낌도 있었다. 그런 내게 무라나카가 더 초조하게 말했다.

– 그런 한가한 소리 할 때야? 납치 같은 범죄를 저지를 사람이 아니라는 거 알아. 무슨 사정이 있는 거지?

"그렇게 말해 줘서 고마워. 음, 어쩌지?"

머리를 긁으며 생각했다. 미하루와 52가 내 모습이 이상하다는 걸 알아차렸는지 가까이 다가왔다. 미하루가 무슨 일이냐는 듯 고개를 갸우뚱거려서 "내가 유괴범이 됐나 봐"라고 했다. 52의 표정이 확 바뀌었다. 미하루는 역시 그럴 줄 알았다고 했다.

미하루가 볼을 부풀리며 "어떻게 할 거야?"라고 물었다. 나는 잠시 생각했다가 전화기 너머에서 왜 말이 없느냐고 닦달하는 무라나카에게 물었다.

"무라나카, 너 믿어도 돼?"

그러자 곧바로 믿어 달라는 대답이 돌아왔다. 믿어 줘. 나는 미시마 씨가 하는 말 믿어.

"······그럼 지금 당장 우리 집으로 와. 아무한테도 들키지 말고."

통화를 마친 나는 나를 쳐다보는 두 사람에게 "여기서 알게 된 사람을 한 명 불렀어. 무라나카라고 믿어도 되는 사람, 일 거야"라며 우편함에 들어 있던 명함을 보여 주었다.

　"자세한 이야기는 이 사람이 오면 알 수 있겠지만 내가 52를 납치했다고 떠벌리고 다니는 사람이 52의 할아버지라나 봐."

　"뭐? 엄마가 아니야? 그 할아버지라는 사람도 52를 생깐다고 했지?"

　미하루가 묻자 52가 고개를 끄덕이고 청바지 주머니에서 수첩을 꺼냈다. 그러고는 '이제 됐어'라고 휘갈겨 썼다.

　'내가 집에 가면 되잖아.'

　"이제 됐다니 그게 뭐야? 집에도 안 보내. 그렇게 될 대로 되라는 식으로 포기하면 안 돼. 나도 '에라, 모르겠다' 하고 무라나카를 부른 게 아니야. 난 네 주변 정보가 하나도 없어. 그 점에서는 무라나카가 이 마을에서 쭉 살았으니 훤할 거야. 좋은 안을 내 줄 수도 있고."

　52의 손에서 수첩을 빼앗아 닫았다. 그리고 다시 손바닥에 올려 주자 52는 퉁명스럽게 주머니에 도로 넣었다.

　"아, 참. 지금은 집에 와 있다는 거 들키면 큰일이잖아. 현관문부터 잠그자. 대문은…… 닫았나?"

　미하루가 현관으로 향하기에 앞서 52의 머리를 쓰다듬었다.

"옛 속담에 백지장도 맞들면 낫다고 하잖아. 어른 셋이 모였는데 네가 울도록 그냥 빤히 보고 있지만은 않아. 걱정할 필요 없어."

미하루가 말하고 52는 말없이 안쪽으로 사라졌다.

통화한 지 20분쯤 지나 무라나카가 왔다. 조심스럽게 두드리는 소리가 들려 문을 살짝 열어 주니 몸을 미끄러뜨려 들어왔다. 내가 곧장 문을 닫고 잠그자 "왠지 좀 흥분되는데"라며 즐거운 듯 웃었다.

"뭔 소리야?"

내가 어이가 없어 타박하는데 무라나카는 "비밀 아지트에 들어가는 거 같잖아"라며 기죽지 않고 말했다. 지금이 어떤 상황인지 알기는 하느냐고 따지고 싶었지만 심각한 얼굴로 "경찰서에 출두하자"라는 말을 듣는 것보다야 훨씬 낫다고 생각을 고쳐먹었다.

"일단 들어와."

무라나카를 데리고 거실로 가자 미하루가 "잉? 남자?" 하며 얼빠진 소리를 냈다.

"난 여잔 줄 알았지. 이름이 마호眞帆라고 되어 있어서."

"아, 남자입니다. 그 한자는 마호로라고 읽습니다. 어부였던 증조할아버지께서 지으셨는데⋯⋯. 별로 중요한 이야기는 아니네요. 아, 저, 처음 뵙겠습니다."

꾸벅 머리를 숙인 무라나카에게 미하루가 "아, 마키오카

미하루입니다. 키코랑은 고등학교 때부터 친구예요"라고 했
다. 나는 두 사람이 인사 나누는 모습을 본체만체하고 무라
나카에게 어떻게 된 일인지 설명해 달라고 부탁했다.

"지금 어떤 상황이야?"

"아아, 오늘 아침에 시나기 선생님이 우리 집에 와서 손자
가 없어졌다는 거야. 코토미는 언덕 위에 사는 젊은 여자가
데리고 갔다고 하고, 그 집에 가 보니 인기척이 없더라면서.
그래서 미시마 씨가 손자를 데리고 실종됐다…… 납치했다
고 했어."

"시나기 씨가 왜 무라나카 집에?"

"우리 할머니가 노인회에서 이 집 수리를 내가 해 줬다는
얘기를 다른 사람에게 하셨나 봐. 그…… 우리 집 손자가 홀
라당 꾀인 것 같다고. 전에 같이 밥 먹은 것도 노인회 사람이
봤나 보더라고. 그래서 나랑 미시마 씨가 사귄다고 착각한
모양이야."

꼬신 기억도 없거니와 같이 밥 한번 먹었다고 사귀는 사이
로 보는 건 대체 어느 나라 문화일까? 불쾌함이 얼굴에 드러
났는지 무라나카가 나를 보고 미안, 하고 허리를 숙였다. 우
리 할머니, 내가 여자들한테 인기가 많은 줄 알아. 손자 바보
라.

"그 부분은 됐고. 경찰서에 신고는 했어?"

"아니, 좀 더 기다려 보겠대. 손자만 무사히 돌아오면 된다

고."

미하루와 얼굴을 마주했다. 경찰이 끼어들었을 때 입장이 난처한 사람은 오히려 그쪽이다.

"그래서 말인데 나한테도 이야기 좀 해 줘. 어떻게 된 거야? 어디에 코토미네 아이가 있다는 거야?"

무라나카가 집 안을 둘러보았다. 내가 "나와" 하고 말을 걸었다.

"괜찮아. 무서운 사람 아니야."

장지문이 빼꼼히 열리고 그 방에서 52가 쭈뼛쭈뼛 얼굴을 내밀었다. 긴장해서인지 안색도 좋지 않고 표정도 없다. 무라나카가 놀란 소리를 냈다.

"코토미…… 엄마 젊었을 때랑 많이 닮았네. 난 무라나카라고 해. 잘 부탁해. 넌…… 아, 말을 못한다고 했나?"

내가 대신 "어, 이름은 당분간만 52라고 부르고 있어"라고 하자 무라나카는 이상하다는 표정을 지었다. 하지만 그 연유를 자세히 물으려 하지는 않았다. 대신 싱긋 웃어 보였다.

"나 나쁜 사람 아냐. 그러니까 그렇게 경계하지 않아도 괜찮아. 그래도 무서우면 미시마 씨 뒤에 있어도 돼. 거기는 절대 손댈 수 없으니까."

52가 후다닥 내 뒤에 앉았다. 52가 앉기를 기다렸다가 내가 "아이를 다루는 솜씨가 제법인데"라고 했더니 무라나카는 "결혼한 누나가 있는데 조카가 낯가림이 심하거든. 나보고 장난감 호랑이 닮아서 무섭다고 맨날 울어"라며 애처롭게 고백했다. 어떤 장난감 호랑이를 말하는지 모르겠어. 애들 감성은 당최 알 수 없다니까. 그런 무라나카에게 미하루가 웃음을 터트렸다.

"그 이야기는 넘어가고 본론을 말할게. 나는 얘를 코토미 씨나 시나기 씨에게 넘길 마음이 없어."

내가 단호하게 말하자 무라나카도 표정을 진지하게 바꾸었다.

"이 아인 줄곧 코토미 씨에게 학대를 받았고, 시나기 씨는 그걸 보고도 모른 척했어. 우연히 알게 된 나한테 며칠 전 밤중에 아이가 도움을 청하러 여기로 도망쳐 왔어. 머리에 케첩을 뒤집어쓰고."

"학대……."

눈을 동그랗게 뜬 무라나카가 내 등 뒤의 52에게로 시선을 옮기자 52가 내 옷자락을 꽉 쥐었다. 나는 이어서 52가 필담이 가능하다는 걸 알고 대화를 주고받은 이야기며, 코토미에게 내가 책임지고 아이를 돌보겠다고 말을 꺼냈다는 이야기도 했다. 그리고 셋이서 기타큐슈에 간 이야기도. 코토미를 예전부터 알고 지낸 무라나카에게는 충격이 컸는지 맞장구치는 말수가 줄어들었다. 조금 전까지 보여 준 여유도 사라졌다.

이야기를 얼추 마쳤을 때 미하루가 시원한 보리차를 내 왔다. 무라나카 앞에 보리차를 내려놓으니 무라나카는 목울대를 움직여 꿀꺽꿀꺽 단숨에 들이켰다. 그러고는 결심한 듯 52를 보았다. "미시마 씨의 이야기를 의심하는 건 아니야"라며 운을 뗀 뒤 "몸을 조금만 보여 줄 수 없을까?" 하고 머리를 조아리며 부탁했다.

"믿을 수가 없어. 아니, 믿고 싶지가 않아. 그래도 자기 자식인데 설마……."

고개를 돌려 52를 보자 52는 그 자리에서 벌떡 일어났다. 입고 있던 내 티셔츠를 벗으니 몸 곳곳에 멍이 남아 있었다. 미하루는 시선을 피했고 무라나카의 미간에는 주름이 깊게 팼다. 무라나카가 힘없이 "미안해"라며 침통한 얼굴로 머리를 숙였다. 미안해. 내가 싫은 기억을 들추게 만들어서.

52가 조용히 티셔츠를 입었고 나는 "이제 믿어 줄 거야?"라고 물었다. 무라나카는 손에 든 컵을 움켜쥐며 고개를 끄덕였다.

"애가 이렇게 단호하게 행동하는데 그걸 보고 어떻게 의심하겠어? 시나기 선생님은 손대기 힘든 늑대 소년 같다고 했어. 말이든 뭐든 이해하지 못하는 속수무책인 아이라고…….아아, 그랬구나."

혼잣말처럼 중얼거리던 무라나카가 깜짝 놀랐다. 그러고는 씁쓸하게 웃었다.

"전에 미시마 씨에게 이야기했지? 그때는 조금 돌려 말했지만 솔직히 말하면 선생님은 공부 못하는 학생들을 굉장히 냉랭하게 대했어."

역시 그랬다. 그럴 것 같았다.

"졸업하니까 선생님 태도도 그런대로 바뀌어서 동창들끼리는 학창 시절에야 우릴 생각해 그런 거 아니겠느냐고 이해하고 넘어갔거든. 그런데 딱 한 명, 이 동네를 나간 친구가 그러더라. 그 인간은…… 결벽증 같은 거라고. 예쁜 것만 보고싶은데 눈에 띄는 곳에 더러운 게 있으면 참지 못할 뿐이라고. 시야에서 사라지면 이제 자기 소관이 아니니까 그동안의 일을 용서한 거 아니냐면서."

그런 인간이라면 말을 못하는 52를 손자로 인정하기 싫었으리라는 것쯤은 쉬 상상이 간다. 아무리 그래도 딸이 학대하는 것을 묵과할 수 있을까?

"응? 그런데 우등생이었던 코토미 씨는 고등학생 때 임신해서 마을을 떠났잖아. 그건 용서가 되나?"

학생 신분의 딸이 임신을 하면 낙태를 하라고 하지 않을까? 두 손 놓고 그저 퇴학을 시킬까? 앞뒤가 맞지 않는다고 생각하는데 무라나카가 말했다.

"그 부분은 우리 할머니가 알고 계실지도 몰라. 여든에 은퇴하셨지만 노인회 회장은 우리 할머니가 줄곧 맡으셨거든. 동네 일이라면 뭐든 알아."

소문의, 아니지, 소문이 나서 사람들 입방아에 오르내린 사람은 나지만 여하튼 무라나카네 할머니에게 그런 경력이 있는지는 몰랐다. 하지만 이곳 인간관계는 협소하다고나 할지 한데 다 얽히고설켜 있구나, 하고 생각하는데 무라나카가 입을 열었다.

"할머니한테 여쭤 볼까? 할머닌 시나기 선생님의 헤어진 아내, 그러니까 코토미 어머니도 알아. 어머닌 초등학교 선생님이었는데 거긴 나쁜 소문은 듣지 않는 좋은 선생님이었다나 봐. 나는 그 선생님 반이었던 적이 없어서 잘 모르겠지만."

"흐음, 그러면 52의 외할머니라는 소리네. 언제 이혼하셨는데?"

"몰라. 나는 전혀 기억이 안 나. 코토미에게 그 정도까지 관심이 없어서."

겸연쩍은 듯 말하고 무라나카는 머리를 긁적였다.

친할머니가 좋은 사람이었듯이 외할머니도 좋은 사람일 가능성이 있을까? 잠시 생각해 보았지만 고민해도 달리 뾰족한 수가 없다고 결정을 내렸다. 그래서 무라나카에게 말했다.

"할머니를 뵐 수 있게 해 줄래? 이 아이가 안심할 수 있는 곳을 찾아야 해. 그러려면 고민하고 앉아 있을 시간이 없어. 할머니를 뵙게 해 줘. 직접 이야기를 들어야겠어."

무라나카는 놀란 얼굴로 "그런데 우리 할머니가 입이 험해. 무례한 말을 할지도 모르는데 그래도 상관없다면……"이라고 우물거렸다.

"그쯤이야 괜찮아. 그러니까 집에 데리고 가 줘."

거듭 부탁하자 무라나카가 고개를 끄덕였다.

"우리 할머니가 아군이 되어 준다면 든든할 거야. 어떻게될지 모르겠지만 일단 가 보자."

52가 내 옷을 당겼다. 불안해하는 얼굴을 보고 내가 "괜찮아"라며 웃었다.

무라나카네 집은 곤도마트 맞은편에 있었다. 커다란 일본식 가옥의 튼튼하게 잘 만들어진 대문 앞에 서서 무라나카는 부잣집 도련님이구나, 하고 생각했다. 미하루도 똑같은 생각을 했는지 그 생각을 입 밖에 내자 무라나카는 "아니, 그냥 오래된 집일 뿐이야"라고 했다. 아버진 농협의 일개 직원이고 엄만 곤도마트의 반찬 코너에서 시간제로 일해. 낮에는 집에 할머니밖에 없어. 그러니까 찬찬히 이야기할 수 있을 거야.

무라나카의 안내를 받아 현관에 섰다. 우리를 맞이하듯 크고 오래된 풍어기가 걸려 있다. 그 깃발의 위력에 잔뜩 기가 눌려 있는데 무라나카가 증조할아버지의 유품이라고 말했다.

"다녀왔습니다. 할머니, 안에 있어?"

안쪽에 말을 걸자 "왜?" 하고 낮은 목소리가 들리더니 발소리가 났다. 어둠 속에서 등장한 사람은 보라색으로 염색한 짧은 머리를 꼬불꼬불하게 파마한 할머니였다. 곤도마트에서 구입했을 게 분명한 히비스커스 무늬의 하와이안 원피스를 입고 있었다.

"우아앗, 캐릭터 한번 죽이는데."

작게 중얼거리는 미하루의 옆구리를 팔꿈치로 찔렀다. 그리고 할머니에게 "이렇게 한꺼번에 몰려와 죄송합니다"라고 머리를 숙였다.

"저기, 저는……."

"아아, 저 언덕 위에 사는 아가씨로구먼. 곤도마트에서 한번 봤어."

이름을 대기 전에 할머니가 말했다. 나를 살펴보더니 콧방귀를 뀌었다.

"뭐야, 손녀딸 맞잖아. 다들 아니라고 하더니 눈이 삐었어. 붕어빵처럼 빼다 박았구먼. 무엇보다 사연 있어 뵈는 얼굴까지 그 할망구랑 똑같네."

그 말투에 발끈 화가 치밀었다. 그러나 어른들의 과거 분쟁에 일일이 따지고 들 처지가 아니다. 할머니는 내 뒤에 숨듯이 서 있는 52를 알아채고 걸걸한 목소리를 키웠다.

"왜 그 애를 여기 데리고 와? 회장 댁에 데려다 주고 와. 어찌나 걱정하던지 내가 보고 있자니 딱해서, 원."

"그 일로 의논하고 싶은 게 있어."

무라나카가 말하자 할머니는 실눈을 뜨고 "너 일은 어쩌고?"라고 했다. 여자가 얽히면 일은 뒷전인 게 어쩜 그렇게 제 할아비를 닮았는지. 쯧쯧. 내가 못 산다.

"일은…… 뭐, 그건 됐고. 아무튼 미시마 씨 이야기 좀 들어줘. 부탁할게."

무라나카가 머리까지 숙여 말하자 할머니는 나를 보았다. 감정가를 매기는 듯한 시선이 내게 머물다가 잠시 틈을 두고 "이리로 와"라며 발길을 돌려 안쪽으로 어슬렁어슬렁 걸어갔다. 무라나카가 작은 소리로 "들어와"라고 해서 "실례하겠습니다" 하고 안으로 들어갔다.

따라 들어간 곳은 너른 마당이 다 보이는, 위패를 모신 방이었다. 툇마루에 앉은 할머니는 우리에게 "거기 대충 앉아"라며 턱짓했다. 그러고는 무라나카에게 차, 라고만 짧게 말했다. 얌전하게 물러난 무라나카는 차를 준비하러 간 모양이다. 처음에 할머니에게 단단히 일러두겠다는 둥 기세등등하게 말했지만 지금 모습을 보니 그건 애초에 무리였겠다는 생각이 어렴풋이 들었다.

"그래서 뭘 의논하고 싶은데?"

할머니의 말에 흠칫 놀란 나는 "단도직입적으로 말씀드리면 이 아이는 자기 엄마에게 학대를 받고 있습니다"라고 말을 꺼냈다.

"할아버지인 시나기 씨는 딸이 손자에게 손찌검하고 육아를 방치하는 걸 보고도 못 본 척하고 있어요. 저는 이 아이와 우연히 알게 된 사이일 뿐이지만, 그런 두 사람에게 아이를 돌려보낼 수는 없습니다."

할머니가 내 옆에 있는 52를 힐끔 보았다. 무릎을 꿇고 앉은 52는 할머니의 시선을 멍하니 받아들이고 있었다. 할머니는 52에게 시선을 고정한 채 "그래서?"라고 물었다.

"이 아이를 제대로 잘 키워 줄 사람이 어디 없는지 찾는 중입니다. 전에 이 아이를 키운 친가 쪽 할머니와 고모를 찾으러 갔는데 두 분 다 돌아가셨어요. 이제 의지할 사람이 없습니다. 그랬는데 무라나카…… 씨가 아이의 외할머니가 있다고 해서."

"마사코 씨 말이지."

흐음, 하고 할머니가 신음했다. 그러고는 하와이안 원피스의 주머니에서 담뱃갑을 꺼냈다. 민첩하게 라이터로 불을 붙이려 하자 52가 기겁하며 내 뒤로 숨었다. 할머니는 놀란 얼굴로 자신의 손과 무서워하는 아이를 번갈아 보다가 말없이 담뱃갑을 주머니에 도로 넣었다.

"흠, 그렇군. 손자에 대해 물으면 늘 같은 말만 해서 이상하다고는 생각했어. 사회 경험도 쌓을 겸 밖에 데리고 놀러 나오라고 해도 원숭이 같아서 힘들다고 하더니. 주둥이만 살아 있었구먼. 그런가. 회장은 역시 손자보다 딸을 애지중지했군."

후훗, 하고 할머니는 웃으며 마당으로 시선을 돌렸다.

"코토미도 불쌍한 애야."

중얼거리듯 말하며 마당을 보았다.

"그 앤 태어날 때부터 얼굴이 예뻤으니. 늦은 나이에 얻은 자식이기도 해서 회장은 그 애라면 껌뻑 죽었어. 아주 공주 님 키우듯 키웠지. 하지만 마사코 씨는 그렇게 하면 올바른 어른이 되지 못한다면서 엄하게 키우려 했어. 그 때문에 툭 하면 회장이랑 싸웠지. 회장은 코토미를 위해서라면 마사코 씨에게 손찌검도 했단 소리야. 코토미가 중학교에 들어가고 얼마 되지 않아 일이 터졌어. 마사코 씨가 크게 반대했는데 도 코토미가 하도 조르니까 회장이 휴대폰을 사 줬어. 용돈 도 그 전부터 제법 준 모양이더군. 그게 화근이었겠지. 후쿠 오카에 있는 젊은 남자랑 어찌어찌 알게 돼서 몰래 내뺐으 니."

"진짜야?"

갑작스럽게 큰 소리가 나 놀라서 돌아보니 차를 들고 온 무라나카였다. 들고 있던 쟁반을 떨어뜨릴 뻔해 발을 휘청대 고 있었다. 할머니는 "네 녀석은 칠칠맞지 못하게, 원"이라며 얼굴을 찌푸리고 자기 앞을 땅땅 때렸다. 여기에 차를 놓으 라는 뜻인가 보다. 쟁반을 떨어뜨리는 사태를 가까스로 모면 한 무라나카는 놀란 얼굴 그대로 순순히 찻잔을 내려놓았다.

"이틀, 아니 사흘 후였나? 집에 가고 싶다고 울면서 연락이 와서 회장이랑 마사코 씨가 허둥지둥 후쿠오카까지 데리러 갔어. 후쿠오카에서 무슨 일이 있었는지까지는 몰라도 대충 짐작은 가지. 마사코 씨는 이게 다 딸을 너무 오냐 오냐 키워서 그렇다고 회장을 나무랐어. 하지만 회장은 엄마인 당신이 관리를 허술하게 해서 그렇다고 적반하장으로 나왔지. 거기다 코토미도 마사코 씨의 애정이 부족한 탓이라고 우겨대고. 마사코 씨는 더 이상은 안 되겠다고 생각했을 거야. 이혼하자고 하고 혼자 나가 버렸어."

찻잔에서 김이 피어오르는 차를 한 모금 마시고 할머니는 한숨을 쉬었다. 우리 앞에는 시원한 보리차를 내려놓은 무라나카가 입을 열었다.

"와, 믿을 수가 없어. 그런 얘기 나 처음 들어."

"뭐 좋은 얘기라고 떠들고 다녀? 사람들 입에 오르내려 봤자 코토미만 상처받을 테니 어른들은 다 입 다물기로 한 거야."

한 번 더 차를 홀짝이고 할머니는 "회장이 코토미를 망쳤어"라고 했다. 그 애가 무슨 짓을 해도 자기가 치다꺼리하면 된다고 태평하게 웃었어. 코토미에게는 부족한 것 없이 행복한 인생을 살게 해 주겠다면서. 그 아인 꾸중을 들은 적도, 뜻대로 되지 않아서 원통했던 적도 없어. 하지만 그건 불쌍한 거야. 그 아인 무슨 일에서나 자기를 지켜 주던 아버지에게서 벗어나 난생처음 세상에 당연하게 있는 벽을 알게 됐겠지. 수두나 볼거리랑 같아서 어릴 때 익혀야 할 걸 다 커서 알게 되면 더 죽을 맛이지. 그러니 코토미도 불쌍하다는 거야.

연민을 담은 말에 나는 코토미의 얼굴을 떠올렸다. 초췌하게 늙은 얼굴은 코토미가 겪은 고생의 발로일 것이다. 그렇다고 자식을 학대해도 된다는 뜻은 아니지만 코토미가 애처로워진다.

"아마도 코토미는 어찌할 수 없어서 여기 돌아왔을 게야. 하지만 회장 말고는 이제 아무도 코토미를 어르고 치켜세우지 않아. 나이도 먹을 만큼 먹어서 아직도 제가 공주인 줄 아는 여자를 누가 예뻐하겠어? 학대했다는 것도 일이 잘 풀리지 않는 스트레스가 자식한테 폭력을 쓰는 걸로 변질됐는지 모르지."

"코토미 씨는 늘 예쁨 받는 쪽에 있고 싶었겠죠."

코토미와 대화했을 때 코토미는 무라나카가 자신을 좋아했다고 굳게 믿고 떠벌리듯 말했다. 그렇게 해서 자신에게 쏟아진 애정을 찾고 있었는지도 모른다.

"사람이라는 건 처음에야 받는 쪽이지만 나중에는 주는 쪽이 돼야 해. 언제까지고 받기만 해서는 못써. 부모가 되면 더더욱 그래야 하고. 하지만 그 앤 그 이치를 모르니 이젠 글렀는지도 몰라."

할머니가 무척 안타까운 듯 말했다. 그 말은 내 가슴에도 박힌다.

"마사코 씨 말인데, 지금은 벳푸에 살고 있어."

끄응, 하고 할머니는 일어서면서 말했다.

"지금도 연하장은 주고받는 사이지. 어디 보자, 올해도 왔었는데. 어디 됐더라?"

할머니는 불단 옆으로 가 선반을 뒤졌다. 옻칠한 함을 발견하고 그 안에서 연하장 뭉치를 꺼냈다.

"마호로, 좀 찾아봐라. 성이 이쿠시마일 게다."

"응."

연하장 뭉치를 받은 무라나카가 찾고 있는데 사이렌 비슷한 소리가 울렸다. 무라나카네 집 초인종 소리인 모양이다. 무라나카가 손을 멈추고 현관으로 향했다. 남은 우리는 물끄러미 마당을 쳐다보았다. 곧이어 다투는 듯한 소리가 들려왔다.

"진정 좀 하세요, 선생님!"

"우리 손자를 납치했다고 내 말했지. 네 차에 젊은 여자하고 못 보던 아이가 타고 있더라고 히키타 씨가 알려주더라!"

우당탕퉁탕하는 소리가 가까워지자 52가 내 등 뒤로 숨었다. 미하루가 내 옆에 왔고 둘이서 52를 엄호하듯 가슴을 한껏 폈다.

뛰어 들어온 사람은 시나기 씨였다. 얼굴이 시뻘개져서 씩씩거리고 있었다. 할머니가 "이보시게, 회장. 이 무슨 짓이요?"라며 나직이 말했지만 귀에 들어오지 않는 모양이었다.

시나기 씨는 나를 가리키더니 침을 튀기며 고함쳤다.

"역시 여기 있었어. 이봐, 미시마 씨라고 했지. 우리 손자 이리 내!"

"저는 따님에게 아이를 맡겠다고 했습니다. 그랬더니 알아서 하라고 했어요."

시나기 씨에게 질세라 큰 소리로 말하자 시나기 씨는 "바보야?" 하고 내뱉었다.

"어린아이가 뭐 개나 고양인 줄 알아? 우리 딸은 제 자식 없어졌다고 찾으러 간다면서 나가 버렸어."

나가 버렸다고? 고개를 갸웃거리자 무라나카의 할머니가 "나가 버렸다니, 설마 사라진 거요?"라고 물었다. 시나기 씨가 얼굴을 일그러뜨리며 고개를 끄덕이자 할머니는 "회장, 그건 남자랑 도망친 게 아니요?"라며 어이없다는 어조로 말했다.

"요즘 부쩍 요시야 주차장에 구마모토 번호판을 단 차가 대져 있더라고 하던데 그거 코토미의 새 남자 아니요? 이 아가씨한테 제 자식을 떠넘기고 도망친 거로구먼."

"거 무슨 말도 안 되는 소릴! 제 자식 찾아 놓으면 코토미는 돌아올 거야!"

"때리려요?"

그렇게 묻자 시나기 씨가 움찔하더니 나를 노려보았다.

"이 사람이 뭔 소리야?"

"코토미 씨는 이 아이를 때리러 오는 거냐고 물었습니다. 당신도 지금 이 아이한테 맞으러 오라는 건가요?"

시나기 씨가 손을 바들바들 떨며 내게로 다가왔다. 이럴 때는 십중팔구 주먹이 날아온다고 머릿속에서 경고등이 켜진다. 나는 그런 말도 안 되는 주먹을 맞아 왔다. 하지만 설령 맞는다 해도 상관없다. 내 뒤에 있는 의지할 데 없는 이 아이만 안전하다면.

"코토미는 그런 짓 안 해! 코토미는 버릇을 고쳐 주려고 훈육했을 뿐이야."

"그 훈육이라는 게 아이 혓바닥을 담뱃불로 지지는 거예요!?"

시나기 씨의 발이 멈췄다. "어떻게 그런 짓을"이라며 할머니는 머리를 절레절레 흔들었다.

"그, 그런 몰지각한 짓을 코토미가 할 리 없어! 지어낸 얘기야."

"아이가 말을 하지 못하는 건 세 돌 때 그런 일을 당해서라는 증언도 받아 왔어요."

내가 말하자 미하루가 "못 믿겠으면 지금 당장 전화 걸어서 확인해 드릴까요?"라며 스마트폰을 꺼냈다. 시나기 씨는 "거짓말이야, 거짓말. 아무려니 그런 짓을 했으려고. 그런 짓까지 했을 리 없어!"라며 목청을 올렸다.

"거짓말도 작작 좀 해! 그 입 닥쳐, 닥치라고!"

시나기 씨는 얼굴이 붉으락푸르락해져서 나를 잡으려고 달려들었다. 등 뒤에서 52가 작게 비명을 지르고 나는 엄호하듯 가슴을 젖혔다. 늙은 손이 내 머리채를 잡아채기 직전에 무라나카가 시나기 씨를 붙들었다.

"자자, 선생님, 진정하세요. 일단 앉으세요, 네?"

무라나카는 억지로 앉히려 하고 시나기 씨는 몸을 비틀었다.

"너 뭐야? 너도 이 아가씨들 말 믿는 거야? 나와 코토미를 안 믿고?"

"선생님, 예전에 말씀하셨죠? 사람 눈을 보고 이야기하는 사람이 진실하다고요. 저 사람들은 똑바로 눈을 보고 있는데 선생님은 지금 누구 눈도 보고 있지 않잖아요."

무라나카가 말하자 시나기 씨가 나와 미하루에게 눈을 돌렸다. 그 시선을 똑바로 맞받아치자 시나기 씨가 눈을 피했다. 무라나카가 반쯤 힘으로 눌러 시나기 씨를 앉혔다. 나는 무의적으로 숨을 쉬지 않고 있었던 모양이다. 후우, 하고 숨을 쉰 뒤 등 뒤에 있는 52를 돌아보았다. 52는 가냘프게 떨고 있었다. 무릎을 끌어안고 몸을 움츠리고 있는 모습을 보며 "괜찮아"라고 힘주어 말했다.

"무슨 일이 있어도 널 지킬 거야."

52가 가만히 고개를 들어 맥없이 나를 쳐다본 것과 거의 동시에 할머니가 물었다.

"회장, 코토미 연락처는 알고 있을 거 아니요? 지금 당장 전화해서 이리로 오라고 해요. 내가 중재할 테니 여기서 담판을 지읍시다. 마호로, 전화기 빌려 드려라."

할머니의 말에 무라나카가 주머니에서 스마트폰을 꺼내 내밀었다. 무라나카 손에 들린 스마트폰을 멀거니 쳐다본 시나기 씨는 힘없이 고개를 저었다. 등을 옹그려 몸집이 작아졌다.

"그런 걸 내가 어떻게 알아요? 애 찾으려면 돈이 필요하다고 집에 있는 돈 싹 다 긁어모아서 남자 차 타고 갔는데."

시나기 씨가 머리를 두 손으로 감싸 쥐었다. 초 단위로 사람이 시들어가는 것 같았다.

"말렸다가 남자한테 두들겨 맞았소. 코토미는 조수석에 앉아 내 쪽은 보려고도 하지 않고."

영혼을 토해내듯 깊은 한숨을 내쉬고 시나기 씨가 고개를 들었다. 조금 전까지 분노로 터질 듯한 얼굴이 기력 없는 노인의 얼굴로 바뀌어 있었다. 눈의 흰자가 누렇게 탁해져 있었다.

"이봐요, 무라나카 씨. 내가 어떻게 하면 좋았겠소? 얼마나 애지중지하며 키웠는데 코토미는 내리막길을 굴러 내려가는 정도가 아니라 아예 구덩이에 빠진 것처럼 나빠졌소. 나를 버리고 사라졌다가 이제 겨우 돌아왔다고 생각했더니 제자식을 개 패듯 때리고 걷어차고 차마 입에 담기도 힘든 험한 말로 욕설을 퍼붓는데. 아아, 그건 코토미가 아닐 거예요. 코토미가 나한테 똥물을 끼얹고 달아날 이유가 없지 않소? 그래, 그거야. 그건 틀림없이 코토미를 빼닮은 다른 생명체야."

"그게 당신 딸이야. 자식을 키우면 안 된다는 점이 아주 빼다 박았어."

이제 나도 모르겠다는 듯 할머니가 말을 내뱉었다. 코토미가 이 아이를 두고 가서 오히려 다행이군. 이 아인 언젠가 코토미 손에 죽었을 거야. 댁의 그 예쁜 코토미는 제 자식을 죽이는 반인륜적 패륜아가 되었을 거라고. 시나기 씨는 아무 말도 하지 않았다.

잠시 뒤 시나기 씨는 평정을 되찾았지만 52의 향후 거취를 이야기하려 하자 모른다는 말만 반복했다.

"애를 키워 본 적이 없어. 코토미 때는 아직 살아 있던 누님이 키워 주셨고. 그렇지만 이제 누님은 없어. 게다가 저, 저 벌레…… 저 아이는 아무것도 못 하잖아. 그런 걸 데려다 어떻게 해 보라고 해도 난 몰라."

시나기 씨는 52의 이름조차 나오지 않는지 손가락으로 가리키며 저 아이, 저 아이 하고 불렀다. 그때까지 언성을 높이지 않던 할머니가 "정신 차려!"라며 호통쳤다. 이봐, 그런 얼빠진 상태로 뭐 잘났다고 사람들한테 꼬박꼬박 선생님이라고 부르라 했어? 당신은 손자가 죽든지 말든지 나 몰라라 한

못난 할아비라고! 시나기 씨는 구시렁구시렁 중얼거리고만 있었다. 보다 못한 무라나카가 말을 걸었다.

"오늘은 그만 댁에 가시는 게 좋겠어요, 선생님. 원래 저희는 코토미 어머니를 만나러 갈 생각이었어요. 선생님은 보호자로서 필요할 때만 도움을 주세요. 부탁드리겠습니다."

무라나카가 머리를 숙이자 시나기 씨는 "그래? 응, 그래그래"라며 고개를 끄덕였다. 그 정도는 하지. 뭐든 말하게. 못되게 안 굴어.

"저 사람 괜찮은 거야? 상태가 영 이상해졌는데."

미하루가 작은 소리로 말한 것을 들은 듯 할머니가 "치매 같아"라고 했다.

"자기 자랑만 연신 늘어놓질 않나, 케케묵은 옛날 싸움을 갑자기 들고 와 화를 내질 않나. 노인회에서도 말들이 많아. 회장직에서 내려오게 해야 한다고 다들 그래."

그런 뒤 할머니는 내게 "이제 해도 빠졌으니 내일이라도 마사코 씨한테 가 보면 좋겠네. 마사코 씨한테는 내가 연락해 두지. 그 아인 아가씨 집에서 재울 텐가?" 하고 물었다. 나는 52의 손을 잡고 "당연하죠"라고 했다.

52는 엄마가 집을 나갔다는 말을 들었을 때에도, 할아버지가 자기에게 눈길 한번 주지 않고 가려는 지금도 아무런 감정을 내보이지 않고 내 옆에 있었다. 억울함도 슬픔도 없다. 그저 눈앞에서 벌어지는 일을 바라보고만 있다. 감정이 흔들린 때라고는 폭행을 당할 수도 있었을 그 순간 겁에 질린 것이 전부였다.

치호 씨가 죽은 사실을 알았을 때부터 아이는 감정을 어디 멀리 내던져 두고 있다. 이제 아무것도 기대하는 게 없다는 얼굴을 하고 그저 거기에 있다.

"꼬마야, 피곤하겠구나. 오늘은 푹 쉬렴. 내일은 여기 있는 형이 너를 외할머니 댁에 데려다 줄 거다."

할머니의 말을 52는 재미없는 이야기처럼 들으며 고개를 끄덕였다.

그날 밤은 우리 집에서 시간을 보냈다. 벽장을 뒤진 미하루는 "역시 이불이 없잖아!"라며 무라나카에게 차를 끌고 오라고 한 뒤 이온까지 가 여름 이불 세트를 세 개나 사 왔다. 왜 세 개나 샀느냐고 구박하니 "내년에는 타쿠미도 올 거니까"라며 천연덕스레 말했다. 바다도 가깝고 여름에는 이곳에 올 수밖에 없잖아. 52, 타쿠미라고 착한 형이 있거든. 만나면 친하게 잘 대해 줘. 52는 애매모호하게 고개를 끄덕였다.

미하루에게 한바탕 시달린 무라나카가 집으로 돌아가고 저녁은 셋이서 먹었다. 기타큐슈에서 먹은 음식 중 무엇이 맛있었느냐는 이야기부터 시작해 무라나카의 할머니가 입은 하와이안 원피스 이야기를 거쳐 마지막에는 무라나카가 화제에 올랐다. 미하루가 진지하게 말했다.

"널 도와줄 남자가 있어서 다행이야. 남자 손이 필요할 때가 종종 있잖아. 할머니 앞에서 찍소리도 못 하고 휘둘리는 모습 보니까 좀 불쌍하긴 한데 그래도 그런 타입이 제일 좋아.”

“이보세요, 무라나카랑 그런 사이 아니거든. 이번만 피치 못하게 의지하는 것뿐이야.”

무라나카가 친하게 지내고 싶다고 한 사실은 절대로 꺼내지 말아야겠다고 다짐했다. 아직, 아니 앞으로도 쭉 그런 화제로 신이 나 들뜨는 날은 없으리라. 미하루도 그런 내 마음을 알았는지 더는 말하지 않았다.

식사를 마치고 미하루는 오늘 산 새 이불을 덮고 그대로 곯아떨어졌다. 미하루에게는 신세를 너무 많이 졌다. 침을 흘리며 잠든 얼굴을 슬쩍 보고는 52에게 “우리도 자자”라고 했다.

에어컨을 켠 침실에 내 침대와 52의 이불, 미하루의 이불이 내 川 자로 나란히 놓였다. 침실 스탠드를 끄자 커튼 틈새로 달빛이 새어 들어왔다.

“잘 자.”

눈을 감는다. 하지만 좀처럼 잠이 오지 않았다. 내일 52의 외할머니를 만나러 가 향후 일을 상의한다. 가능하다면 외할머니가 52를 맡아 키우는 것이 가장 좋지 않을까? 그게 안 되면 친척을 소개받을까? 그것도 안 되면…… 시설밖에 방법이 없을까? 아니다. 외할머니는 좋은 사람이니 기꺼이 52

를 맡아 줄 것이라고 믿는 편이 낫겠지?

하지만 어딘지 마음이 편치 않다. 52가 믿었던 사람은 세상을 떠났고 지금은 어른들 손에서 손으로 옮겨 다닐 뿐이다. 나는 그런 52가 어딘가에 정착하는 모습을 지켜본다. 하지만 그걸로 정말 다 끝난 걸까?

생각을 거듭할수록 흥분되어서인지 점점 더 잠이 오지 않는다. 무라나카가 내일 일찍 데리러 오겠다고 했다. 거기 가서 이야기가 길어질 가능성도 있으니까, 라면서. 빨리 자야 한다. 침대 머리맡에 놓아 둔 MP3 플레이어를 집어 이어폰을 귀에 꽂았다. 플레이 버튼을 누르고 눈을 감았다. 몇 년이나 들어온 소리는 나를 천천히 잠의 세계로 끌고 들어간다.

꿈을 꾸었다.

거대한 고래 두 마리가 바다를 헤엄치고 있다. 빛이 들지 않는 깊은 곳이지만 어째서인지 밝다. 무수한 빛의 기포가 물밑에서 솟아오르고 있다. 나는 유유히 헤엄치는 두 고래를 멀찍이 떨어진 곳에서 바라보고 있다. 고래에 가까이 다가가려고 열심히 팔다리를 허우적거렸지만 거리는 전혀 좁혀지지 않는다.

고래 한 마리가 노래한다. 노랫소리는 메아리처럼 왕왕 울리고 그 공명은 아름다운 금색 고리가 되었다. 고리는 물속에 녹아들 듯하면서도 단단히 퍼져 나간다. 맑고 짙은 푸른빛에 번져가는 금. 너무나 아름다운 광경에 나는 움직임을 멈추고 넋을 놓은 채 바라본다. 금색 고리는 크고 굵게, 때로는 작고 가늘게 형태를 바꿔 내 머리 위를 향해 온다.

머리 위를 지난 그 순간, 고리가 사람 목소리로 바뀐 듯한 기분이 들었다.

키나코.

그 목소리에 놀라 뒤를 돌아본다. 금색 고리는 이미 근처에 없고 나를 떠나 저 멀리 하늘거리며 사라져 간다. 고리를 떠나보내며 생각한다. 지금 무척 그립고 자상한 목소리를 들은 것 같은데.

안상?

방금 그 목소리는 안상일까? 어쩌면 안상이 고래로 환생한 걸까? 목소리를 들어 줄 짝을 기다리는 고고한 고래로. 아니, 그럴 리 없다. 안상은 다음 생에 무리 속에서 행복하게 노래하는 존재가 될 테니까.

키나코.

새로운 고리가 또 다시 내 머리 위를 스쳐 지나간다. 고개를 돌려 고리를 눈으로 좇은 뒤 나는 고래에게 소리친다.

안상? 안상이야!?

내 목소리는 진동하지 않는다. 고리로 만들어지지도 않으니 고래에게 닿지 않는다. 그렇다면 저건 역시 안상일까? 그도 그럴 것이 내 목소리는 이제 그에게 전해지지 않는다.

미안해, 안상. 나한테 당신은 정말로 소중한 사람이었어.

울면서 소리쳐 봐도 역시 전해지지 않는다. 이번에는 다른 고래 한 마리가 노래를 부르기 시작한다. 이번에도 금색 고리가 생겨나 나를 향해 온다. 나는 팔다리를 크게 뻗어 그 고리는 온몸으로 받겠노라고 결심했다. 고리는 나를 목표로 곧장 날아 왔다. 점점 가까워지고 나와 맞닿는 순간 터졌다.

─도와줘.

그 목소리는 또렷이 들렸다. 너무나도 커서 고막뿐 아니라 온몸에 전류가 흐르는 것처럼 떨렸다. 반동으로 몸을 벌떡 일으키자 그곳은 어둠에 잠긴 내 침실이었다. 등이 땀으로 흥건했다.

"꿈인가? 놀래……."

온몸으로 숨을 내뱉고 무심코 침대 아래쪽을 보았다가 숨을 삼켰다. 52의 이부자리가 곤충 허물처럼 비어 있었다.

"화장실 갔나?"

그러나 왠지 가슴이 불길하게 요동쳐 미하루가 깨지 않게 조심조심 침실을 빠져나왔다. 뺨에 바람을 느끼고 살펴보니 자기 전에 분명 문을 잠갔을 현관 미닫이가 조금 열려 있었다. 순간 소름이 돋았다.

허둥지둥 샌들을 신고 현관을 뛰쳐나갔다. 달이 환해서 밤이라도 길이 잘 보였다. 52는 어디로 갔을까? 주위를 둘러보고 바다라고 직감했다. 좁은 골목길을 달음질쳐 내려갔다.

낮에 본, 모든 것을 단념한 그 얼굴. 그건 죽음을 각오한 얼굴이지 않았을까? 죄다 잃어버리고 자포자기한 심정이지 않았을까? 틀림없다. 그 얼굴은 예전에 죽으려고 생각하던 때의 나와 똑같았다. 왜 빨리 알아차리지 못했을까?

"안 돼, 안 돼."

두려운 마음에 눈물이 쏟아질 것 같았지만 기를 쓰고 달렸다. 그러다 다리가 꼬여 넘어졌다. 손을 짚을 여유도 없어 얼굴이 바닥에 먼저 닿았다. 오른쪽 뺨이 쓸렸는지 날카로운 통증이 지나가 얼굴을 찌푸렸지만 몸을 일으켜 또 다시 달렸다.

"가지 마. 부탁이야. 가지 마."

이런 형태로 남겨지는 건 싫다. 이런 형태로 잃어버리는 건 죽어도 싫다.

선주 일가가 살았다는 저택 담을 빙 돌자 달빛에 비친 제방 위에 사람 그림자가 보였다.

"뭐 하는 거야!"

달려가며 소리치자 사람 그림자가 천천히 뒤를 돌아보았다. 역시 52다. 나를 알아보고는 고개를 옆으로 흔들었다. 바다로 뛰어들 기색을 보여서 "안 돼!"라고 외치며 말렸다.

"죽지 마. 부탁이야. 그건 안 돼."

사다리를 올라가자 52가 제방 위를 달려 도망치려 했다. 아무리 환하다고 해도 자칫 발을 잘못 디뎠다가는 언제 떨어질지 모른다. 여기 바다는 깊을까? 떨어져도 괜찮을까? 잘 모르겠지만 하늘과 달리 밤바다는 끝 모를 검은빛이다. 떨어졌다가는 분명 깊은 곳으로 휩쓸려 목숨을 잃으리라.

"나랑 같이 살자!"

그렇게 소리치자 52의 발이 멈췄다. 놀란 듯 돌아보는 얼굴에 달빛이 비친다. 믿을 수 없는 것이라도 본 양 눈을 크게 뜬 얼굴에 대고 큰 소리로 말했다.

"나랑 살자. 둘이서, 저 집에서, 같이."

전속력으로 달리는 일이 익숙지 않아 숨이 가쁘다. 심장이 터질 듯 펌프질을 하고 뺨의 상처가 따끔거리며 아팠다. 숨을 헉헉 몰아쉬며 나는 말했다.

"무엇이 가장 좋은 방법일지 생각했어. 네 목소리를 듣겠다고 한 건 나잖아. 널 다른 데 맡기고 그걸로 다 끝났다고 여기는 건 아닌 것 같아. 그리고 내가 네 옆에 있고 싶어. 그러니까 둘이서 살아가자. 난 멋진 어른도 아니고 너를 어이없게 할 때도 있겠지만, 그래도 너랑 같이 성장할 수 있게 노력할게."

온 힘을 다해 말했다. 52가 내 진의를 살피듯 쳐다보았다. 사람에 대한 믿음을 잃은 얼굴을 보며 나는 다시 입을 열었다.

"정말이야. 나는 네 옆에 있고 싶어. 네가 만나야 할 짝과 만나는 걸 보고 싶어."

52가 의아하다는 듯 눈을 깜박였다. 어리둥절해하는 얼굴빛을 보고 살짝 웃음을 지으며 이야기를 계속했다.

"영혼의 짝이라고 알아? 나도 다른 사람한테 들은 건데 사람에게는 영혼의 짝이 있대. 사랑하고 또 사랑받는 영혼의 짝 같은 사람이 단 한 명 있다는 거야. 너한테도 반드시 있어. 네가 그 영혼의 짝을 만날 때까지 내가 지켜 줄게."

예전에 몇 번이고 곱씹으며 꼭 끌어안은 말이 내 혀 위에서 선명히 되살아났다. 눈물이 절로 흘렀다.

안상. 조금 전 내게 목소리를 전해 준 고래 중 한 마리는 안상이었지? 나, 결국 마지막에야 안상의 목소리를 들을 수 있었어. 안상이 또 나를 구해 줬어. 나와 이 아이에게 새 인생을 선사해 줬어.

난 당신을 행복하게 해 주지 못했지만 이 아이만은 꼭 행복하게 해 줄 거야. 이 아이의 목소리만은 언제라도, 언제까지고 들을 거야. 용서해 달라고는 차마 말할 수 없지만 적어도 나를, 이 아이를 지켜봐 줘.

"내가 지켜 줄 테니까 집에 가자."

손을 뻗어 내밀며 사랑을 담아 그 이름을 불렀다.

"나랑 집에 가자, 이토시."

달빛 아래서 소년의 몸이 크게 떨리는 것을 알 수 있었다. 그리고 소년은 밤하늘을 올려다보았다. 파도 소리만이 공간을 채운 세상에서 아아, 하는 소리가 울렸다. 아아, 아아 하고 이토시가 몸을 꺾어 소리를 질렀다. 무언가와 맞서 싸우는 듯한 그 모습을 나는 손을 내민 채 지켜보았다. 흐르는 눈물을 닦고 이토시가 나를 보며 외쳤다.

"키나코!"

똑똑히 들었다. 그것은 안상을 닮은, 이토시의 목소리였다.

"이토시."

"키나코! 키나코!"

이토시가 달려온다. 힘차게 안겨오는 몸을 온몸으로 받았다. 선명한 힘과 온기가 내 팔 안에 있다. 나도 세게 끌어안으며 소리 내 울었다.

나는 또 운명과 만났다. 첫 번째는 내 목소리를 들어 주었고, 두 번째는 내가 목소리를 듣는다. 이 두 번의 만남을, 만남에서 얻은 기쁨을 이번에는 절대 잊지 않으리라.

부둥켜안은 우리는 멀리서 지면을 때리는 듯한 크나큰 소리에 깜짝 놀랐다. 눈물을 닦고 둘이서 해안선 너머를 보았다.

"말도 안 돼……."

거기에는 물보라를 일으키며 바다로 들어가는 커다란 꼬리지느러미가 있었다.

8. 52헤르츠 고래들

    나와 이토시가 함께 살기란 현재로서 아주 어렵다고 알려 준 사람은 코토미의 어머니인 마사코 씨였다.

    마사코 씨는 꼼꼼하고 착실한 인상을 주는 여성이었다. 시나기 씨와 이혼하고 친정이 있는 벳푸로 돌아와 지금은 재혼한 남편과 친구 여럿이서 가정 형편이 어려운 아이들이 마음 편히 찾아와 밥을 먹을 수 있는 어린이식당을 운영하고 있다고 했다. 커다란 자택 옆에 '마사짱 식당'이라는 간판을 내건 건물이 있었다.

    "사치에 씨에게 연락을 받고 악몽을 꾸는 줄 알았어요. 있어서는 안 될 일이니까. 아아, 그건 그렇고 헤어질 무렵의 코토미와 얼굴이 참 많이 닮았네. 이렇게 닮았는데 그 사람도 그렇고 코토미도 어떻게 그런 짓을……."

    마사코 씨는 이토시를 보며 비정한 사람들이라고 거칠게 말했다. 남편인 슈지 씨는 눈물이 많은 사람인지 할머니와 손자의 상봉에 엉엉 울었다. 두 사람 사이에 자식은 없었다. 내가 사정을 이야기하자 슈지 씨는 이토시를 자신들이 꼭 맡아 키우고 싶다고 했다. 마사코 씨도 자신들이 거두는 것이 당연하다고 고개를 끄덕였다.

"어쩔 수 없었다고는 해도 그때 그렇게 코토미를 어중간하게 두고 나온 걸 뼈저리게 후회하며 살았어요. 이토시가 지금껏 고통 속에서 산 데에는 내 잘못도 있어요. 나한테는 이토시를 제대로 된 어른으로 키울 의무가 있어요."

두 사람은 가정위탁보호제도도 잘 알았는데 그동안 아이를 단기간 위탁받아 보살핀 적도 있다고 한다. 이렇게 좋은 사람들이라면 믿을 수 있겠다고 생각했지만 이토시는 고개를 저었다.

어젯밤 둘이서 살자고 이토시에게 말했다. 그랬기에 이토시는 마사코 씨가 있는 벳푸에 가기 싫다고 고집을 부렸다. 하지만 무라나카의 할머니인 사치에 씨가 마사코 씨에게 미리 연락을 넣기도 했고 조금이라도 이토시에게 버팀목이 되어 줄 사람이 늘어나면 좋겠다 싶어 데리고 온 것이었다.

하지만 그간의 사정을 설명하고 이토시는 나와 함께 살기를 바란다는 뜻을 전하자 마사코 씨의 목소리가 한층 날카로워졌다.

"무슨 소리 하는 거예요? 아가씨가 아무런 관련도 없는 이 아이를 여기까지 데리고 와 준 데 진심으로 감사하고 있어요. 착하고 멋진 아가씨라고 생각해요. 하지만 그것과 이건 별개의 이야기예요. 아가씨 이야기를 듣기론 이토시와 알고 지낸 지 오래되지도 않았다면서요? 이건 일시적이고 충동적인 감정으로 정할 문제가 아니라고요. 생각이 안이해."

마사코 씨가 딱 잘라내듯 말했다. 그런 마사코 씨에게 이토시는 고개를 옆으로 흔들며 거부 의사를 보였지만 언어가 나오지는 않았다. 어젯밤에는 말할 수 있었는데 아무렇지 않게 말하기까지는 아직 시간이 필요한 모양이다. 몇 번이나 말을 입 밖에 내보려 하지만 혀가 잘 움직이지 않았다. 여기 오는 동안 차 안에서도 억지로 소리를 내려 하면 토하고 또 시도하면 토하고를 반복했다.

언어가 나오지 않는 대신 완강하게 고개를 흔드는 이토시를 보고 마사코 씨가 미간을 찌푸리며 한숨을 쉬었다.

"이토시의 마음을 잘 알겠어요. 그럼 차례대로 설명할게요. 하나도 모르는 것 같으니."

마사코 씨가 향후 절차에 대해 설명해 준 바에 따르면, 먼저 코토미에게서 친권을 박탈해야 한다고 한다. 코토미가 또 홀연히 나타나 이토시의 엄마라고 주장하는 것도 충분히 있을 수 있는 일이었다. 친권 상실을 청구해 법원에서 이를 별 탈 없이 받아들이면 이어 다른 친권자를 찾아야 한다.

"이때 미성년후견인이란 제도가 있는데 물론 미시마 씨가 여기에 이름을 올릴 수는 있어요. 하지만 솔직히 말해 미시마 씨는 어려워요. 일단 피 한 방울 섞이지 않은 타인이라는 점. 그리고 경력이나 가정 상황 같은 것도 심사 대상이 되기 때문에……."

마사코 씨는 말끝을 흐렸지만 독신인 데다 인생 경험도 부족하고 현재 무직인 나로서는 힘들다는 뜻이리라.

"게다가 이토시는 앞으로 병원에 다녀야 해요. 학교도 경우에 따라선 특수학급이 있는 곳을 찾아야 할 수도 있고요. 미시마 씨는 이제부터 일자리를 찾아야 할 테고, 직장일과 더불어 이토시가 사회에 잘 적응할 수 있게 여러 가지를 병행해야 해요. 그게 과연 가능할까요? 어렵지 않겠어요?"

내게 엄중하게 말한 마사코 씨는 이토시에게로도 고개를 돌렸다.

"너도 그래. 미시마 씨가 널 구해 주고 여기까지 데리고 와 준 것만으로도 얼마나 큰 폐를 끼친 줄 아니? 미시마 씨의 말을 곧이곧대로 받아서 네 고집만 세워서는 안 돼. 사람이란 서로 돕고 사는 거야. 하지만 지금 넌 미시마 씨에게 도움만 받고 네가 도움을 주지는 못해. 분명히 말하면 부담일 뿐이야. 처음에는 좋아도 언젠가는 미시마 씨도 널 무거운 짐처럼 여길 거야. 넌 미시마 씨가 네 무게 때문에 무너지는 그때에도 미시마 씨 등에 올라타고만 있을래?"

현실을 지적당하고 그만 말문이 콱 막혔다. 사람 한 명을 구하고 키우는 데 엄청난 힘이 든다는 걸 새삼 통감했다. 나는 그만큼 많은 사람에게 폐를 끼쳐 놓고 아직도 세상 물정 모르는 철부지 같은 스스로가 한심해졌다. 옆에 앉은 이토시를 보니 나 이상으로 침통하게 있었다. 무릎 위에 놓인 주먹을 뚫어져라 보고 있었다. 눈물이 맺힌 옆얼굴을 보며 이토시의 주먹에 내 손을 올렸다.

"……현재로서는 제가 이토시를 돌보기 어렵다는 건 잘 알겠습니다. 그럼 어떻게 하면 되는지 알려주시지 않겠어요?"

어렵다는 이유로 쉽게 포기해서는 안 된다. 모르면 배움을 청하면 된다. 내가 그렇게 묻자 그때까지 가만히 있던 슈지 씨가 "이건 지금 막 떠오른 방법인데"라는 말로 운을 뗐다.

"일단은 역시 마사코가 이토시의 미성년후견인이 돼야겠지. 혈연인 마사코가 후견인에 이름을 올리는 게 가장 빨라. 다른 일가친척도 없으니 손쉽게 통과될 거야. 게다가 우린 지금껏 많은 아이를 돌봐 왔어. 그중에는 몸이나 마음에 상처가 있는 아이도 있었고. 그 아이들과 함께한 경험이 분명 이토시에게 도움이 될 거야. 우리라면 이토시를 전력으로 지원할 수 있다고 생각해."

역시 그 방법밖에 없을까? 나는 이토시를 충분히 지원해 주지 못한다. 나 자신의 무력함이 원통해 나도 모르게 입술을 깨물었다. 어젯밤 넘어졌을 때 생긴 뺨의 상처가 따끔거렸다.

"……자, 이제부터가 중요한데 이토시가 만 열다섯 살이 되면 본인이 청구인이 되어서 후견인 선임을 청구할 수 있어. 이 사람이 내 미성년후견인이 되면 좋겠다는 의사를 이토시가 법원에 전달하는 거지."

말뜻을 잘 몰라 고개를 드니 슈지 씨는 에비스(복을 가져다주는 일곱 신 중 한 명-옮긴이)처럼 수더분하게 웃고 있었다.

"앞으로 2년 뒤야. 2년 뒤에도 미시마 씨가 지금과 똑같이 이토시와 살고 싶어 하고 이토시도 같은 마음이라면 그때 이 문제를 다시 함께 거론해 보자고. 그러나 그땐 미시마 씨가 자기 상황을 개선해 이토시를 받아들일 수 있는 여건을 갖추고 있어야 하고 이토시도 자립하지 않으면 안 돼. 2년 후에 두 사람이 함께 살아도 안심할 수 있겠다고 다른 사람들이 인정할 만큼 성장하면 내가 마사코에게 미성년후견인을 사임하라고 할게. 그리고 이토시가 미시마 씨를 새 미성년후견인으로 선임할 수 있게 청구도 거들게."

이토시와 얼굴을 마주 보았다. 아직 희망이 남아 있다는 뜻일까?

"이건 말처럼 쉬운 일이 아니야. 두 사람 모두에게 가혹한 2년이 될 거야. 정말로 간절히 원한다면 죽기 살기로 하지 않으면 안 돼. 그렇지만 나는 두 사람이 최선을 다하겠다고 하면 언제든 도울 생각이야. 그러니 어려워 말고 마음껏 기대. 자, 여보, 이렇게 하면 어떻겠어?"

슈지 씨가 묻자 마사코 씨는 나와 이토시를 번갈아 보며

"문제를 2년 뒤로 미루는 것으로밖에 안 보이는데"라며 딱딱한 표정을 풀지 않았다.

"좋은 생각 같아요."

손을 들고 쭈뼛쭈뼛 입을 연 사람은 말없이 대화를 듣던 미하루였다.

"저는 그 말씀에 찬성이에요. 지금 키코 혼자서 이토시를 맡았다가는 분명히 둘 다 쓰러질 거예요. 2년이란 시간은 준비 기간으로 안성맞춤이고 상황을 이성적으로 살펴볼 수 있어 좋지 않을까요?"

미하루는 마사코 씨와 생각이 같아서 여기 오기 전에 이미 우리보고 생각이 안이하다고 한차례 힐책한 터였다.

"그렇다면 전 미시마 씨가 일자리 찾는 걸 돕겠습니다. 정사원으로 제대로 일할 수 있는 곳이 좋겠네요."

무라나카도 가세하고 나는 고맙다며 머리를 숙였다. 그리고 마사코 씨를 보자 마사코 씨는 "나쁘지는 않겠네요"라며 위엄 있게 말했다.

"……목표가 있으면 사람은 더 열심히 하니까."

말투는 떨떠름했지만 표정은 조금 누그러져 있었다. 슈지 씨가 빙그레 웃었다.

"감사합니다. 이토시, 나는 이 방법이 제일 좋을 것 같은데 네 생각은 어때?"

이토시에게 묻자 울 것 같은 얼굴로 나를 올려다보았다.

그리고 그 자리에 있는 모든 사람을 둘러보았다. 어른들에게 무언가 하고 싶은 말이 있는 듯했지만 이내 입술을 꽉 깨물었다.

"널 버리는 게 아니야. 함께 살기 위한 첫걸음이야. 나 정말 최선을 다할 거야. 그러니까 이토시도 힘내. 알았지?"

포개 놓은 손을 꼭 쥐고 말하자 이토시가 천천히 고개를 끄덕였다. 그러고는 수첩을 꺼냈다. '이제 못 보는 거야?'라고 쓰고 우리에게 내밀었다.

"어머, 아무리 그래도 우리가 그렇게 앞뒤 꽉 막힌 사람들은 아니거든."

마사코 씨가 갑자기 웃었다.

"언제든 보러 가도 되고 또 반대로 미시마 씨가 언제든 와도 괜찮아. 그리고 오늘부터 당장 여기 있으라고도 안 해. 지금은 여름방학이잖아. 미시마 씨와 좀 더 있다가 와. 우리는 그 사이에 너를 더 좋은 환경에서 맞이할 준비를 해야지. 어때, 됐어?"

거기까지 듣고 이토시는 그제야 안도한 듯 숨을 내쉬었다. 나는 그 얼굴을 보고 마사코 씨 부부에게 머리를 숙였다.

"잘 부탁드립니다."

"우리야말로 잘 부탁한다고 해야겠지. 우리와 이토시를 만나게 해 줘서, 인연을 이어 줘서 고마워요. 모두 아가씨 덕분이야."

슈지 씨의 말에 순간 놀라 몸 둘 바를 몰랐다. 나는 더욱 깊이 머리를 숙였다.

그 후로 이토시와 미하루와 셋이서, 가끔씩 무라나카가 합세해 여름을 보냈다. 바닷가에서 물놀이를 하고 밤에는 불꽃놀이도 했다. 마을 여름 축제에 맞춰 즐비한 노점을 둘러보며 떠들고 툇마루에 나란히 누워 낮잠을 잤다. 벳푸에 있는 마사코 씨 부부를 만나러 가기도 했는데 그때는 '우미타마고'라는 해안 수족관에서 놀았다. 이토시는 가끔 미소 짓게 되었고 키나코라고 부르는 횟수가 늘었다. 미하루, 하고 부른 날에는 미하루가 울었다.

시나기 씨는 코토미가 사라진 것이 원인이었는지 치매가 급격히 진행되었다. 사치에 씨가 주민센터에 아는 사람과 이야기해 어디 노인요양시설에 자리가 비는 대로 들어가게 되었다는 이야기를 들었다. 교장으로 재직하던 시절 이야기만 하고 코토미를 화제로 꺼내면 모른다고 역정을 내는 모양이었다. 사치에 씨는 자기 그릇 밖으로 비어져 나오는 것은 싹다 잘라 내치는 좀스러운 남자라고 혀를 찼다. 그러고 보니 노인회 회장 자리에는 사치에 씨가 복귀했다고 한다.

코토미는 여전히 행방불명이다. 이토시의 친권 상실 절차를 밟기 위해서라도 돌아와야 하는데 다들 올 리가 없다고 한다. 즈그 애비가 요양시설에 들어갔다고 풍문으로라도 들었으믄 머리끄댕이 붙잡고 오라 캐도 안 올기다. 친모가 사람들 입에 그런 식으로 오르내리면 기분이 좋지는 않겠지만 이토시는 어쩔 수 없다는 듯한 얼굴로 듣고 있었다.

여름방학이 끝나갈 무렵, 마사코 씨 부부에게서 이토시를 맞이할 준비가 다 되었다는 연락이 왔다. 마침내 이토시를 벳푸에 데리고 갈 날이 정해진 것이다.

이별이 하루 앞으로 다가온 밤, 무라나카네 집 마당에서 바비큐 파티를 한다고 오라는 초대를 받았다. 사치에 씨의 배려일 것이다.

해가 진 뒤 셋이서 무라나카네 집으로 가자 맛있는 냄새가 솔솔 풍겼다. 툇마루 쪽에서 무라나카가 머리에 수건을 두르고 바비큐 화로 앞에 서 있었다. 무라나카 집을 방문했을 때 몇 번 만난 무라나카의 어머니 유미 씨와 사치에 씨가 테이블을 세팅하고 있고 툇마루에 걸터앉은 아버지 마스미 씨는 벌써부터 캔맥주를 기울이고 있었다.

"오오, 어서 와!"

마스미 씨는 밝고 쾌활한 아저씨다. 항상 싱글벙글 웃으며 연습 중이라는 마술을 어설프게 보여 주었다. 무라나카는 아버지를 닮은 것 같다.

"초대해 주셔서 감사합니다. 아, 이건 빈손으로 오기 뭣해서."

잔뜩 사 온 맥주와 주스를 셋이서 들고 있으니 유미 씨가

"세상에, 그걸 다 마시려고?"라며 웃었다. 사치에 씨는 "요즘 젊은 여자들은 고작 맥주 따위에 만족해서는 아주 약해 빠졌어. 끽해야 보리잖아, 보리"라며 얼굴을 찌푸렸다.

"고기 다 구워 가. 이토시도 해 볼래?"

무라나카가 말을 걸자 이토시가 고개를 끄덕이고 달려갔다. 나와 미하루는 유미 씨에게로 가 "거들게요"라고 했다.

"아니야, 손님들은 먹어. 직원 할인가로 곤도마트에서 고기 왕창 사 왔어. 좀 있으면 켄타랑 어머님 친구 분들도 온다고 했으니까 좋은 고기는 지금 먹어 둬."

유미 씨가 웃고 사치에 씨도 "빨리 먹어"라고 했다.

"키나코! 미하루!"

소리가 나 돌아보니 이토시가 집게를 흔들고 있다. 고기를 다 구웠다는 신호인 모양이다. 위로 치켜 올라간 입꼬리가 사랑스럽다.

"좋았어! 마구 먹어 줄 테다!"

나는 접시와 젓가락을 챙겨 들고 미하루와 웃었다.

술을 마시고 고기를 먹고 서로를 바라보며 웃는다. 사람이 늘어나고 바비큐 파티는 분위기가 한층 무르익었다. 날이 저물어 하늘에는 별이 반짝이고 멀리서 파도 소리가 들렸다. 나는 맥주를 마시던 손을 멈추고 하늘을 올려다보았다. 포근한 웃음소리. 소중한 사람들의 목소리. 행복의 냄새. 죽어 있던 내가 지금 여기 이렇게 있다는 것이 마냥 신기했다.

"그라고 보이 고래는 잘 갔을라나?"

"우리 아들이 인자 안 온다 카든디."

"이상한 고래구먼."

근처에서 사치에 씨의 친구들, 그러니까 곤도마트의 상주 멤버들이 담소를 나누고 있었다. 다들 하와이안 원피스를 입었는데 노란색 코끼리에 몬스테라까지 무늬가 현란하다.

나와 이토시가 한밤중에 본 고래는 꿈도 허깨비도 아닌 진짜였다. 가끔씩 길을 잃고 온다고 한다. 모습을 보였다가 사라지기를 며칠이나 반복하더니 지역 방송국에서 바닷물을 내뿜는 모습을 우연히 포착해 뉴스에도 나왔다. 그 고래가 요 며칠간 전혀 모습을 보이지 않고 있다. 분명 새 친구를 찾으러 갔을 것이다.

"키요코의 손녀는 이름이 키코라고 했지?"

걸걸한 목소리가 들려 돌아보니 사치에 씨가 옆에 서 있었다. 오늘은 다마스크 무늬의 하와이안 원피스를 입었다. 어쩌면 사치에 씨는 이곳의 인플루언서인지도 모르겠다. 노인회 회장이고, 무엇보다 사치에 씨를 따라 친구들이 죄다 하와이안 원피스를 입고 있는 이 막강한 영향력을 보면.

"저희 할머니 성함을 알고 계시네요."

그렇게 말하자 사치에 씨는 "그런 성미 까다로운 할망구, 잊을 수가 없지"라며 얼굴을 찌푸렸다. 하지만 어째서인지 그 얼굴에 싫어하는 기색은 없었다.

"당장이라도 죽을 것 같은 사연 있는 얼굴로 여기 왔는데 덜떨어진 남자들이 그걸 보고 사족을 못 썼어. 딱 우리 마호로 같은 표정이었지. 헤벌레해 가지고 한심하기 짝이 없는."

사치에 씨는 은근히 손자를 깎아내리고는 나를 흘끔 보았다.

"키요코는 아무한테도 이유를 알리지 않고 여기로 왔다고 했는데 맞아?"

"네. 엄마와 사이가 굉장히 안 좋았거든요. 전 여기 몇 번 왔었는데 엄마가 할머니와 마주 대하는 것도 싫어해서 할머니가 데리러 오셨을 정도였어요. 엄마는 할머니가 왜 여기로 이사하셨는지 전혀 모른다고 했어요."

사치에 씨는 등 뒤를 돌아 이토시가 떨어진 곳에서 밥을 먹는 모습을 확인한 뒤 담배에 불을 붙였다. 반딧불이 같은 불이 깜박거리고 이내 사치에 씨가 천천히 담배 연기를 내뿜었다.

"아이까지 낳은 좋아하던 남자가 죽었다더군."

가늘고 긴 연기가 밤하늘에 녹아들었다.

"본처가 있어 장례식에 참석도 못 했다더라고. 남자는 마지막으로 만났을 때 키요코에게 그랬대. 자신이 죽거든 추억의 장소에서 기다려 달라, 죽은 뒤에라도 어떻게 해서든 당신을 만나러 가겠다. 그 추억의 장소가 이 동네야. 둘이서 딱 한 번 여행 온 곳이 규슈인데, 차 타고 가면서 고래를 봤다더군. 커다란 고래가 물을 뿜었다고 했어."

"고래……."

발끝에서부터 무언가가 차오르는 듯한 느낌에 휩싸여 몸을 떨었다. 사치에 씨를 보니 "제법 낭만적이지?"라며 담배를 입에 물고 웃고 있었다.

"순진한 처녀 얼굴을 하고는 우리보고 '여기에 고래가 자주 오나요?' 하고 물었지. 그딴 거 잘 안 온다고 했더니 풀이 팍 죽어서."

킥킥 웃으며 사치에 씨는 "남자들이 입에 침이 마르게 칭찬하는 꼴이 눈꼴셔 그렇지, 본인은 좋은 사람이었어"라고 했다.

나는 우리 집 마당을 떠올렸다. 멀리 바다가 보이는 아담한 집. 할머니는 거기서 줄곧 고래를 기다렸을까?

"저희 할머닌 고래를 보셨나요?"

그렇게 묻자 사치에 씨는 아쉽다는 듯 고개를 흔들었다.

"고래 같은 거 잘 안 와. 처녀 적부터 여기서 산 나도 겨우 세 번쯤 봤나?"

"그래요?" 하고 말하는 내 목소리가 기운이 없다. 그러나 사치에 씨는 밝게 말했다.

"바람피운 건 좀 그렇지만 좋은 남자였나 보더라고. '좋아하던 남자가 언제 만나러 올지 기대돼요.' 그러면서 웃었어. 어떤 식으로 찾아올까, 혹시 이걸까, 하면서 나비가 날아다니는 모습만 봐도 좋다고 했어. 그러니 자기는 외롭지 않다고. 뭐, 당연한 소리지만 올 리가 없지. 우린 키요코가 죽었을 때에 데리러 왔겠지, 하고 그 사람 마지막 길을 배웅했어."

"아니야. 일전에 온 그 고래야."

"헤헤. 나는 인자 와도 소용없다고 바다 보고 웃었는디."

소리가 나 고개를 돌려보니 조금 전 할머니들이 이쪽을 보며 웃고 있었다. 그 얼굴들이 어딘지 따스하다.

"키요코 씨가 애저녁에 세상 뜬 걸 알고 서두른 기라. 얼빠진 남자다."

"아니지, 본처한테 먼저 갔을 수도 있지. 심보가 괘씸한 남자야."

"고래가 됐어도 양다리인겨? 하이고, 무시라."

웃고 있는 할머니들과 사치에 씨를 보며 눈가가 뜨거워졌다. 할머니는 여기서 적적하지 않았다. 아주 행복하게 살았다.

사치에 씨가 담배를 피우며 말했다.

"아가씨도 여기서 최선을 다해. 키요코 손녀잖아. 가슴속에 어떤 일을 간직했든 머잖아 웃으며 살아갈 수 있어."

"……네."

눈가에 맺힌 눈물을 닦고 고개를 끄덕였다. 내 이름을 부르는 소리에 돌아보니 이토시와 미하루가 내게 손을 흔들고 있었다.

"키나코!"

"마시멜로 구웠어. 엄청 맛있어!"

이리로 와 보라는 두 사람을 보며 사치에 씨가 얼른 가 보라고 했다. 할머니들에게 목례를 하고 달려갔다.

"자, 이거 초코 마시멜로."

말랑말랑하게 녹은 마시멜로를 초콜릿이 감싸고 있다. 바비큐 불빛에 비친 미하루와 이토시는 즐거워 보였다. 땀범벅인 무라나카와 켄타가 "고기도 먹어! 줄지가 않아!"라고 하고 무라나카의 부모님은 툇마루에서 그 모습을 지켜보며 미소 짓고 있었다. 결국 시커멓게 탄 고기와 마시멜로를 번갈아 먹은 무라나카가 "우웩, 맛없어" 하고 맥주를 단숨에 들이켜자 켄타가 "올, 형 멋진데!"라며 놀리듯 치켜세웠다. 이어 무라나카가 켄타의 입에 딸기 마시멜로와 삼겹살을 쑤셔 넣었고 켄타가 얼굴을 일그러뜨렸다.

"키코, 나 내일 도쿄 가."

웃고 있는 내게 미하루가 말했다. 이제 그만 가 봐야 해. 미안해. 그 목소리가 조금 어둡다.

"아, 그렇겠다. 응, 오래 있었으니까."

말하는 동안 배 안쪽에서 바람이 분다. 소중한 부분이 뻥 뚫려 사라져 버린 것 같다. 여기까지 날 찾으러 오고 내 고통의 절반을 덜어 가 준 미하루가 없다고 생각하니 걷잡을 수 없이 허전해진다. 내일이면 이토시도 이곳을 떠나는데 미하루까지 간다니. 그렇다고 미하루를 여기 계속 잡아둘 수도 없는 노릇이다. 그랬다가는 타쿠미가 날 잡아먹으려 할 것이다.

애써 웃어 보이며 "고마워"라고 했다.

"정말로 고마워. 미하루 덕에 나 이제 앞을 볼 수 있게 됐어."

"그건 이토시 덕분이지. 그리고 네 본인의 노력이려나?"

후훗 웃으며 미하루가 나를 끌어안았다.

"내일 헤어질 때 말하려 했는데 내일이 되면 말도 잘 안 나오고 발길도 안 떨어질 테니까 지금 말할게. 넌 누구보다도 소중한 내 친구야. 그러니까 앞으로 무슨 일 생기면 주저 말고 말해. 언제 어디든 달려갈 테니까. 무슨 일이 있어도 난 널 구할 거야. 그러니까 여기서 지금처럼 쭉 웃으며 지내."

"……뭐야, 왜 울고 그래?"

"흥. 너도 울면서."

부둥켜안고 같이 울었다. 나는 행복하다. 정말로 행복하다. 죄다 잃었다고 생각했는데 이렇게나 많은 것을 가지고 있었다.

"술주정뱅이들이 울고 있네, 이토시."

켄타가 히힛 웃다가 곧바로 "우와, 형이 왜 울어요?"라며 어이없다는 투로 소리를 질렀다. 보니까 무라나카가 감정이 격해져 울고 있었다. 무라나카는 첫인상과 달라도 너무 다르다. 나와 미하루는 눈물을 닦고 웃음을 터트렸고 무라나카는 "미시마 씨가 웃고 있는 것만으로도 감동해서"라며 더 꺼이 꺼이 울었다.

그때 사치에 씨가 "당신 뭐야!" 하고 소리쳤다.

그 소리에 놀라서 보니 시나기 씨가 우리 쪽으로 휘청휘청 다가오고 있었다. 처음 보았을 때 단정하게 빗어 넘겼던 머리는 산발이 되었고 옷도 엉망이다. 여성용 샌들을 신은 시나기 씨의 손에는 지팡이가 들려 있었다. 굵은 지팡이를 보고 의붓아버지의 느릅나무 지팡이를 떠올린 나는 그 자리에서 몸이 얼어붙고 말았다. 시나기 씨는 나만 쳐다보고 있었다. 그 눈이 증오로 일렁인다.

"너 때문에 코토미가 사라졌어. 코토미를 돌려내. 지금 당장 돌려내."

"할아버지, 위험해요. 우앗."

켄타가 지팡이를 빼앗으려 하자 시나기 씨는 지팡이를 휘두르며 위협했다. 이어 무라나카가 가까이 다가갔다가 미처 피하지 못하고 지팡이에 맞고 말았다. 힘이 실린 지팡이의 충격이 강했는지 무라나카는 그 자리에서 쓰러졌다.

시나기 씨와의 거리가 좁혀진다. 미하루의 비명 소리가 들리고 이토시가 내 손을 당겨 도망치려 한다. 하지만 나는 지팡이가 허공을 가르는 소리에 움직일 수 없다. 시나기 씨가 의붓아버지로 보인다. 어라, 의붓아버지는 내가 집을 나오고

286

반년쯤 지나 죽었을 텐데. 은혜도 모르는 년은 올 필요 없다고 해서 장례식장에 가지 않아 모르겠다. 실은 살아 있어서 나를 꾸짖으러 왔을까?

"가만 안 둬, 가만 안 둘 거야!"

시나기 씨, 아니 의붓아버지가 내게 지팡이를 번쩍 치켜들고 달려든다. 아아, 나를 치겠구나. 눈을 감고 나도 모르게 소리친다.

"도와줘, 안⋯⋯!"

그 순간 내 옆에서 별안간 무언가가 튀어나와 의붓아버지를 밀쳤다. 비틀거리며 쓰러진 사람은 시나기 씨였다. 나는 연신 눈을 깜박였다. 지금 무슨 일이 벌어진 거지?

"이토시!"

켄타가 소리쳐서 보니 시나기 씨를 밀친 사람은 이토시였다. 온몸으로 숨을 내쉬며 이토시가 뒤를 돌아 나를 보았다.

구해 줬다. 이토시가 구해 줬⋯⋯?

다리에 힘이 풀려 자리에 주저앉은 내게 미하루가 "키코, 괜찮아?"라며 어깨를 잡고 흔들었다.

"괘, 괜찮아. 아, 무라나카를⋯⋯."

"무라나카 부모님이 가 계셔."

온몸에서 진땀이 솟아났다. 무서웠다. 이런 일이 일어날 줄은 생각도 못 했고 이런 식으로 과거가 재생될 줄도 몰랐다. 가슴에 손을 대고 심호흡을 계속하고 있는데 눈앞에 불쑥 가느다란 다리가 나타났다. 순간 전에도 이런 일이 있었다는 생각이 들었다. 고개를 들자 여전히 거친 호흡을 내뱉는 이토시가 손을 내밀었다.

"구해, 줬어."

떨리는 목소리로 말하자 이토시가 굳은 표정으로 고개를 끄덕였다.

"강해질 거야. 앞으로 더."

그 눈에는 지금껏 본 적 없는 강한 빛이 깃들어 있었다. 그 힘에 시선을 빼앗겨 호흡하는 것도 잊었다.

그 후 바비큐 파티는 유야무야되고 주변은 난장판이 되었다. 경찰이 오고 시나기 씨가 연행되었다. 텅 빈 눈으로 허공을 응시한 채 연행되는 시나기 씨를 보니 그저 애처로웠다. 무라나카는 출혈이 있어 구급차에 실려 병원으로 옮겨졌고 가벼운 뇌진탕 진단을 받았다. 불행 중 다행이었다.

경찰 조사도 받아야 해서 내일 벳푸에 늦게 도착할 것 같다고 연락하니 마사코 씨 부부가 여기로 오겠다고 했다. 마사코 씨는 헤어진 남편이 저지른 짓에 심한 충격을 받았지만 "그 사람 친척이라곤 아무도 없어요. 한때 부부였던 정도 있으니 내가 도울 일은 도와야죠"라고 했다. 몇 번 만나고 느꼈지만 마사코 씨는 무척 정이 많은 사람이다. 분명 이토시를 큰 애정으로 보듬어 줄 것이다.

상황을 간신히 수습했을 때에는 밤도 이슥해졌고 나와 이토시는 둘이서 제방에 걸터앉았다. 이불 속에서 쿨쿨 자고 있는 미하루가 깨지 않게 조심조심 집을 빠져 나온 터였다.

"졸려?"

그렇게 묻자 이토시는 고개를 가로저었다. 멀리 수면에 달이 떠 있었다. 마치 세상 끝에 있는 듯 고요한 밤 풍경을 둘이서 나란히 바라보았다.

"이토시가 벳푸에 가기 전에 말해 둬야겠다 싶어서."

잠시 단어를 고른 뒤에 나는 "널 만나기 전에 난 죽은 사람이나 다름없었어"라고 이야기를 시작했다.

"여기 오기 전에 사랑하는 사람을 죽게 했고, 또 다른 사랑하는 사람을 무서운 사람으로 바꿔 놓았어. 그게 괴로워서 나도 죽으려 했는데 뜻대로 되지 않았어. 그래도 마음만은 죽었다고 생각해."

이토시가 말없이 귀를 기울였다.

"전에 내 목소리를 들어 준 사람의 목소리를 나는 듣지 못했다고 했잖아. 그 때문에 그 사람이 죽은 거야. 그 사실이 줄곧 괴로워서 나 자신을 용서할 수 없었어. 내가 너한테 하려 한 행동은 그 사람에 대한, 이제 와 어찌할 수도 없는 속죄였어."

파도 소리가 잔잔하다. 조각구름이 달빛을 받아 모습을 드러내고 있었다.

"그 속죄가 어느새 나를 살게 했어. 널 생각하고 네 일로 화가 나고 눈물이 나고 그랬더니 죽었다고 생각한 무언가가 천천히 되살아났어. 나는 널 구하려 한 게 아니야. 너와 함께 하면서 오히려 내가 구원받았어."

이토시를 보며 고마워, 라고 했다.

"그날 비 오는 날, 날 지나치지 않아 줘서 고마워. 난 네 목소리를 듣기 위해 우리가 만났다고 생각했어. 듣지 못한 사람의…… 안상의 목소리 대신 네 목소리를 사명처럼 들으려 했는지도 몰라. 그런데 그건 내 오만이었어. 도와 달라는 내 목소리를 네가 들어 줬으니까."

조금 전 시나기 씨에게서 나를 지켜 준 손을 잡았다. 아직 어린 소년의 손을 양손으로 감쌌다.

외로워 죽을 것 같던 그때도 그랬다. 내 옆에 와 준 것은 이 아이였다. 이 아이가 나를 찾아내 준 것이다.

"나를 찾아내 줘서 고마워, 이토시."

"키나코."

이토시가 내 손 위에 자신의 다른 쪽 손을 올렸다. 그러고는 수줍은 듯 웃었다. 무척이나 귀엽고 사랑스러운 얼굴이라 나는 꿈이라도 꾸고 있는 듯한 착각에 빠졌다.

"들어 줬어."

이토시가 천천히 말한다.

"그날 밤, 도와 달라고 한 내 목소리, 키나코는 들어 줬어."

부드러운 목소리다. 내 귀를 부드럽게 간질이는 곱디고운

선율.

"그리고 와 줬어."

말을 너무 많이 해서인지 이토시가 콜록거렸다. 연신 기침을 하더니 눈물이 그렁그렁한 얼굴로 또 한 번 웃음을 띠며 말했다.

"키나코를 만나서 다행이야."

기뻐서 아무런 말도 나오지 않았다. 그날 밤, 온몸으로 느낀 목소리는 꿈이 아니었다. 나는 온몸으로 이토시의 말을 받은 것이다. 받을 수가 있었다.

"앞으로 우리 힘내자, 이토시."

이토시의 손을 꼭 쥐고 그 말을 계속 되뇌었다. 앞으로 우린 어떤 힘든 일이 있어도 잘 해낼 수 있을 거야. 왜냐하면 멀리 떨어져 있어도 내 소리를 들어 주고, 자기 소리를 들려줄 사람이 있다는 걸 아니까. 그리고 우린 무리 속에서 소외되어 혼자 덩그러니 있는 게 아니야. 너랑 나 우리 둘이 이 손의 열기를 느끼고 존재를 느끼며 우리 소리를 들어 주는 무리 속에서 살아가는 거야. 그건 무척 행복한 일이야. 이제 우리에게 고독을 노래하는 밤은 오지 않아.

멀리서 고래가 우는 소리를 들은 것 같다. 부드러운 노랫소리는 우리를 기쁘게 해 주려는 것인지 아니면 속삭이고 있는 것인지 잘 모르겠다. 고개를 들어 바다를 보자 이토시도 들었는지 같은 방향을 보았다.

"52헤르츠."

이토시가 중얼거리더니 귀를 기울이려는 듯 눈을 감았다. 그 옆얼굴은 기도하는 것처럼 보이기도 했다. 나도 눈을 감고 기도했다. 지금 이 순간, 세상에 있을 52헤르츠 고래들을 향해.

부디 그 소리가 누군가에 전해지기를.

부드럽게 받아들여지기를.

이런 나라도 괜찮다면 온몸으로 받을 테니 부디 노랫소리를 멈추지 마. 나는 들을 거고 찾아낼 테니까. 두 번씩이나 나를 찾아내 준 사람들이 있듯이 나도 반드시 찾아낼 테니까.

그러니 부탁이야.

52헤르츠 소리를 들려줘.

〈끝〉

옮긴이의 말

고래는 사회적 동물이다. 종별로 차이는 있지만, 무리를 지어 생활하고 동료들과 협동해 먹이를 사냥한다. 게다가 어떤 종은 무리의 모든 암컷이 공동으로 새끼를 양육하기도 한다. 이처럼 무언가를 함께하기 위해서는 의사소통의 수단이 필요하다. 고래는 빛이 들지 않는 어두침침한 바닷속에서 소리로 서로 소통한다. 우리가 고래 '노랫소리'라 부르는 것이 실은 고래의 '언어'인 셈이다.

고래는 보통 12~25헤르츠의 소리를 낸다. 지구상에 존재하는 동물 중 가장 크다는 대왕고래는 이보다 넓은 대역인 10~39헤르츠의 소리를 낸다고 전해진다. 그런데 1989년에 미국 우즈홀해양연구소 팀이 특이한 고래 소리를 포착했다. 알려진 고래 소리보다 주파수가 훨씬 높은 52헤르츠(정확하게는 51.75헤르츠)였다. 이 고래의 소리는 이후에도 꾸준히 포착되었는데, 아쉽게도 소리만 포착했을 뿐 그 실체는 현재까지도 밝혀진 바가 없다. 사람들은 이 고래를 52헤르츠 고래라 명명했다. 그리고 다른 고래들은 이 고래가 내는 소리를 들을 수 없을 것으로 여겨 '세상에서 가장 외로운 고래'라는 별칭을 부여했다.

일본에서는 매해 4월이면 전국의 서점 직원들이 그해 가장 팔고 싶은 책을 직접 선정해 서점대상을 발표한다. 그리고 2021년 서점대상 수상작으로 마치다 소노코의 《52헤르츠 고래들》을 뽑았다. 의붓아버지와 친어머니에게서 학대를 받으며 자란 주인공이 살아생전 할머니가 살았던, 일본 규슈의 북동부에 자리한 오이타현의 작은 바닷가 마을로 이사 가 그곳에서 자신과 같은 냄새가 나는 한 아이를 우연히 만나면서 펼쳐지는 이야기다.

《52헤르츠 고래들》은 제목에서 알 수 있듯 앞서 소개한 52헤르츠 고래를 모티프로 한다. 작가인 마치다 소노코는 그의 첫 장편소설이기도 한 이 작품에서 52헤르츠 소리를 사회적 약자, 그중에서도 가정 내에서 학대를 당하는 아동의 목소리에 빗댔다. 언론과의 한 인터뷰에서 작가는 장녀를 출산하고 퇴원했을 때, 집에서 수십 킬로미터 떨어진 곳에서 한 아기가 드럼통에 버려진 사건을 뉴스로 접했다고 한다. 불면 날아갈 새라 쥐면 꺼질 새라 노심초사하며 갓 태어난 딸아이를 돌볼 동안 다른 쪽에서는 살해당하는 아기가 있다는 사실에 큰 충격을 받은 나머지 그 일이 오래도록 머릿속에 남았다고 한다. 아동 학대가 심각한 사회 문제로 떠오른 것은 비단 일본만이 아니다. 국내에서도 하루가 멀다 하고 수 많은 아동 학대 및 사망 사건이 보도되고 있다. 결코 가볍지 않은 주제를 다루면서 작가는 단순히 피해 아동이 학대에서 벗어나는 것으로 모든 게 끝나는 판타지스러운 결말만은 절대 쓰지 않겠노라고 다짐했다고 한다. 나름대로 현실적인 방법을 모색하고자 한 작가의 고심은 작품을 통해 확인할 수 있다.

처음 이 작품을 원서로 읽었을 때 마지막 책장을 덮고 새삼 제목에 한 번 더 눈길이 갔다. 세상에서 가장 외로운 고래라 불리는 52헤르츠 고래에 복수複數의 뜻을 더하는 접미사 '들'이 붙어 있다. 고작 한 글자가 더 붙었을 뿐인데 외로움의 상징은 더 이상 혼자가 아니었다. 그 사실이 이상하게 뭉클해서 한동안 제목에서 눈을 뗄 수 없었다.

혼자가 아니라는 말은 너무 흔하고 식상해서 별 감흥 없이 느껴지곤 한다. 하지만 그 말이 간절하게 필요한 순간들이 있다. 이 작품이 '들'의 의미를 되새기고 '들'이 지닌 힘을 일깨우는 데 작게나마 보탬이 되면 좋겠다.

2022년 봄,
전화영

52헤르츠 고래들

1판 1쇄 발행 2022년 5월 31일

지은이 마치다 소노코
옮긴이 전화영

표지 그림·디자인 김선미
내지 디자인 남서우
제작 AREST 곽민주
경영지원 김미애

펴낸이 이동훈
펴낸곳 도서출판 직선과곡선
출판등록 2016년 9월 28일 제2016-000280호
주소 [06153] 서울특별시 강남구 봉은사로 418, 5층
전화 02) 555-8105   **팩스** 02) 564-0757
이메일 snc-p@naver.com

ISBN 979-11-90187-23-7 03830